漫時光

浮圖緣

上

尤四姐 著

高寶書版集團

第一章　驚塞雁　005
第二章　春欲暮　013
第三章　錦衾寒　021
第四章　紅粉面　031
第五章　宮樓閉　039
第六章　露微意　047
第七章　思無窮　055
第八章　蘭露重　065
第九章　花淡薄　073
第十章　更漏殘　083
第十一章　幾重悲　091
第十二章　似千里　099

目錄
CONTENTS

第十三章　驚驟變　109
第十四章　怯晨鐘　117
第十五章　無留意　125
第十六章　牆外道　133
第十七章　苦難雙　143
第十八章　梨花雪　153
第十九章　一甌春　161
第二十章　空外音　169
第二十一章　感君憐　179
第二十二章　烏金墜　189
第二十三章　已著枝　199
第二十四章　怯初嚐　209

第二十五章　約重來　219
第二十六章　意徘徊　229
第二十七章　遊似夢　239
第二十八章　宜相照　249
第二十九章　與誰同　257
第三十章　此中人　267
第三十一章　憐幽草　275
第三十二章　弄晴晝　285
第三十三章　楚天闊　293
第三十四章　高唐路　303
第三十五章　醉明月　311
第三十六章　寄幽懷　321

第一章　驚塞雁

隆化十一年春天，下了很長時間的雨。都城被浸泡在水氣裡，約摸有四十來天沒有見到太陽了。

江山風雨飄搖，一切都岌岌可危。高臥龍床的元貞皇帝病勢每況愈下，中晌聽說已經停了飲食，也許再過不久就要改年號了。

誰做皇帝，對於乾西五所的宮眷來說並不重要。女人眼皮子淺，不似朝中大臣心懷天下，她們只知道自己進宮不過月餘，卑微的封號才剛定下不久，接下來迎接她們的不是帝幸，不是榮寵，也許是庵堂裡的青燈古佛、皇陵裡的落日垂楊、地宮裡冰冷潮濕的墓牆……

誰知道呢！

「早料到有今日，當初就不該進宮來。」一個選侍站在簷下嗚咽，「皇上正值壯年，誰知……竟是個沒壽元的。」

「這種事何嘗輪到咱們自己做主？」另一個捂住她的嘴左右觀望，壓著嗓子道，「妳小聲些，叫人聽見了，咱們只怕捱不到最後，倒要先行一步了。」

「如今還怕什麼，只求老天開眼，保吾皇萬壽無疆，讓咱們多活兩年，便是上輩子積德行善的福報了。」

人常說一朝天子一朝臣，後宮的女人何嘗不是這樣。既進了宮，萬事繫於皇帝一身。君王體健，她們不說何等優渥自在，至少性命尚且無虞；君王身死，膝下有子女的可以退歸太妃位，至於那些無所出的、位分低微的，娘家再沒個倚仗，似乎不會有什麼好出路了。

這龐大的、千瘡百孔的帝國，落到誰手裡，都是個無法轉圜的死局。大鄴開國至今已有二百六十四年了，這二百多年裡經歷過輝煌，也出過英主。彼時開疆拓土，遷都京師，令八方來朝，四海稱臣，盛世繁華，歷朝歷代無一能及。然而國運也有輪迴，當初意氣風發的少年郎漸漸老邁，拖著臃腫的身軀，反應遲鈍，接下來如何，沒人說得清。

音樓把直欞窗闔上，轉身到桌前沏茶。青花瓷杯裡注進茶湯，高碎的殘沫在沸水裡上下翻滾。

「喝茶。」她往前推了推，「雀舌的沫子也比針螺要好，我老家產茶，進了宮，反倒連個茶葉的邊都摸不著了。以前片子裡頭還要挑嫩尖，現在只有喝零料的份了，可憐。」

她總是這樣，天大的事都與她不相干似的，說話的時候臉上帶著笑，就連在她肩頭刺花，她也是笑著的。李美人沒她那麼好的興致，隔開杯盞蹙眉嘆息：「都什麼時候了，妳還有心思品茶！」

什麼時候？大約是死到臨頭了。她也忐忑，但是又能怎麼樣！她坐下來，拿蓋刮了刮浮沫，慢慢道：「咱們這些人是籠中鳥，進了宮，生死早就不是自己能掌握的了。不過活了一天，算兩個半天。等旨意頒了，往後怎麼著，看各自的造化吧！」

李美人沉默下來，愣眼看了她半天才道：「怪我多事，現在想想，當初妳要是被撵出去，也就不必操今天這份心了。」

音樓聽了笑道：「攆出去了日子是好過的？說不定還不及現在。弟兄不待見，將來嫁人，也別指望能配好人家。沒出息的傻丫頭，保個姨娘的媒就不錯了，還能躥到天上去？其實現在也不必太過憂慮，太醫院那些醫正都有手段，興許研製出什麼方子來，一下就把萬歲爺的病治好了。」

這麼開解一番，倒也略感寬懷。雖然皇帝的病拖了兩年不見起色，畢竟還沒咽氣。像以往死過去好幾回，不也救回來了嗎，這次一定還有這樣的造化。鬼門關轉一圈，權當下江南了。

至於音樓和李美人的交情，原有一說。她們同批進宮，譬如鄉裡赴考的生員，要是論起來，也能稱作同年。一道進宮門，一間屋子裡驗了髮膚手足，到了驗身那一關，自己鬧了個笑話，是李美人幫她解的圍。

參選的良家子，首先頭一條就要保證清白。宮裡太監缺德，以前曾有過坑害姑娘的事，後來尚宮局為保萬無一失，不知怎麼想出個妙方來——簸箕裡鋪好麵粉放在炕頭，令參選者蹲踞在上，給妳嗅胡椒末，嗆了總要打噴嚏吧？這一發力就看出來了。據說處子身下紋絲不動，要是破了身的……大概就當風揚其灰了。這是進宮後才知道的祕聞，以前從沒有聽說過。她那時候傻，尚宮命她上炕對準麵粉，她是對準了，只不過是用臉。結果噴嚏直射進簸箕，把尚宮噴了個滿身滿頭。瞧她這股子笨勁，腦子不靈便不能進宮聽差，就算勉強留下，也是個不起眼的淑人。幸虧李美人仗義，替她說盡了好話，她才沒被遣返原籍。不想陰差陽錯，居然掙了個才人。

當然了，才人還是個喝高碎的才人，依舊上不了檯面。不過不用進浣衣局做工，且有時間春花秋月，已經是人生一大樂事了。她沒想過承雨露之恩，皇帝纏綿病榻，後宮早就形同虛設。只是這樣的境況，仍舊三年一大選，裡頭打的什麼算盤，細想令人膽寒。

一陣風吹來，檻窗不知怎麼開了，綿密的雨颯颯落在書頁上，把案頭淋得盡濕。李美人起身撥木栓，突然回過頭問她，「妳說我們會不會充為朝天女？」

音樓打了個寒顫，這種事心知肚明，何必說出來！

朝天女的來由，簡而言之就是拿活人殉葬。大鄴建國那麼多年，這條陋習從來沒有廢除過。她們這些人，在當權者眼裡還不如螻蟻。皇帝是這泱泱華夏的主宰，是所有人的天。活著的時候享盡榮華富貴，死了也要帶一幫人下去伺候。皇帝一旦停床，內官監的太監就準備擬名單了。這是公報私仇的好機會，大臣們紛紛開始行動，朝堂之上不能肅清政敵，就設法算計對方的女兒，弄死一個是一個。不過死也不是白死，喪家從此有了特定的稱謂，叫「朝天女戶」。這種榮耀世襲罔替，下一任皇帝會對其家人給予優恤，以表彰她們的「委身蹈義」。

究竟死與不死，沒人說得準，得看運氣。音樓放下茶盞道：「如果命大，出家或是守陵，還能有一線生機。」

李美人緩緩搖頭，「只怕輪不著咱們，太祖皇帝駕崩，殉葬者一百二十人之眾。成宗皇帝少些，也有四十餘人。後來的皇帝多則七八十，少則五六十，到如今成了慣例。妳算算，乾西五所裡有多少人？加上那些御幸卻未有子女的，加起來恰好夠數了。」

夠數了，一個也別想逃。朝天女的人數無定員，一般是往多了添，沒有削減的道理。她抬眼看簷外飛雨，鼻子有些發酸，「我們倒罷了，承過幸的妃嬪也逃不脫，真是可悲。」

「妳還有心思同情別人？咱們守著清白身子殉葬，細想起來誰更可悲？」李美人撫撫褙子上的摘枝團花，緩步踱到門前，「音樓，眼下能救咱們的，只有司禮監的那幫閹豎了。」

說到司禮監，足以叫人聞風喪膽。當初成宗皇帝重用宦官挾制朝中大臣，無非是出於相互制衡的考慮。誰知後世帝王效仿之餘發揚光大，到現在成立了緝事衙門，提督太監甚至代皇帝批紅，一手把持朝政。像這種嬪妃殉葬的事，自然也在司禮監的管轄範圍之內。

音樓怔怔望著她，「妳有什麼打算？」

李美人似有些難堪，踅過身道：「我記得曾和妳提起過秉筆太監閆蓀琅，妳還記不記得？眼下皇上病勢洶洶，有門道的早就活動開了。咱們在後宮無依無傍，還有什麼逃命的法子？等到詔書下來，一切就都晚了。」

音樓駭然：「妳要去和那個太監談條件嗎？這會兒去，正中了他下懷。」

李美人淒惻一笑，「我在宮裡孑然一身，還有什麼？無非要我做他的對食，我也認了。比起死來，孰輕孰重，壓根用不著掂量。」

她目光死寂，想是已經打定了主意。音樓起初還渾渾噩噩，到現在才切實感受到末日的恐慌。真的走投無路時，沒有什麼捨不下。

所謂的對食，就是太監宮女搭夥過日子。雖然沒有實質內容，但對外形同夫妻，跟了就是一輩子的事。內廷女子能選擇的路不多，一些有權有勢的太監坐大到了一定程度，最底層的宮女已經滿足不了他們畸形的自尊，於是就把觸手伸向了有封號的低等宮妃。皇帝呢，則因為太過依賴那些宦官，加之女人眾多顧不過來，即便是有耳聞，也睜一隻眼閉一隻眼，不予追究。

配給太監，但凡有些傲骨的誰願意？真要相安無事倒罷了，豈不知越是高官厚爵的，反倒比外頭尋常男人更厲害。早年曾經發生過執事太監虐殺對食的事，皇帝聽說後不過賞了二十板子，輕描淡寫就把案子結了。李美人要是自投羅網，豈不是才出狼窩又入虎穴？

她想勸她三思，可是又憑什麼？生死存亡的當口，各人有各人的選擇。李美人邁出去，穿堂裡迴旋的風捲起她的衣角，愈行愈遠，隔著濛濛雨霧瞧不真了。音樓攀著櫺花槅扇門呆呆目送，心裡覺得惆悵，都去找出路了，只有自己，人面不廣，除了等死沒別的辦法。

「主子，咱們怎麼辦？」她在踱步轉圈的時候，婢女彤雲亦步亦趨跟著，「您說李美人要是說服了閆太監，會不會拉咱們一把？」

音樓抬眼看房頂，「這時候，誰顧得了誰？」

彤雲帶著哭腔跺腳，「這是性命攸關的大事，您快想轍呀！」

她也不想坐以待斃，可是有勁沒處使，怎麼辦呢？

「妳是讓我找太監自薦枕席？我好像幹不出來。」她訕訕調開視線，「再說就算我願意，也沒人要我啊！司禮監今兒肯定吃香，我就不去湊熱鬧了，要不上御馬監試試？御馬監現在也是香餑餑……妳說淪落到叫太監挑揀，心都涼了。」

彤雲感到一陣無力，「活著要緊還是臉面要緊？其實別處瞎忙都沒用，眼前只有司禮監的掌印、秉筆握著生殺大權。如果能攀上掌印太監，那咱們的腦袋就能保住了。」

掌印太監提督東緝事廠，是太監裡的頭把交椅，權傾天下。音樓才進宮的時候，曾遠遠見過東廠的人。頭戴烏紗描金帽，身著葵花團領衫，領頭的鸞帶，穿曳撒，左右繡金蟒，從漢白玉的月臺上走過，那份氣勢如山的排場，叫她至今都不能忘。

可是太監陰狠狡詐，哪裡那麼容易攀交情！她靠著朱漆百寶櫃嗟嘆，掌印太監肖鐸媚於侍主，憑藉著帝后寵信設昭獄、陷害忠良。同他打交道，只怕死得更快啊！

第二章　春欲暮

天色漸暗，雨勢似乎小了些。晝夜交替的時辰，外面的暮色是稀薄的藍，恍恍惚惚，有些分不清是黎明還是傍晚。

負責掌燈的太監挑著燈籠到簷下，拿長杆往上頂，一盞一盞掛到鐵鉤上。乾清宮從昏沉裡突圍出來，彷彿淒迷世界裡唯一的明亮，堂而皇之佇立在那裡。但也只是一霎，後面的交泰殿和坤寧宮相繼亮起來，連成一道線，又是煌煌的一大片，這就是紫禁城的中樞。

趙皇后臉上淚痕未乾，哭得時候長了，眼泡都有些浮腫。她穿過龍鳳落地罩到外間，招了醫正們問皇帝病勢，「依著脈象，聖躬何時能大安？」

宮中忌諱多，即便是不好了也不能明著問什麼時候死，太醫更不能不帶拐彎地答，只弓腰回話：「萬歲爺脈象軟而細，醫理上說精血虧虛不充則脈細軟，陰虛不能斂陽則脈浮軟。臣等先前瞧了，主子手足心熱、口咽乾燥、舌紅無苔，病勢和昨兒相比，又略進了一層。」

皇后微吁口氣，「前幾天還好好的，不知怎麼一轉眼虧成了這副模樣。」

她回頭看，床前垂掛的黃綾緞子沒有闔攏，縫隙裡透出一張青灰的臉，口眼半開，已死了一大半似的。她很快調過視線，不動聲色領著一干候旨的王公大臣進了配殿裡。宮婢攙她在地屏寶座上落座，她定了定神對跟前太醫道：「我問病因，你們太醫院總是支支吾吾地搪塞，到現在也沒個明白話。眼下諸臣工都在，既是族裡宗親，又都是皇上素日的心腹近臣，這樣緊要關頭，不必避忌那許多了，你們有話但說無妨。把人蒙在鼓裡總不是法子，萬一有個好歹，只怕太醫院擔當不起。」

帶班的陳太醫打個寒噤，愈發躬下身子，「聖躬抱恙，太醫院所作診斷，所開方子，俱要密封存檔。沒有萬歲爺的示下，咱們就是吞了牛膽，也不敢往外透露半個字。可如今這情勢，刨開了腔子說，下臣們也正誠惶誠恐。既然娘娘下了懿旨，那臣就斗膽同諸位大人交個底。臣請萬歲脈象，飄如浮絮，按之空空，乃是個虛勞失精、內傷泄瀉之症。這種病症……得遠女色，靜心調息方可。上月主子曾召臣問脈，那時候主子就有骨蒸潮熱的症候。這病怎麼由來呢……」他咽了口唾沫，「肝腎陰液不足，多由久病傷腎，或稟賦不足、房事過度所致。臣開方子，叫斷了溫燥劫陰之品，以滋腎養肺為主。那個……幸御後宮的事，臣當時也向主子奏明過，現今主子病勢愈發兇險，想來並沒有將臣的奏請放在心上。」

在場眾人一聽都有些尷尬，太醫的話很明白，皇帝臥床的病因就是不遵醫囑，縱欲過度。先前咳痰帶血還有可恕，剛才可不是微微的一點細絲了，仰脖子一大口，嘴裡鼻子裡一股腦湧出來，看著真瘆人。

皇后怔了會兒，恨聲道：「這麼大的事，怎麼沒有一個人來回我？你們瞞得好，看看瞞出禍事來了！」說著又掖淚，「我也勸過的，但凡能聽進去一字半句，也不會落得今天這步田地！當著面勸誡得多了，翻來覆去總那幾句話，到後頭惹他不耐煩。我是一國之母，原不該說那些，可幾位皇叔和臣工瞧瞧，承乾宮那位沒日沒夜地糾纏，眼下掏空了身子，誰能造出個救命的靈丹妙藥來？」

後宮的事本來是皇帝的家務事，對誰青眼有加就寵幸誰，外人沒有置喙的餘地。要是小打小鬧倒無妨，可現在出了動搖根基的大亂子，抬到明面上來，就不得不好好理論理論了。

承乾宮自大鄴開國起就定為貴妃住所，現在這位貴妃姓邵，和皇帝頗有淵源。邵貴妃原先是東宮一位太子賓客的未婚妻，機緣巧合下遇見了當時還是太子的元貞皇帝，兩人相談甚歡，一來二去就有了感情。但是儲君奪臣妻，傳出去豈是好聽的？這事傳到了代宗皇帝耳朵裡，一通訓斥之後就擱下了。後來男婚女嫁各不相干，原以為過去就過去了，誰知皇帝即位後頭道旨意就是勒令邵貴妃夫婦和離，並且正大光明把邵妃接進了宮裡。失而復得自然恩愛異常，一心一意過起夫唱婦隨的日子來，把後宮眾人扔進了犄角旮旯。

人一輩子能遇見個真愛，方不枉此生，這道理人人都知道。然而平頭百姓辦起來容易的事，對於皇帝卻難如登天。假使手段夠老辣，各方權衡壓制不起波瀾，眾人敢怒不敢言，過上幾十年，年紀大了，煞了性，不平也就過去了。偏偏皇帝身底弱，邵貴妃寵過了頭難免驕縱跋扈，到了節骨眼上，就怪不得有冤報冤了。

這矛盾，叫大臣們怎麼說呢？言官會罵人，武官會打架，可皇后對貴妃的牢騷他們管不了。話頭既放出來了，往後該怎麼辦，大夥心裡有底。只不過皇帝暫時還沒咽氣，嘴上也不方便應承什麼。

眾人皆緘默，氣氛有點僵，這時候一個緋衣玉帶的人出來解了圍，和煦道：「萬歲爺聖躬違和，這幾日人心動盪，我瞧著有失體統。咱們食君之祿忠君之事，為主子分憂是份內的事。主子一時抱恙，不礙的。該當咱們的差事不丟手，照舊替主子把好門戶，方不負主子的委任。依在下的愚見，各人還是妥當鎮守各部，該呈敬的票擬不要拖，咱們司禮監能批紅的就代主子批了，決定不了的大事等主子龍體康健了再行定奪。這段時間閣老們辛苦些，不求主子犒賞，圖自己一個心安。」又對皇后拱手作揖，「請皇后娘娘放寬心，萬歲爺福厚，這回不過是個小坎，邁過去自然就順遂了。」

他一說，眾人忙附和：「肖大人言之有理，臣等必定鞠躬盡瘁，以報萬歲知遇之恩。」匆匆表過決心，也不在宮裡死等了，卻行退出了配殿。

燈光略亮了亮，是他站在燭臺邊撥弄燈芯。遲重的金色映著他的臉，白璧無瑕。他有極漂亮的五官，很多時候唇角抿出涼薄的弧度，微微上挑的眼梢卻有他獨特的況味，當他專注望著你，便衍生出一種奇異的悲天憫人的錯覺來。

然而錯覺始終是錯覺，和他打過交道的都知道。他下得一手好棋，不管手段多見不得光，說出來的話卻永遠冠冕堂皇。權利是個好東西，為他潤色，讓他頂天立地。從「年少喜功」到如今的大權在握，有一把利刃在身邊，總能讓人感到安心。

「肖鐸……」皇后叫他一聲，只覺氣湧如山。

他擱下銅剔子來攙她，手勢熟稔地把她的胳膊駕在小臂上，「娘娘看護了皇上一整天，該歇歇了。自己的身子骨也要緊，臣送娘娘回宮。」

皇后跟他下了丹陛，前面是兩個挑燈的宮婢，細雨紛紛裡他替她打著傘，四周暮色合圍，反倒讓人沉澱下來。她長嘆一聲，慵懶靠在他肩頭。

「娘娘累了。」他撐傘的手仔細把她圈住，「回頭臣替您鬆鬆筋骨，娘娘該睡個好覺了。」

回到坤寧宮，正殿裡侍立的人都退了出去。這是三年多來養成的習慣，只要有肖鐸在，皇后娘娘身邊就用不著旁人伺候。

皇后坐在妝檯前拆髮髻，身後的人上來接她手裡的朝陽五鳳掛珠釵，取了象牙梳篦來給她篦頭，一下一下從頭到尾，彷彿永遠不會厭煩。皇帝虧欠她的的溫存，從他這裡得到慰藉，雖還是不足，但也聊勝於無。

他從黃銅鏡裡觀察她的臉，在她肩頭攏了攏，「娘娘心裡的焦慮，臣都知道。退一萬步說，就算皇上有什麼不測，您還是六宮之主。且放寬心，有臣在，就算粉身碎骨，也會保得娘娘安然無虞。」

他的手按在她的肩頭，虛虛的不敢壓實。皇后把手覆在他細白的手指上，用力握了握，「你瞧皇上還能撐多久？」

他睞眼看龍鳳燈檯，長長的睫毛交織起來，什麼想法也看不出，虛虛實實總顯得迷離。隔了一會兒才道：「左不過就是這兩天的事，娘娘要早作打算。皇上只有一子，眼下還養在貴妃宮裡。究竟是把榮王殿下推上寶座，還是在諸皇叔之中挑揀人選，全看皇后娘娘的意思。」

皇后從杌子上扭過身來看他，「要想日後過得舒心，自然是拿榮王做幌子最好。子承父業天經地義，大不了欽點幾位托孤大臣，權利好歹還在自己手裡。只不過邵妃那賤人怎麼料理？她要是活著，怎麼也要尊她一個太后的頭銜，到時候要辦她可就難了。」

肖鐸一笑，「娘娘忘了臣是什麼出身了，這樣的事還要您操心，臣豈不該領杖責？」

「你什麼出身？還不是個巴結頭！」皇后吃吃笑起來，婉轉偎向他懷裡，想來想去又有些為難，「邵貴妃有子，殉葬萬萬輪不著她，你打算怎麼料理？」

他撫她的髮，髮梢撚在指尖慢慢揉搓，「娘娘別問，臣自有道理。她和皇上既然山盟海誓，聖躬晏駕，豈有銜上恩而偷生的道理？叫她隨王伴駕，了不得讓她標名沾祭，受些香火也就是了。」

鬥了這些年，皇帝活著不能把她怎麼樣，死了就由不得他們了。皇后心裡的陰霾一霎那都散了，還好有他，雖說是各取所需，到底是個得力的幫手。

「那麼本宮就靜待督主的好消息了。」她笑得宛若嬌花，染了蔻丹的手指從他面皮上滑下來，游進了白紗交領裡。指尖一分分地移動，再要往下，卻被他壓住了。她笑了笑，這是他的規矩，再怎麼情熱，身上衣裳是一件不除的。她也不以為然，在那如玉的頸間盤桓，「瞧準了時候，只要乾清宮一有消息，就把榮王帶出承乾宮，送到我這來。」

肖鐸勾了勾唇角，「娘娘放心，臣省得。」

大事商議完便只剩私情了，她在他耳邊吐氣如蘭，「你說要替我鬆筋骨，到底怎麼個鬆法？」

先前進退有度的皇后早就不見了蹤跡，燈影裡唯剩這含春的眉眼、這柔若無骨的身子、這久曠乾涸的心。

第三章　錦衾寒

他沒言聲，探手抱起了這天下頭等尊貴的女人，轉過沉香木屏風，輕輕放在了妝蟒繡堆的雕花牙床上。

人有七情六欲，不能淩駕之上，只能任它奴役。皇后在某種程度上來說是個可憐人，幾個月不得見皇帝一面，年紀輕輕的獨守空房，自有一把辛酸淚。既然門走不通，那就翻窗。另想了轍和太監逗弄調笑，沉浸其中也甚得趣。

「這兩天真沒頭腦，繁雜的事也多，弄得我渾身發疼。」皇后脫下褙子，換上了月白交領中衣。今年入春早，節氣上應該是和暖的時候了，不知怎麼又來了個倒春寒。入夜宮殿淒清，總覺得寒浸浸的。她登床靠在內側的螺鈿櫃上，半掩著沉香色遍地金的被褥，渺目朝他一笑，「今日冷得厲害，上來給我焐一焐罷！」

肖鐸提了曳撒坐在床沿，並不真上床，手卻探進了被褥，把她的雙腳合進掌心裡。

趙皇后是漢家女，從小裹了足，三寸的金蓮，真正一點點。古來女人纏足就為供男人把玩，他隔著棉紗襪子曖昧地來回撫，尖尖的頭，後半截圓嘟嘟，捏在手裡像個清水粽子。

他總這麼若即若離，皇后不大稱意，勾起他頷下組纓牽引過來，嗔道：「你不是本宮的好奴才嗎？主子的話你敢不聽？」

說話的當口，他的手挪到了她小腿肚，一路蜿蜒向上，撩得她氣喘吁吁。他還是半真半假的一副笑臉，「臣是個殘疾，否則也沒法進宮來。這模樣上娘娘的繡床，是對主子天大的不恭。臣就這麼坐著伺候，也是一樣。」

皇后拿足尖挑逗他，「你在我宮裡出入自由，我怎麼待你，你也知道……這麼多回了，沒見你脫過衣裳，今兒脫了我瞧瞧，興許還有救呢！」

他臉上一僵，「娘娘最是慈悲的，忍心揭臣的疤嗎？這傷心處在您跟前顯露，臣羞愧倒是其次，攪了娘娘的好興致，再挨一刀也不為過。」

人人都有底線，強扭的瓜不甜，惹急了翻臉就沒意思了。皇后也知道這個道理，肖鐸的恭順只是表面，他是今時不同往日，再不是可以隨意擺布的了。

「可惜了這麼個精幹人，要是個全須全眼的，不定迷煞多少女人呢！」她閉上眼悵然輕嘆，「咱們都是可憐人，就這麼作伴吧！」突然睜開眼撲過來，鉤著他的頸子往下墜，面上桃色如春，囈語似的呢喃，「我知道你不願脫衣裳，不脫便不脫罷！一頭躺會兒，說幾句撓心話，我也足了。」

寢宮裡更漏滴答，和著屋外連綿的風雨聲，陰鬱沉悶，交織出一個無望的世界。活著總歸超脫不出去，比如情欲衍生出的更大的空虛，一面憎惡，一面又沉溺其中不能自拔。

戌正時分肖鐸才踏出坤寧宮，簷下的風燈在頭頂照著，他還是乾淨俐落的樣子，甚至連頭髮都沒有一絲亂。他是太監裡的大拿，穩坐司禮監頭把交椅，主子面前是奴才，奴才們面前卻頂大半個主子。甫出門檻就有一隊人候著，見他現身打傘上前伺候，恭恭敬敬把他迎進了東廡房裡。

他在高椅上坐定，老規矩，面前的黃銅包金臉盆裡盛熱湯，邊上侍立兩個小太監，一個捧巾櫛，一個托胰子。

他枯著眉頭把手泡在盆裡，狠狠地搓，胰子打了一遍又一遍，直到把手指搓得發紅才作罷。他身邊的人知道他的習慣，默默在一旁侍立，等他擦了手，靜下心來，瞧準了時候再慢慢回事。

「乾爹喝茶。」曹春盎躬著腰呈上個菊瓣翡翠茶盅，覷見他臉色不好，小心翼翼道，「乾爹連日操勞，兒子給您按按？」

有頭有臉的太監時興收乾兒子，兒子盡心盡力孝順乾爸爸，當乾爹的也疼兒子，父慈子孝真像那麼回事。肖鐸也有個乾兒子，去年九月裡才認的，十二、三歲，很伶俐的一個孩子。照著外頭成家立室的年紀算，爺倆相差十來歲，斷乎養不出這麼大的兒子來。在大內不一樣，就像貴人們養貓兒、養叭兒狗，有人乾爹叫得震心，圖個熱鬧好看。

他沒應他，曹春盎很乖巧地轉到他身後。皇帝左右專事按摩的人，服侍起來很有一套。拳頭虛虛攏著，肩頭後脖子輪一遍，五花拳打得又脆又輕快。

他閉目養神的當口，秉筆太監閆蓀琅托著六部謄本來，低聲道：「內閣的票擬都已經送上來了，皇上眼下病重，依督主看，這批紅的事……」

「擱著。」他捏了捏太陽穴，「咱家先頭那番話不過是為穩定軍心，那幫顧命大臣不動刀劍，舌頭能壓死人。皇上要是能開口，批了也就批了。這會兒連話都說不出來，誰敢動那一筆，鬧得不好就是個話柄。外面市井裡有傳聞，管我叫『立皇帝』。這話從何處來，已經打發東廠的人在查了。這麼大頂帽子扣下來，萬一秋後算帳，幾條命都不夠消磨的。」

他這份小心，倒叫幾個秉筆、隨堂心頭一震。大夥交換了眼色，趨身道：「督主這麼說，真令屬下等惶恐。莫非有什麼變數？」

提督東廠的掌印，向來只有算計別人的份。朝中不論大小官員，提起東廠哪個不是嚇得魂飛魄散？督主突然這樣謹小慎微，叫底下人覺得納罕。

肖鐸知道，這幫人作威作福慣了，冷不丁給他們抻抻筋就瞧不準方向。他手裡捏著蜜蠟佛珠慢慢數，邊數邊道：「多事之秋，還是警醒點的好。皇上這病症……往後的事，誰也說不清。」

江山要換人來坐了，話不好說出口，彼此都心照不宣。閆蓀琅呵腰道是，捧著奏本退到了一邊。

「工部的奏擬，不知督主瞧過沒有？」底下隨堂太監道，「上年黃河改道，於臨漳西決口，東南沖入漯川故道。當時工部奉旨治水，才半年光景，所報的開支已經大大超出預算……」

話還沒說完，被肖鐸抬手制止了。他起身踱到門前，挑了簾子往外看，雨絲淅淅瀝瀝飛進簷下，燈籠上的牛皮紙受了潮，朦朧間透出裡面飄搖的燭火。

天真冷啊，竟同隆冬一樣呵氣成雲。

他搓了搓手背，拉著長音道：「再不出太陽，治水的虧空只怕更大了。橫豎不是咱們的事，該操心的是內閣首輔。說到底咱們是內監，皇上龍體抱恙，頭等大事還是聖躬！傳令其他十一監，這兩天值房別斷人，不定什麼時候就有旨意的。咱家頭疼，旁的不多說了，還要回東廠一趟。」又「哦」了聲，「蒸琅跟著，我有話交代。」

他披上流雲披風邁出門，這回沒帶人，只有曹春盎在邊上打油傘隨侍。閆蒸琅趨步跟上，只聽他說：「把乾西五所的名冊歸歸攏，殉葬的人當天就要上路，別到時候手忙腳亂摸不著頭緒。」

閆蒸琅應個是，「督主放心，這事今天已經在籌備了。先帝從葬六十八人，這一輩不能越過次序去。暫時擬定六十人，屆時花名冊子呈您過目，該添的或是刪減的，聽您的示下。」

他「嗯」了聲，抬手扣披風上的鎏金壓領，漠然道：「以往隨葬都有定規，什麼品階幾個人，不用我說你也知道。事要辦得漂亮，恰到好處才不至於翻船。我前兒還想著歇一歇來著，眼下看來是不能夠了。批紅這頭短了，廠衛那頭更要兼顧起來。這當口還不比平時，蠢蠢欲動的人多，撒出去的番子探回來一車消息，不拿幾個做筏子，東廠在他們眼裡成了吃乾飯的衙門。」

東廠直接受命於皇帝，四處潛伏，監視各地官員一舉一動。比方有一回詹事府幾位同知和贊善大夫賭錢，前一晚檯面上多少輸贏，第二天皇帝笑談間就透露出來了，嚇得文武百官噤若寒蟬。大難迎頭襲來倒還罷了，這份時刻遭到窺伺的恐慌才直懾人心。皇帝病危，東廠的活兒卻不能停，越到這種時候越是風聲鶴唳。閆蓀琅是他的心腹，知道他辦事一向狠辣，否則年紀輕輕的不能坐上這把交椅。既然執掌東廠，幹了就是一輩子。這種職權不容你卸肩，結了那麼多仇家，哪天下臺就意味著活到頭了。

至於他說的辦得漂亮，自然是指後宮的動向。皇帝晏駕，一大幫女人要跟著倒楣，腦子活絡的都不會坐以待斃，走後門托人，不管是錢財收受還是人情交易，不說完全秉公辦事，至少面上交代得過去。這頭乾淨了，才好留下名額填塞那些原本不該死的人。兩邊勻一勻，遮蓋過去了，差事就辦下來了。

閆蓀琅諾諾稱是，「聖上只有榮王一子，督主是要勤王？」

他一手挑著燈籠緩緩前行，聽他這麼說微側過頭瞥他一眼。昏暗的火光照亮他的半邊臉，似陽春白雪又冷冽入骨。油靴踩過水窪，朱紅的曳撒下擺撩起一連串弧度，膝欄上金線繡製的蟒首面目猙獰，他卻馨馨然一笑，「勤王？這主意倒不錯，興許還能借機洗刷我的惡名。只可惜我名聲太壞，這輩子是當不成好人了。」

他模稜兩可的話叫閆蕤琅一頭霧水，即便是最信任的人，他也從不把心裡的想法同他們說。他們不需要知道太多，只要按他的吩咐行事就行了。

「東廠的人進不了宮，萬歲龍馭上賓之時還得司禮監出力。喪鐘一響即刻派人把守住承乾宮各門，不許任何人出入，到時我自有道理。」行至延和門前他頓住了腳，接過曹春盎手上的油傘讓他們回去，自己獨自往貞順門上去了。

貞順門內是太監把守，過了橫街，對面由錦衣衛駐防。肖鐸地位顯赫，內官們遠遠看見他來了忙落鑰。閆蕤琅目送那身影逶迤出了琉璃門，扭頭看曹春盎，「你聽出什麼來了？」

曹春盎吸了吸鼻子，仰臉笑道：「督主的意思讓您別光顧著撈銀子找對食，好歹莫留什麼把柄叫人拿捏住。」

閆蕤琅照他後腦勺上打了一巴掌，「小兔崽子，爺們是說這個嗎？」

爺們？缺了嘴子的茶壺自稱爺們，不嫌磕磣？

曹春盎皮笑肉不笑地應承：「是是是，我說差了。」他攏著兩手往他傘下擠了擠，「督主吩咐事，咱們照著做，準錯不了。那什麼……他老人家最近總鬧頭疼，置了府第也不常回去。依我說，什麼都有了，就是缺了位乾娘。咱們太監雖淨了身，心裡還拿自己當男人看。有個知冷熱的人照應著，沒準頭疼的毛病就好了。我聽說女人身上的香氣包治百病……嘻嘻，閆少監應當是最知道的。您別光顧自己，也給督主看著點呀！」

閆蓀琅白了他一眼，半大小子懂個屁！再得意的人，想起自己的殘疾也難受。要女人容易，可得過得了自己這一關。天天戳在眼裡，時刻提醒自己下邊缺了一塊，換了沒臉沒皮的人也就算了，像那位這麼敏感精細，不定心裡怎麼想。給他塞女人，誰觸那霉頭！

第四章　紅粉面

第二天天放亮，辰時三刻雲翳漸散，纏綿了一個多月的陰雨突然結束了。天地洗刷一新，空氣裡有新泥的芬芳。似乎是個好徵兆，一切的不順利都該煙消雲散了。抬頭看穹隆，高高的、寬廣的，音樓還在驚訝天這麼藍，六宮的喪鐘就響了。

幾乎同時，十幾個換了喪服的太監手托詔書進了乾西五所。風吹動他們襆頭下低垂的孝帶，死板的馬臉像閻羅殿裡討命的無常。打頭那個往院子裡一站，扯著公鴨嗓喊話：「人都出來，有旨意。」

這旨意是什麼，不言自明。擔心有人和稀泥，下巴一抬，身後的內侍分散出去，把屋裡的人統統趕了出來。

低等宮妃不像那些品階高的，有獨立的寢宮。她們通常幾個人共用一間屋子，東西五進的院落各處住滿了人，從頭所到五所，湊起來足有四五十。

音樓隨眾人到殿外候旨，推推搡搡間匍匐在地，聽臺階上司禮監太監宣讀手諭，內容很簡單，也不需要過多交代——「大行皇帝龍御歸天，非有子者，出焉不宜，皆令從死」，就完了。

這樣的命運雖然早預料到了，真要赴死，又覺得像是墜進了噩夢，怎麼都醒不過來了。四周圍哭聲震天，音樓跪著，腿裡痠軟無力，伏在地上起不了身。前兩天還心存僥倖，總以為皇帝尚年輕，至少還有幾年活頭。誰知道這才多久，居然真的晏駕了。

她腦子裡茫茫一片迷霧，什麼想頭都沒有，光知道自己剛滿十六，離家進京應選，空得個才人的名號，還沒摸咂出做娘娘的味道，就要隨那未曾謀面的皇帝一道去死。

她是遲鈍的人，快樂來的時候感覺不到大快樂，悲傷突襲也不知道哭。耳邊呼嘯的是尖利的喉嗓，她只感到害怕，害怕得渾身發抖，手腳都僵了，寒意從四肢百骸滲透攀爬，筆直插進心坎裡。

「哭什麼？這是喜事，是祖上積德才有的造化。隨侍先皇，朝廷自有優待。往後家裡人受了爵，念著娘娘們的好，也不枉一場養育之恩。」司禮太監不倫不類的開解不能平息人群裡的驚恐惶駭，誰都沒拿他的話當回事，他也不甚在意，對插著袖子吩咐，「來呀，伺候娘娘們換衣裳。誤了吉時。誰也擔待不起。」

簇新的白布散發出一種瀕死的臭味，腰子門外湧進一幫尚宮局的人，抖著衣領展開了早就備好的孝服。大半的人被敕令嚇走了魂，幾乎連站都站不起來，更別說換衣服了。那些尚宮粗手大腳上來擺弄她們，扒了身上花紅柳綠的褙子，摘了頭上錦繡堆疊的釵環，右衽交叉，腰上帶子狠狠一收，一個就料理妥當了。

音樓被推得團團轉，勉強站住了腳四下環顧，所有人都不甘，每張臉上都是痛苦和絕望，卻沒有一個奮起反抗的。這可悲的年代，掙扎也是徒勞，該死還是得死。慷慨上路家裡能得蔭蔽，要是不那麼情願，最後白白犧牲，什麼好處都叫你撈不著。

所以得笑著去死？她打了個寒顫，本來還盼著家裡哥哥姪兒進京能來探探她，現在倒好，只要逢年過節祭拜祭拜就成。隔山望海也不打緊，她一抬腳就過去了。可是殉葬者的魂魄會被鎮壓住吧？也許封在墓穴裡，永不得見天日。

不知道李美人怎麼樣了，她沒在聽旨的人堆裡。因為不住同一個屋，她去找閆太監後就沒露過面，音樓也沒再見過她。也許他們相談甚歡，李美人已經搬出乾西五所，住到閆太監的處所去了。強權之下不得不低頭，給太監做對食聽起來很悲情，但總算保住一條命，音樓也替她慶幸。

死要做個飽死鬼，就像上刑場前有頓斷頭飯一樣，這是人世間最後的一點施捨。宮門大開著，尚膳監進來一溜太監，兩兩搬著一張小炕桌，殿外的空地上鋪好了毯子，把那些炕桌整整齊齊擺好，請她們入宴辭陽。

這種時候誰能吃得下飯？

音樓回頭看，彤雲還在她身邊，宮女不用去死，還可以扶她上春凳，伺候她把腦袋放進繩圈裡。

她看著她，嘴唇翕動，說不出一句話來。

彤雲哭得撕心，「主子……主子……」

她到這會兒才覺得鼻子發酸，臨終遺言帶不出去，對爹娘再多的牽掛也不過是空談。還好家裡有六個兄弟姊妹，死一個她，痛一陣也就過去了。

「箱籠裡有四、五兩銀子和幾樣首飾，我用不上了，都給妳。」她想想，還是覺得應該說點什麼，「我這算不算死於非命？將來還能不能投胎轉世？」

彤雲安慰她，「您這是殉節，閻王爺見了您也會客客氣氣的。」言罷又淌眼抹淚，「我叫您想轍的，您不聽，落得眼下這田地倒好？」

她也不想死，被逼著上吊不是好玩的。要想跟李美人一樣，得有路子，至少人家相看得上妳才行。她這人生來桃花運弱，君恩輪不著她，連太監都沒一個對她示好的，想想實在失敗。

事已至此，沒什麼可說的。她坐下來喝了口湯，還沒咽下去，司禮太監高唱：「是時候了，娘娘們擱筷子移駕吧！」

音樓聽見嗵嗵的心跳，一聲聲震耳欲聾。彤雲來攙她，她腿裡沒力氣，半倚在她身上，歪歪斜斜跟著隊伍往中正殿去。

那個殿，歷來是朝天女們蹈義的地方。大約屈死的太多了，甫一踏入就覺陰寒刺骨。宮妃們瑟縮著，站在門前往裡看，正殿狹長幽深，陽光從另一頭的窗屜子裡射進來，投在青磚地上，離人那麼遠，照不亮腳下的路。殿內房梁因為吃重大，比別處要粗壯許多。上邊縱橫掛著五十八條白綾，都打好了結，和底下踩腳的五十八張小木床一起，組成了別樣恐怖的畫面。

春季風大，吹過房檐的瓦楞，嗚咽的低鳴像悲歌，叫人毛骨悚然。終於有人扒住門框尖叫起來，「我不要死！救救我！」眾人方回過神，哄然亂了，又是新一輪的悲慟哭嚎。

陰影裡走出個人，素衣素服款款而來。在離門三尺遠的地方站定了，挺拔的身條被素面曳撒一襯，下半身顯得尤其長。

他有張無懈可擊的臉，唇角抿得緊緊的，有些倨傲，可是眼睛卻出奇的溫暖。長的睫毛，微挑的眼梢，若不是腰上掛著司禮監的牙牌，真要以為他是哪家少爺，尊養高樓，才生得這樣一副冰肌玉骨。

所有人都在哭，他的表情裡沒有憐憫，那雙溫暖的眼睛依舊溫暖著，還是出於習慣性。他掃視每個人，視線調轉過來時與她相接，探究地一停頓，身後的秉筆太監魏成立刻上前在他耳邊提點，他眉頭一挑，略點了點頭。

「都住嘴。」他提高了嗓門，寒冷的聲線在一片噪雜裡穿雲破霧，「哭是如此，不哭也是如此，傷了心肺，大行皇帝不高興。宮人殉葬，歷來有優恤。追加的贈謚在我手上，宜蕙徽稱，用彰節行，這是早就擬定的，眾位娘娘就節哀罷！」語畢轉身，對啟祥宮送來的順妃滿滿行一大禮，「吉時已到，請高娘娘上路。」

一聲令下，眾人被帶到條凳前，邊上站兩人，一個相扶，一個等著抽凳子。音樓的心都是木的，死到臨頭反而平靜下來，就那麼一霎的事，過去也就過去了。

那些不屈的還在頑抗，又有什麼用？無非被死死壓制住送上春凳，繩扣往脖子上硬套，也不給半點喘息的機會，腳下一空，伸腿蹬踢幾下，無聲無息地走完全程。

音樓沒敢瞧別人，她穿過繩環看見窗下高案上擺起了香爐，那個一身縞素的人優雅地吹火眉子點香，白潔的手指在陽光下近乎透明。

綾子扣上她的脖頸，前塵往事都散了，她看不見後山上青翠的茶園，也看不見父親精心引進院子裡的龍泉，只聽見司禮太監的聲音，像隔著宇宙洪荒，淒惻地長吟：「娘娘們上路了，好好伺候皇上……」

肖鐸再回頭時，差事已經辦得差不多了。他瞇眼看，真是一副奇景，剛才還聲嘶力竭的人，現在都沒了動靜，掛在半空中飄飄蕩蕩無所依附，死了就清靜了。

「下面的事你來辦，棺木都停在殿外，要一個個仔細查驗，驗明了就蓋棺吧！」他掖了掖鼻子，有些人斷氣時會失禁，這裡味道不大好，他是一刻都呆不下去了。匆匆囑咐魏成一聲，又瞥了那個提前放下來的才人一眼，掖著兩手邁出了門檻。

才到廊子下就看見裘安疾步過來，他也是司禮監的人，眼下派在謹身殿伺候喪事。呵腰到近前，作揖叫了聲督主。

肖鐸腳下頓住了，背手問：「怎麼？」

裘安道：「沒什麼要緊事，福王殿下打發我來瞧步才人。督主您忙，我進去問魏成就得了。」

「瞧什麼？都裝棺了。」見裘安目瞪口呆，他皺了皺眉道，「死不了，樣子總要做做的。你去回福王殿下一聲，就說我自有定奪，請殿下放心。」

裘安應個是，復退了出去。

他站著思量了下，叫人進去傳話給魏成，儘快把棺材運到欽安殿裡讓內閣過目。到時候徽號一分派，這個小小的才人掙個太妃的名號，往後名正言順長居宮中，也就遂了福王的心願了。

第五章　宮樓閉

往南徐行，遠遠看見漫天的白幡，喪事都張羅起來了，宮城內外把守的也都是他的人，這會兒該幹正事了。

踱到承乾宮前，宮門外站著錦衣衛，身上飛魚服，腰上繡春刀，釘子似地佇立兩旁。看見他來，呵腰請了個安。閆蓀琅原在正殿外的臺階上徘徊，見他現身，忙抱著拂塵上來迎接。

他朝殿門上看了眼，依稀能聽見邵貴妃的呵斥啼哭，「還不消停？」

閆蓀琅應個是，「貴妃哭鬧不休，要上謹身殿服大行皇帝的喪。」

他扯了下嘴角，「服喪？貴妃娘娘對大行皇帝果然情深意重。」一面說，一面繞過了影壁。

承乾宮是個兩進院，歷來作為貴妃的寢宮，建築規格很高。黃琉璃瓦歇山頂，簷下還有龍鳳和璽。這裡和別的寢宮不一樣，梨花尤為出名，整個紫禁城只怕找不出第二處能與之比肩的了。

今年下了太久的雨，花期都遲了。他站在樹下看了陣子，枝頭花苞不少，連著再暖和上三五日，應當都要開了罷！開了好，太過硬朗的殿宇有了柔和的點綴，才不顯得寂寥。

他提著曳撒上了月臺，剛走兩步就聽見邵貴妃砸擺設的動靜，還有她拔尖的嗓子，「叫肖鐸來！」

他整了整儀容邁進門檻，下腳盡是破冰似的脆響。低頭一看，一個青花瓷梅瓶被摔得粉碎，瓷渣子從落地罩一直飛濺到了殿門前。金絲帷幕旁站著個人，素裝素容，哭得眼皮發紅。三步兩步近前來，厲聲質問道：「皇上晏駕，為什麼不准我去瞧他一眼？這會兒當家的人走了就沒了王法，你們好大的膽子，敢軟禁本宮！」

她只管發洩，肖鐸靜靜聽她說完才出言，「臣是奉命行事，還請娘娘恕罪。」

「你奉的是誰的命？皇后叫你禁我的足，她憑什麼？以往仗著她是皇后，到眼下誰又怕誰？」邵貴妃挺了挺胸，睥睨著眼前這權宦，「肖廠臣，我一向敬你是聰明人，沒想到你聰明反被聰明誤。榮王殿下是我的兒子，你卻站在皇后那邊，分明不拿我放在眼裡。我勸你瞧清現況，助我一臂之力，往後自有你的好處。要是趁亂欺負我們孤兒寡母，待殿下繼位大寶，這筆帳必然和你清算！」

她半帶威脅的話對肖鐸完全不起作用，服個軟也許讓她走得爽利些，多此一舉，卻叫肖鐸徹底輕視起來。邵貴妃的智謀在女人之中算不足的，心思全花在皇帝身上，天時地利的時候不知道拉攏人，滿以為有了一紙詔書就握住天下了。籬笆紮得緊，野狗鑽不進。可她身邊何嘗有個幫襯的人？獨拳打虎，給她個帝位，也要榮王有命去坐才好。

他懶得看她，挑乾淨的地方走，到地屏寶座上坐了下來。撫撫腕上佛珠，垂著眼睫道：「貴妃娘娘這話，臣不敢領受。大行皇帝薨逝，宮裡的駐防最為緊要，我領著朝廷的俸祿，自然要辦好自己的差事。至於榮王殿下繼位這種話，我勸娘娘少說為妙……以前戚夫人作過一首〈春歌〉，非但沒能盼來兒子救她，反而把趙王如意給害死了。」

邵貴妃聞言一震，「你這是什麼意思？皇后還要學呂太后不成？可惜了，呂雉尚有一子，趙皇后卻膝下空空，她拿什麼來同我比？」邊說邊審視他，忽而一笑道，「我原還想你這種人，許些錢財權力就能收買的，看來我小瞧了你。也是，你和皇后的交情，旁人自不能比。聽說你行走皇后寢宮，如入無人之境。別的太監找對食，宮女裡挑揀之餘，了不得沾染個把妃嬪。你同那些奴才果然不同些，一躍就躍上了皇后的繡床，廠公好大的威風呵！」

邵貴妃冷嘲熱諷了一番，自己心裡自然受用了，邊上人卻聽得冷汗直流。有些事做得說不得，她這一通夾槍帶棒，可以預見接下來的結果會是怎樣的了。

肖鐸表情沒有大變化，站起身道：「皇上歸天，娘娘悲痛，臣都知道。只不過臣受辱算不得什麼，皇后娘娘的清譽卻不能隨意玷汙。」

她冷哼著打斷了他的話，「一個下賤奴才，和本宮唱起高調來！皇后要依仗你，把你奉為上賓，我這裡可不把你當回事！認真說，你還在我宮裡伺候過兩個月，那時候算什麼東西？打碎了一盞羹湯，本宮一個眼色，你還不是像狗一樣趴在地上舔乾淨了！所以奴才就是奴才，皇上才一駕崩便來限制我的行動，你們反了天了！」

一旁的閆蓀琅幾乎要打起擺子來，邵貴妃活膩了，身居宮中的婦人沒機會見識他的厲害，聽總聽說過吧！這麼光明正大令他難堪，看來要另外準備一口棺材了。

果不其然，肖鐸一向和氣的臉變得陰鬱，邵貴妃得意之色還未褪盡，他突然伸手掐住她的脖子。只聽哢嚓一聲，就像折斷一枝蘆葦，美人的刀子嘴終於永遠閉上了。他鬆開手，貴妃軟軟癱倒在地，仰面朝上，眼睛瞠得大大的，還留著難以置信的驚惶。

他厭棄地撲了撲手，對閆蓀琅一笑：「這下子朝天女恰好夠數，也用不著再心煩那個活過來的怎麼料理了。貴妃娘娘一片赤膽忠心，唯恐大行皇帝仙途寂寞，執意伴駕奉主。此情此心，令人欽佩啊！打發人替娘娘盛裝停床，明兒大殮再將梓宮送進謹身殿，成全了貴妃娘娘的遺願，也就完了。」又一瞥殿內早就嚇傻的宮女太監，無限悵惘地嘆了口氣，「既然瞧見了，活口是不能留的。都送下去，侍奉貴妃娘娘吧！」

他撂下句話就出門了，後面的事自有錦衣衛和司禮監承辦。只是髒了手，他有點不痛快，隨意在香雲紗的罩衣上蹭了蹭，調過眼一看，榮王就站在廊子那頭的花樹下。大行皇帝唯一的血脈，今年還不到六歲，一身重孝，一張懵懂無知的臉。

他走過去，半蹲下朝他作揖，「殿下請隨臣進坤寧宮，皇后娘娘在等著您。」

榮王忽閃著大眼睛看他，「我要找我母妃。」

肖鐸哦了聲，「貴妃娘娘在梳妝，咱們先過坤寧宮，回頭上謹身殿守靈，貴妃娘娘就來了。」

榮王思量半晌，點了點頭。他怕跌跤，到哪裡都要人牽著，看見肖鐸琵琶袖下細長的手指，自然而然勾了上去。他有一雙溫暖的手，榮王不知道，那雙手剛剛扼斷了他母親的脖子。他覺得很安心，在大內總是安全的。因為有父皇，父皇是皇帝，所有人見了他都要恭恭敬敬三跪九叩。他抬頭看那人的臉，「肖廠臣，他們說我父皇賓天了，什麼叫賓天？」

肖鐸牽著他的手走出承乾門，紅牆映著一高一矮兩個身影，十分和諧的一幅景象。他說：「賓天就是以後再也見不著了，殿下如果有話對皇上說，就得上太廟，對著神位祭奠參拜。」

「那父皇能聽得見嗎？」

「能聽見。」他低頭看看他，這孩子才沒了父親，又沒了母親，其實也甚可憐。他把聲音放軟了些，「殿下以後一個人住在養心殿，會不會害怕？」

榮王咬著唇細想了想，「我有大伴，孫泰清會陪著我。」

孫泰清是從小看顧榮王的，大概是太監裡唯一對榮王忠心耿耿的了。不過現在人在哪裡？說不定已經飄浮在太液池的某個角落了。

「如果孫大伴不能陪著殿下呢？」小小的髮冠下掉出一縷柔軟的髮，他拿小指替他勾開，「殿下當如何？」

「那我就不住養心殿了，我去找我母妃，住在她的寢宮裡。」

一陣風吹過，宮牆內桃樹的枝椏欹伸出來，樹葉在頭頂沙沙作響。肖鐸走了神，喃喃道：「這樣……倒也好。」

謹身殿裡搭廬帳，梵聲順風飄到這裡，他牽著榮王進了景和門。皇后早候著了，只等榮王一到就要率眾哭靈。見他進來低聲問：「事辦得怎麼樣了？」

他給她一個微笑，「回娘娘的話，全照娘娘的吩咐辦妥了。」

他向來有把握，只要答應的事，沒有一樣辦不成。皇后滿意地頷首，復垂眼打量榮王，眼神複雜，像在打量一隻流浪的幼犬。到底這孩子還有用，她勉強對他笑，攜起他的手，緩緩帶他往前朝去了。

國不可一日無君，大行皇帝沒有留下遺詔，誰做皇帝，尚且還要一通好計較。他是內監，國政大事經手不假，但這種時候還得以大行皇帝的後事為重。發喪、舉哀、沐浴、飯含、入斂、發引，都要他一一施排。至於前面怎麼鬧騰，他也懶得管了，總歸不是榮王就是福王。

榮王幼小，根本不是福王的對手，別說做皇帝，能保住小命就不錯了。

福王，大行皇帝的兄弟，日夜想過皇帝癮，野心不小，能力卻很有限。

瞧著福王當初對他有過一飯之恩，助他登上帝位也沒什麼。反正不管他們哪個御極，他的地位都不會動搖。東廠的根鬚早就深深扎進大鄴的命脈，那些「坐皇帝」，須臾也離不開他這個「立皇帝」。

立皇帝，真是個入木三分的大罪名！他也佩服那個取名的，言官果然嘴皮子厲害，意圖不大好，但是說得很形象。他褪下腕子上的佛珠盤弄，沿夾道往欽安殿方向去，邊走邊想，等宮裡的事忙完了，就該整治那些彈劾他的人了。換了新皇帝，更要來個開門紅，也好讓朝上的祿蠹們瞧瞧，東廠依舊如日方中。

進天一門的時候曹春盎過來迎他，細聲道：「乾爹，那位步才人醒了。」

他「嗯」了聲，「內閣的人查驗前醒的還是查驗後？」

曹春盎笑道：「時候掐得正好，剛擬定了封號，典簿宣讀後沒多久就醒了。」

「倒是個福大命大的。」他轉過頭問，「那這會兒內閣打算怎麼處置？」

曹春盎道：「正要請乾爹示下呢！內閣的意思是定下的名額變不了，既然連徽號都上了，務請才人再死一回。」

第六章　露微意

肖鐸上中路，嗤了聲道：「這些酸儒就會做官樣文章，論起心狠手辣來，不比東廠遜色多少。」

皇宮大內，每一處都有它的用途。比方欽安殿，專門供奉真武大帝，每逢道家的大祭日，宮中的道官道眾便按例設醮供案，帝后妃嬪也要來拈香行禮，作用和家廟差不多。既然是家廟性質，停靈就是常事。寬敞的大殿裡按序排著五十八口棺材，一色黑漆柏木。只不過五十七具查驗過後都封了棺，唯有一具半開著，裡頭坐著個糊裡糊塗的人。

內閣似乎拿這個大活人沒什麼辦法，都掖手在一旁看著，見他進門拱手作揖，呼他肖大人。

他還了禮，轉身看那位棺中人，別過臉問魏成，「怎麼出了這樣的事？先前在中正殿都驗過的，眼下是個什麼說法？是你們辦事不力，沒瞧明白？」

魏成忙道：「回督主的話，收殮前都照您的示下仔細查驗過，確定無疑了才往欽安殿運的。活人上吊，假死也是有的。或者顛騰顛騰，喉頭上鬆了，半道上能夠回過氣來。這種情況當時驗不出，不過並不少見。」

肖鐸聽了蹙眉，「萬幸還沒往前頭發送，要是在那出了岔子，不知道叫多少人看咱家的笑話呢！」

說著細細審視眼前這張臉，稱不上絕色，但似乎比頭回見又順眼了許多。有的人很奇特，第一眼不覺得出眾，但第二眼能讓你驚豔，這步音樓就是這樣的人。光致致的面孔，受了驚嚇過後愕著一雙眼，楚楚可憐的模樣很有些韻味，難怪讓福王惦記了那麼久。

「怎麼辦呢……」他沉吟半晌，「要不就封棺吧，和外頭隔斷了，過不了多長時間也就去了。」

她聞言，臉上表情崩潰，勉強掙扎出聲：「大人，上斷頭臺也是一刀了事，沒有補一刀的道理。」

他沒接話，踅過身問內閣的人，「諸位大人以為如何？」

東廠辦事滅絕人性，活人封棺令人髮指，學究們聽得駭然，「這樣手段未免激進了些，換個法子倒不無不可。」

死還是得死，不過死法有不同。肖鐸心裡冷笑，同樣是死，手段差異，結果還不是一樣！這些文人就愛裝腔作勢，瞧著叫人作嘔。

「剛才娘娘的話，大夥兒也聽見了，咱家倒覺得說得有理。既然死過一回，就不該叫人死第二回了。天不收，硬塞，不是讓閻王爺為難嗎？」他撫了撫下巴，「把人從名額裡剔除也就是了。」

這回文官們不幹了，「殉葬者宜雙數，如今五十八變成五十七了，怎麼處？」

肖鐸道：「這個不打緊，咱家剛從承乾宮過來，貴妃娘娘和大行皇帝鶼鰈情深，先前趁人不備，懸梁自盡了。這會兒已經換了鳳冠霞帔小殮停床，等明兒大殮過後梓宮再入謹身殿，這麼一來人數仍舊不變，非要再死一個，反倒變成單數了。」

眾人面面相覷，皇帝晏駕，正是帝位懸空的時候。按理說貴妃應當全力扶持榮王，這當口說死就死了，裡頭貓膩大家心知肚明，不過不宜道破罷了。這也是個震懾，東廠可不是隨意能駁斥的。這位提督面上和善，幹的事萬萬沒有那麼光彩。左不過他說什麼就是什麼，就算江山換人來坐，只要批紅還從他手裡過，誰也不能奈他何。

「既這麼，那就把名字劃了吧！」翰林學士托著票擬道，沾了墨剛要下筆，被肖鐸抬手阻止了。

「劃倒是不必劃，娘娘既然蹈過義，也算對大行皇帝盡了孝心的，不能平白在棺材裡躺那一遭。」他略頓了頓，側身看票擬上的徽號，「貞順端妃，我瞧不錯，就這麼著吧！」

他搖身一變，成了天底下最公正無私的人，內閣學士怔半天，遲疑道：「肖大人，古來沒有活人受追謚的，您瞧……」

他有些不耐煩，蹙眉道：「閣老未免太不知變通了，娘娘的徽號誰還放在嘴上叫不成？同大行皇帝的宮眷一道稱太妃，進泰陵守陵也就是了。」

音樓之前在房梁上吊過，腦子鈍鈍的轉不過彎來，說到叫她再死一回才清明了點。坐在棺材裡聽他們你來我往，知道眼前這人就是大名鼎鼎的掌印肖鐸，大有些意外的感覺。

她進宮時間不長，見到的太監很多都拱肩塌腰。因為底下挨過刀，當時怕疼沒有死命抻腿，到後來就留下後遺症，佝僂一輩子，再也站不直了。這位權宦卻不同，他身姿挺拔，和那些大臣沒什麼兩樣。硬要說區別，大概就是臉色蒼白些、長得標緻些、態度也更強勢些。

世人常說司禮監掌印沒人性，他領導下的東廠無惡不作，誰落到他們手裡，剝皮、抽腸，管叫你後悔來這世上。音樓一直以為肖鐸是個面目猙獰的人，然而中正殿第一次見到他時，除了疏離，並沒有感到很恐懼。可能真正的惡人反而長著偽善的面孔吧！但要說他壞，內閣打算處死她，他反過來替她開脫，還附贈個徽號給她，這哪裡是傳聞中的惡鬼，簡直就是救苦救難的觀世音菩薩！

不光她這麼想，內閣的人也認為肖廠公今天有點怪，說不定這位才人是他家遠房親戚也未可知。這麼一來就沒什麼好計較的了，翰林院學士一迭聲應承：「是是，移宮守陵合乎規制，一切就依肖大人的意思辦吧！」

都說妥了，卻不見棺材裡的人有什麼動靜，曹春盎忙上前，躬著腰道：「老祖宗移移駕，奴婢伺候老祖宗下地。」

音樓成了太妃，自動在太監們嘴裡晉升為老祖宗了，真是個響亮的名頭！

兩腳著地的時候，才敢確定自己還活著。就是腿裡沒力道，走路有點打飄。再回頭看殿裡林列的棺材，裡面有很多朝夕相對的姐妹，她們沒有她這樣的好運氣，也許現在都已經過了忘川河了。她吞聲抽泣，哀悼那些早殤的人，也暗幸自己的劫後餘生。眼下這樣已經是天大的運氣了，守陵就守陵吧，總比死好。嚐過了上不來氣的滋味，頓時覺得活著真幸福。

她跟在肖鐸身後出了欽安殿，摸了摸脖子，懸梁的時候整個身體的份量集中在那方寸之地，現在嗓子裡像塞了團棉花，又痛又堵。她想謝謝他，出不了聲，便拉他衣角揖了揖手。

肖鐸看她一眼，輕描淡寫道：「臣是舉手之勞，不敢在娘娘跟前居功。不過您倒是應當好好謝謝那位貴人，要不是受他所託提前把您放下來，只怕這會兒也要像那些朝天女一樣了。」

原來不單是免於讓她死第二回，早在中正殿時就已經有準備了。音樓料著一定是李美人替她說了情，閆蓀琅是司禮監二把手，李美人既然跟了他，他賣她面子再同肖鐸討人情，她死裡逃生就能說得通了。既然如此為什麼還要把她送進繩圈呢？難道就為拿個徽號？

肖鐸看她一副了然的神情，有些奇怪，「娘娘知道那人是誰？」

音樓點點頭，艱難地張嘴，「是閆少監？」

光動嘴沒聲音，肖鐸看得很吃力，但也能辨別出來，「閆蓀琅？他倒是提過。」

她瞿了瞿眼，聽他的意思似乎不是這麼回事，那是誰？她在大內沒什麼朋友，和旁人交情也不深，誰會給她這樣的恩德？

曹春盎在邊上接話，「老祖宗猜錯了，不是閆少監。他只是司禮監的秉筆，咱們督主是天下第一等重規矩的人，該誰生該誰死，從來不徇私情。這回救您，雖是受那位貴人所託，自己也冒了大風險，萬一內閣的人查出來，少不得擔個藐視法度的罪名。」他嘿嘿地笑，「老祖宗知道了那位貴人是誰，卻也不能忘了咱們督主的好處啊！」

邀功嘛，太監最會幹這樣的買賣，也確實該好好答謝人家。可是她現在身無長物，要謝也沒法謝！她很難堪，「臨死」前把那僅剩的幾兩銀子都送人了，兩手空空怎麼辦呢！她眼巴巴地看肖鐸，指了指自己的心口，表示永遠不會忘了他的恩情。

她十指纖纖，點在白棉布上，用點力就會折斷似的。他眼裡有滿意之色，嘴上卻道：「不值什麼，娘娘切勿放在心上。大行皇帝要在謹身殿停二十七日靈，娘娘先回去歇著，等後頭大殮再上前朝哭喪。大行皇帝梓宮入地宮，太妃隨行守陵祈福，這事就完了。」

音樓知道守陵是怎麼回事，泰陵裡有宮殿，底下也有伺候的太監宮女。守陵的嬪妃一天三炷香供奉皇帝，餘下時間念佛抄經書，一輩子都要交代在那裡。其實相較宮中的歲月沒什麼大差別，換個地方囚禁而已。不同的是宮裡還有服侍皇帝的機會，萬一受寵，光耀門楣，叫家人受蔭及。陵寢裡也是服侍皇帝，可活的和死的大不同。往後她就是那樣的命運，從小寡婦慢慢熬成白頭老寡婦。

肖鐸仍舊領她進乾西五所，邊走邊道：「按說您如今受了晉封，不應當再回這裡了，可逢著先帝大喪，事出倉促，這上頭就不那麼揪細了。等日後回宮，臣自然替您張羅熨貼。」

音樓鬧不清他的意思，既然打發她守陵，怎麼又說要回宮來？歷來進了陵地的宮妃都出不來的，到底救她的人是個什麼來頭，能指派掌印太監，還能隨意決定她的去留，想來必定是個大人物吧！

她實在好奇，想問明白究竟是何許人，肖鐸那麼聰明，根本用不著她開口，背著手往遠處綿延的殿頂眺望，緩聲道：「娘娘且稍安勿躁，晚些時候貴人自然來見您。」吩咐曹春盎，「去尚宮局把太妃貼身伺候的人討回來，再往太醫院尋摸些利咽消腫的藥，歇上半天，殿下入夜來，娘娘就能出聲了。」

第七章　思無窮

乾西五所人去樓空，主子殉葬，宮人們都發回尚宮局另候指派。昨天還熱鬧的廊廡，今天就只剩簷下懸掛的幾個鳥籠，悠悠在風裡搖盪。音樓站在窗前，事情過去有一陣了，這會兒才慢慢平靜下來。

不知怎麼，出奇的冷。她撫撫手臂，開箱取了件蔥綠織錦夾襖披上，再看院子裡光景，有種別樣滄桑的感覺。直殿監的人進來灑掃，把別屋的箱籠都搬了出去，當院翻找，略拿幾樣收起來交還朝天女戶，其餘的一併收入囊中。太監們這個時候是最高興的，進宮應選的女孩出身都不低，隨行傍身的首飾衣物俱是上佳。臨行前把值錢的留給伺候的人，還有諸如檀扇、荷包、鏡奩、衣包，那些宮裡無用的東西都隨意撂下了，有人進來打掃，正好全收走。太監們無孔不入，無權無勢的又都窮瘋了眼，也不在乎是不是死人的東西。悄悄托人帶到宮外，或淘換銀子，或給家裡送去，也是清水衙門難得的一點進項。

彤雲接了曹春盎的消息從尚宮局過來，進門一把抱住音樓就放聲：「我的主子，我剛才還托人上宮外買元寶蠟燭呢，沒承想您還活著！」她雙手合十對天參拜，「阿彌陀佛，真是菩薩保佑！這樣大的造化，這是哪世裡修來的好福氣！快叫我瞧瞧……」上下一通好打量，看見她下頷的勒痕又哽咽不止，「我送您上了木床就給轟出去了，也不知道後頭怎麼樣，料著是沒救了的，誰知道……您和我說說是怎麼回事，上吊不死您有訣竅？」

音樓氣得翻白眼，這丫頭傻了，前頭涕淚俱下像那麼回事，後頭說著說著就不著調了。

嗓子腫了不能說話，委實心力交瘁。她指了指炕，打算躺一會兒。

彤雲點頭不迭，上了腳踏跪在炕沿上鋪被子，嘴裡絮叨著：「對對，您好好歇歇，這可比生場重病損耗大，差點就進鬼門關了。那些香燭也不白買，回頭咱們還個願，謝謝菩薩救苦救難。」

她說著，外面曹春盎提溜著幾包藥進來，站在門前招呼：「這是我們督主叫小的送來的，給老祖宗養嗓子定心神用。記著，一天一副，三碗水煎成一碗，要不了幾天就緩過來了。」

曹太監是肖鐸的乾兒子，到哪都很有臉面，年紀雖小，卻沒人敢怠慢他。彤雲忙上去接，點頭哈腰道：「廠公真是大善人，請您代咱們主子謝謝他老人家。」

曹春盎一笑，「別客氣，督主已經吩咐下去了，老祖宗缺什麼只管找內務府要，沒人敢存心刁難的。」

彤雲聽他管音樓叫老祖宗，發了一回愣。沒好問，把人送到臺階下，折返回來覷著炕上人道：「小春子管您叫老祖宗，可不是怪事嘛！」

音樓兩眼盯著屋頂發呆，心道死出功勞了，一下子拔高好幾輩，當真太有面子了！

她不能出聲，彤雲自己只管自說自話，把她留下的東西都還了回來，一面裝進鏡匣一面道：「您這一還陽，先前的賞全打水漂了，可我不懊喪，您能回來比什麼都強。您不知道，咱們這些在乾西五所裡當差的人，主子歸天後有一大半要進浣衣局幹粗活。那個鬼地方，既沒俸祿又沒出頭之日，相較起來還不及上泰陵敲木魚呢……話說回來，您什麼時候和肖太監攀上交情的？這麼大一個靠山，您先前不言語，叫我白操了那些心。」

音樓搖了搖頭，表示原先並不認識。再說幕後還有人，她自己也納罕，弄不明白是怎麼回事。

「這就奇了，沒交情偏救您？」彤雲收拾櫃子，抬眼看見同屋鄭選侍的遺物，心頭一黯，「人死了，東西都沒了顏色似的。主子稍待，我出去叫人把地罩那頭的箱籠搬出去，免得您看著傷心。」

音樓歪在鯉魚錦緞大引枕上，心裡空落落的，腦子停下來，像糊了一腦袋漿糊，什麼打算都沒有。把炕褥往上拽拽蓋住了臉，側過身去才哭起來。到底哭什麼也不知道，只覺得灰心喪氣，眼淚染濕了臉下的枕巾。

鄭選侍的東西都被清理出去了，院子裡隱約傳來李美人的聲音。音樓托起褥子，就著窄窄的縫隙往外張望，隔著茜紗窗看見那個瘦長的身影，她趕緊抿抿頭坐了起來。

李美人進門便道：「客套什麼，快躺著。」登上腳踏坐在邊上看她，溫聲道，「我得了閆太監的口信就來瞧妳了……這會兒覺得怎麼樣？」

音樓想嗚咽，可是喉頭堵住了，難受得直噎氣。閆蓀琅把李美人弄出了乾西五所，已初大夥們領旨殉葬是怎樣一副淒慘光景，她全然沒瞧見。她想向她描述，可惜無能為力，只能一味的哭。

「好了好了。」她捲著帕子替她抹淚，「事已經過去了，一切都會好起來的。那些不痛快的別去想了，咱們都還活著就好。」

音樓知道她求過閆蓀琅，不管自己最後是不是因為她獲救，最艱難的時候她能想著她，她領她這份情。口不能言就讓彤雲拿筆墨來，一筆一劃寫道：「承妳的情，多謝妳替我周全。」

李美人勉強笑道：「妳這麼說，我反倒不好意思了。我那天和閆太監提起，他只管朝我冷笑，嘲我泥菩薩過江，還有閒工夫操心別人。後來再三再四的哀求，他才鬆了口，說送朝天女上路的是肖廠公，他另有差事要辦。自己不掌刑，做不得手腳，只答應在督主跟前提一提，管不管用得看妳自己的造化。當時聽他口氣成算不大，肖鐸這個人不知妳有沒有耳聞，面酸心冷，脾氣拿捏不住，他哪有那份善心救個不相干的人！可今兒不知怎麼願意伸援手，還繞了這麼大個圈子讓妳得了端妃的徽號，閆太監有這麼大的面子？怕不是別有緣故吧！」

彤雲怔怔在旁聽著，訝然低呼：「我們主子晉了妃位？沒有殉葬也能得徽號？」

「所以才奇怪。」李美人蹙眉道，「哪有這樣的先例，活著受徽號，說來真晦氣得緊。」

「晦不晦氣都在其次，能拾著一條命，管那些做什麼！至於肖廠公，要不是讓閆少監三分臉，那……」彤雲琢磨半晌，轉過眼愕然瞪著她主子，「該不是瞧上了您，要找您做對食吧？」

在場的兩個人都被她嚇了一跳，太監挑對食是尋常事，可肖鐸那樣的人，不像是為了女人甘願冒險的。李美人不知其中原委，也想不出別的理由，當真順著彤雲的思路往下捋了，「真要是那樣，能跟著他，就算不能有夫妻之實，到底他權勢滔天，後半輩子也不用發愁了。咱們這樣的人，有什麼將來可言？如果他能待妳好，妳將就些，得過且過吧！」

音樓哭笑不得，連連擺手。

大夥都知道她那副傻傻的骨氣，見她一否決就認為她不願意。彤雲囁嚅道：「不瞧下半截，光是上半截擱在面前，那也是百裡挑一的美人！我聽人閒聊時說起過，肖廠公怎麼從承乾宮進了坤寧宮，又是怎麼當上掌印提督東廠的。這人有股子狠勁，辦事也絕，否則六年功夫能從小火者進司禮監嗎？別看東廠壞事做盡，這種人受過苦，或者知道疼人也不一定。」

「別瞎猜了，」音樓在紙上寫，「宦官找低等嬪妃是有的，他要是瞧上我，焉會讓我接太妃的封號？」

這麼說來也是，李美人和彤雲萎頓下來，細想又道：「不是要讓妳守陵嗎，守陵就得出宮，出宮了就好辦了。肖鐸在外頭有宅子，瞞天過海把妳從泰陵弄出去，反倒更容易了。」

越描摹越有鼻子有眼，音樓又說不出話，著急得什麼似的。蘸了墨寫道：「剛才他親口說的，是忠人之事，回頭那位貴人會來見我。」

李美人啊了聲，「是什麼貴人？這會兒正是風雲萬變的時候，還有心思救人？」

彤雲趨身問：「主子莫不是有舊相識？」

音樓搖頭，她進宮兩眼一抹黑，單只認識乾西五所裡同住的人。橫豎現在猜不出來，等見面自然就知道了。接下來就該愁別的了，受了人家這麼大的恩惠，還不知道要她怎麼償還呢！

李美人又談起現況，大家都感到惘惘的，稍坐了一會兒也就去了。她如今隨閆蓀琅住在皇城以東，司禮監裡排得上號的在宮外都有私宅，加之他們手眼通天，每天帶個把人出入不成問題。雖說皇帝新喪，門禁上嚴了些，可只要有腰上那塊牙牌，就是暢通無阻的保證。

音樓好奇她現在的生活，不知道閆太監對她好不好。追問她，李美人支支吾吾搪塞，隔了好久才說「宮裡事忙，暫時還沒圓房」。當時她覺得很稀奇，太監也能圓房？她以為兩個人只要面對面坐著吃飯就成了，「對食」嘛！

音樓年紀不大，今年才滿十六，以前對男女的事一知半解。後來進宮受了專門的教導，為的是應對皇帝突如其來的招幸，所以那個方面多少也有點根底。太監去勢割的那處不就是圓房用的地方嗎，都沒了，算不得男人，那麼李美人所謂的圓房，大概就是一張床上睡覺吧！

以前她是問不出結果誓不甘休的人，眼下力不從心只能作罷。渾身都疼，嗓子裡打了壩，底下人送來的藥都難以下嚥。好不容易喝下去半碗，倒頭就睡。夢裡依稀回到初進宮應選的時候，乍暖還寒的節氣，大夥都穿著夾襖。尚宮局要「探乳、嗅腋、捫肌理、察貞潔」，每個人的衣裳都必須脫下來。大家聚在一間屋子裡寬衣解帶，凍得牙關直打顫卻又很快樂。彼時一心想有一番作為，誰知道過五關斬六將，最後就是為了陪皇帝去死。

半夢半醒間腦子倒還算活絡，東一榔頭西一棒子，想起好多雞零狗碎的往事來。不知過了多久，南面的鐃鈸鐘鼓聲大作，聲勢如虹恍在耳畔，把她驚出一身冷汗。睜眼看，天都已經黑了。治喪期間一律掛白紗宮燈，簷下燈火杳杳，再想起五所之內的人都死光了就剩她一個，突然有種汗毛林立的感覺。

那些藥有點用，她試了試，雖然沙啞刺耳，總算能出聲了。她叫了彤雲兩聲，聽見廊下急急的腳步聲，彤雲閃身進來看她，「主子醒了？這一覺睡得長，我見您好眠就沒叫您。眼下飯點過了，我讓人在灶上煨著湯，這就給您端去。」

音樓掙扎著坐起來，「什麼時辰了？」

彤雲說：「快到子時了，前頭有一輪哭祭，把您吵醒了吧？」

她唔了聲，「宮裡一天死了那麼多人，我有點害怕。妳哪都別去，就在屋裡陪著我。」

彤雲剛要應，門上簾子一挑，進來個高個兒的男人。音樓定睛細瞧，那人在燈下眉目如畫，居然是肖鐸。

第八章　蘭露重

她還在炕上，只穿了中衣，他冷不丁進來，叫她一陣慌神。他倒不以為然，揖手行了一禮，「給娘娘請安。」

音樓忙拉過衣裳披上，要下地又覺得不大方便，頓在那裡進退不得。肖鐸是權宦，有品級的太監甚至不用在帝后跟前口稱奴婢，面對一般人時身上更沒有奴顏婢膝的味道，即便不通報就闖進門，依然昂首從容，談笑自若。

她有些彆扭，不過細思人家救了她一命，再說他原本就是個太監，出入內廷沒有太多忌諱，自己太過計較顯得小家子氣。因此欠了欠身道：「肖廠臣不必多禮，深夜來見我，有事？」

他聽見她破銅鑼似的嗓子，做出個牙酸的表情來，「娘娘能說話了，再歇一天，就上建極殿守靈吧！內閣擬了娘娘的封號，臣送去給皇后過目，皇后也都應准了，如今再自稱『我』，似乎不合時宜。」他抬頭四下打量，「這二所殿過兩天更名重華宮，娘娘是一宮之主，當自稱『本宮』，才好同尊號匹配。」

音樓因他那一擰眉的動作臉紅不已，暗忖他大半夜跑來說教，不知道葫蘆裡賣的什麼藥。聽多了他的壞名聲，心裡也忌憚，便帶著點逢迎的口吻道：「我記下了，只不過廠臣不同於別人，於我有再生之恩，在您跟前就不擺那個譜了。」

肖鐸聞言一笑，「臣說過，是受人之託，娘娘不必放在心上。」轉過頭看彤雲一眼，「妳暫且迴避，我有話和娘娘說。」

彤雲愣了下，再看音樓，她也是戰戰兢兢的模樣，卻依然點頭，「妳去吧，有事再叫妳。」

彤雲退下了，屋裡只剩兩個人，大眼瞪小眼，氣氛有點尷尬。其實說尷尬，好像只是音樓一個人的事，肖鐸見多識廣，壓根不以為然。見她動了動身子，反而趨前身來，「臣伺候娘娘更衣，過會兒那位貴人要來見娘娘，臣是來行通稟之職的。臣打聽過，娘娘出身名門，令尊是隆化七年辭官的太子太傅，坐在被窩裡見客，似乎不成個體統。」

音樓咽了口唾沫，「肖廠臣說得是。」可使喚誰也不能使喚他啊！她縮了下，堆起笑臉道，「不敢勞動您，我自己來就成了。」

他卻不聽，一頭上來攙她，一頭緩聲道：「侍奉主子原就是臣份內的事……」凝目看她，含笑道，「娘娘怕臣？」

他那一笑和風霽月，尤其那雙眼，沒有波瀾的時候深邃寧靜，笑起來卻不同，長而媚，簡直攝人魂魄。靠得又近，溫和的嗓音就在她耳畔。音樓心頭雷聲大作，以前不知道漂亮這個詞能用在男人身上，現在才算開了眼。真奇怪為什麼他只有惡名在外，照理說豔名更該遠播才對。

「您真愛開玩笑，我的命是您救的，對您只有感激，沒有害怕的道理。」她略偏過身子，「廠臣是好人吶！」

「好人？」肖鐸難得有愣神的時候，無限惆悵地搖頭，「從來沒人說臣是好人，臣在滿朝文武眼中是毒瘤，人人除之而後快。」

音樓不懂朝堂上的事，但是能叫所有人記恨，這人大概的確好不到哪裡去。她也會兩面三刀，人家救了她，感激只是一方面，提防還是需要的。這泱泱後宮，沒有無緣無故的愛，也沒有無緣無故的恨。世人熙熙皆為利趨，既然肯出手救她，自然另有說法。

她暗暗盤算的時候，他正手勢輕柔地替她套上褙子。畢竟開了春，穿得不甚多了，裡面的夾棉中衣早換成了白綢竹葉紋的。細潔含蓄的美，襯她正合適。不過下頜青紫的勒痕有些觸目驚心，他替她扣鈕子的時候手指輕飄飄劃過去，「看來臣明兒還得叫人送化瘀散來，娘娘喉下這塊，早點消了才好。」

他撩她，音樓是黃花大閨女，一碰就狠狠一震。他訝然，看她面紅耳赤，聲音愈發輕柔，「娘娘怎麼了？臣伺候得不好？」

窗外是濃稠的夜色，到了夜半時分不像白天那麼警醒，人累了，也慵懶了。他的神情看上去有點倦怠，濛濛的一雙眼，不留神就撞進人心坎裡來。音樓決定坐懷不亂，鎮定答道：「不不，適意得很……別的都好，就是肖廠臣紆尊降貴叫我惶恐。您也知道，我不是正路主子，得您這樣厚待，怕夜裡睡都要睡不踏實了。」

他扯了下嘴角，「睡不踏實？何至於呢！臣如今雖提督東廠，其實在貴人們眼裡還是奴才。要是銜恩驕縱，豈不鬧笑話！至於娘娘說的不是正路主子，以後千萬別這麼自輕。既然得了名號，您就名正言順。誰敢不尊您一聲太妃，禮法也不饒他。」

他是最體人意的，掀了褥子要服侍她穿鞋。音樓惶恐不已，女人的腳不能隨便叫男人看見，雖然他充其量只能算半個，她也不大習慣讓外人經手。

「我自己來，多謝廠臣的好意。」她提著馬面裙跳下踏階，很快趿進鞋裡。自己手忙腳亂地歸置，嘴裡也不閒著，「先前忘了問，您說的那位貴人究竟是誰？我回來想了很久，上月才大選的，到這裡人生地不熟，沒有特別交好的朋友，實在想不出是誰。」

原本就為岔開話題，不想肖鐸接了口：「是大行皇帝同母的兄弟，福王殿下。」

她正彎腰拔鞋後跟，襴裙高高提著，聽了話頓在那裡，一雙半大腳沒穿羅襪，細細的腳踝白得羊脂玉一般，上頭還牽著根紅線。

他瞇了瞇眼，果然是副賞心悅目的畫卷。漢人裹腳，三寸金蓮一手就能掌握，步音樓的不是。步氏老姓步鹿根，是隨龍入關後才改成單字的。鮮卑人不興裹腳，所以慕容宗室的女子全是天足。大腳好，腳大江山穩，比起那種脆弱畸形的美，還是不受束縛的本來面目更可人。

音樓挖空心思回憶，實在想不出什麼時候和福王打過交道。抬眼看肖鐸，他正好整以暇打量她的腳，這才想到把裙裾放下來。她難堪地咳嗽一聲，「我不認識福王殿下，別不是救錯人了吧！」

「錯不了，娘娘不認得福王，福王認得娘娘就夠了。」他背著手往窗外看，宮門虛掩著，門閂斜斜搭在一邊，兩盞宮燈高挑，照亮門禁下不大的一片空地。他回過身道，「就算沒有交集，娘娘也應該聽說過殿下。代宗皇帝子嗣單薄，膝下只有大行皇帝和福王兩位。如今皇上賓天，接下來有機會繼承大寶的，不外乎殿下和榮王。」他言罷一笑，「這些話原不該和娘娘說，只不過有了今兒這件事，就像坐在一條船上，臣便不同娘娘見外了。回頭福王殿下來瞧娘娘，其中緣故一點娘娘就知道了。臣的意思是，既然有幸和娘娘結了緣，那麼日後臣當竭盡全力扶持娘娘，也請娘娘在殿下面前替臣周全。歷來後宮如朝堂，齊心協力同榮同辱，才是長久的法子。」

音樓被他說得一頭霧水，她得了徽號晉太妃，死罪可免，卻要上泰陵守陵，後宮之中的爾虞我詐和她似乎沒多大關係。再說那位福王，她連見都沒見過，哪裡在他跟前說得上話！

她覺得這位肖廠公太瞧得起她了，剛想給自己找點退路，門外小太監隔著門簾通傳：「回督主，殿下過了百子門，正往二所殿來。」

肖鐸對一臉惶駭的端太妃滿作一揖，「殿下夜訪娘娘，請娘娘迎駕。」

音樓簡直摸不著頭腦，現在已經過了子時，什麼事不能明兒辦，哪裡有半夜訪人的道理！肖鐸來也罷了，那位福王不是貨真價實的男人嗎？她是元貞皇帝的宮眷，宮眷見外男不合規矩。現在真是群龍無首了，宮廷之中的禁令也行不通了。

他卻行往外退，音樓追了兩步，「肖廠臣，天這麼晚了，福王殿下這會兒來……」

他笑了笑，「來了便來了，早晚要見的。娘娘放寬心，殿下很和氣，好好侍候著，將來必不會慢待了娘娘的。」

她忐忑不安，到門外左右觀望，啞著嗓子叫彤雲，他抬手阻止了，「娘娘噤聲，殿下就是來瞧娘娘一眼，有些體己話要說。邊上杵著個不相干的人，殿下有所顧忌，心裡不痛快了，反而對娘娘身邊的人不利。」

音樓被他唬住了，當真不敢再出聲，只是可憐地看著他，「肖廠臣，你不會走遠吧？是不是得候著殿下出來，再送殿下往謹身殿去？」

肖鐸看得出來，她眼下是拿他當救命稻草，就因為他是太監，不能把她怎麼樣？真是怪事，人人對他避之惟恐不及，沒想到還有被人托賴的一天。他一哂，稀奇之餘也不覺得心境有甚變化。眼梢往抱廈方向一瞥，見兩個宮人引著福王緩緩而來，便不再答她的話，提袍下臺階迎接去了。

既然人來了，硬著頭皮也要見的。她在這裡提心吊膽，沒準人家還坦蕩蕩呢！這麼一想頓覺自己不上檯面，大行皇帝喪期裡，守靈哭靈不斷人。近前的宗親大臣連軸轉，時候一長白天黑夜都顛倒了。她得了赦免還能養一天身子，什麼時辰該幹什麼分得清清楚楚，謹身殿裡不得闔眼的人看來卻都是一樣，到處燈火通明，宮門下鑰但不上鎖，想上哪都暢行無阻，和白天沒多大區別。

福王是個翩翩君子，服喪期間戴著白玉冠，重孝之下也有倜儻的風度。對肖鐸擺了擺手又屏退左右，目不斜視地進了中殿裡。

第九章　花淡薄

音樓愣了一會兒，再往院子裡看，肖鐸已經朝宮門上去了。她沒了依仗，心頭發虛。沒計奈何只得轉身進殿裡。

來人坐在百子千孫葫蘆地罩旁，屋裡只點了一盞羊油蠟，迷迷糊糊看不清臉，只覺應該是如珠如玉的人。底下太監進來奉茶，他端起茶盞，食指上套個精巧的筒戒，那副金尊玉貴的體面便從舉手投足間流淌出來。

音樓垂手站在那裡，想了想愣著不是辦法，欠身行了一禮，「給王爺請安。」

福王把茶盞擱下，轉過眼來看她，目光肆無忌憚，邊看邊點頭，喃喃說好。

這模樣真叫人發虛，音樓勉強笑了笑，「屋裡暗，殿下稍待，我叫人再掌兩盞燈來。」

福王卻說不必，略挑著嘴角道：「燈下看美人，自有妙處。一眼看到底的，有什麼趣？」見她臉色微變，知道自己登徒子吃相難看，轉而笑道，「娘娘今兒受驚，眼下可好些了？我瞧嗓子還是不爽利，仍需將養才好。明兒還是哭靈，要是身上不舒坦就別去了。後日才大殮，等封了棺再去也不遲。橫豎妳也沒見過大行皇帝，簀床邊上守著，本王怕嚇著妳。」

這麼說來真是個細心周到的人，先前的那點孟浪也不算什麼了。音樓感激道：「殿下慈悲心腸，叫我怎麼謝您才好呢！不瞞您說，我今兒以為是必死的，就沒打算活著回來。沒承想得您相救，到這會兒還雲裡霧裡呢！」

福王嗤地一笑，「又不是打仗剿匪，還打算捨身取義？活人殉葬原就有違人道，大行皇帝未御極前，我們兄弟一處坐著說話，還曾說起過這宗。後來他君臨天下，把這茬忘了，到了臨終也沒想起來留個恩旨。」言罷呷口茶，把蓋子蓋上，擱到了一旁香案上，朝她和煦道，「娘娘坐吧，別拘著。我救妳，也非一時興起。論起來，妳父親曾經是我的恩師。當初詹事府分派人手教授太子和諸王課業，妳父親是右春坊大學士，學道深山，沒有一個人不佩服的。可惜後來身子不濟辭官隱退了，要是留在朝堂，對社稷必然有利。唉，如今師傅身子骨可硬朗？」

音樓這時才放下心來，原來曾經是父親的門生，那麼伸手搭救她也就說得通了。她提茶吊來給他添茶，一面應道：「承蒙王爺惦念，家父以前有喘症，一到發作就上不來氣。後來得了個偏方，天天吃，大清早起來還上山打拳，現在已經好多了。我進京的時候打簾往後看，他牽著一頭走騾送出去五里地呢！」

她在邊上溫言細語，嗓門雖不濟，那皓腕纖纖卻叫人垂涎。福王慢慢點頭，「緩和了就好，等將來有了時機再召回來報效朝廷。妳父親算不得頂梁柱，卻是根好檁子……」她在旁邊的動作一點不落全入了眼，福王頓下來，很快往上一瞥，突然就勢拉住她的手。

他是花叢中混出來的行家，聖上御弟，堂堂的親王，但凡他看上的女人，用不著花多大心思，勾勾手指頭不乏投懷送抱的。這位大概也是一樣，他懶得費周章，先前一通扯白讓他耗神，現在自然要找點貼補。

音樓沒想到他說變就變，剛才還好好的，怎麼一下就動手動腳了？她嚇了一大跳，使勁掙扎起來，「殿下有話好說，這算怎麼回事？」

「妳別動啊，都是自己人，這麼見外幹什麼？我就瞧瞧手，又不會少塊肉……」他起先還好言周旋，可她看著個子不大，力氣倒有把子，捨了命掙脫還真治不住。他站起來，索性滿滿一把將她困在懷裡，邊鉗制邊道：「妳聽我說，換了民間說法，咱們也算師兄妹。師兄妹結親，親上加親……怎麼？妳不願意？大行皇帝既然沒有臨幸妳，那再好不過……妳聽話些，我疼妳。」

福王身上薰了龍涎，熱騰騰的體溫伴著香味，薰得人頭暈。早就有不好的預感，現在果然應驗了。他的手上下亂竄，壓都壓不住，音樓漲紅了臉恫嚇，「王爺您身分尊崇，這麼作賤人好玩嗎？您快撒手，要不我可叫人了！」

這潑辣性子有點意思，他把臉湊到她耳根嗅嗅，「叫人？妳嚇唬我？說來奇怪，比妳漂亮的多了去了，這張臉竟叫本王念了那麼久！」

男人這種時候，越違逆他越來興致。音樓不知道什麼時候見過這色中惡鬼，顫聲道：「我是大行皇帝後宮的人，您這麼辦也忒不恭了。您先撒開我，撒開了好說話。您瞧著我父親的面子，放了我吧！往後音樓肝腦塗地報答王爺的恩情。」

「眼下不就是妳報恩的時候？」福王咬牙切齒笑道，「妳連命都是我給的，還能捨了什麼來報答我？乖乖聽話，要是不從，我有一百種法子叫妳死得更難受。」

早知道這樣，還不如跟著殉了葬，也少受這樣的屈辱。她實在沒法子了，他拖她上炕，她死死拽住落地罩，十個手指頭從雕花裡摳過去，勒得生疼。他下勁扯，把地罩的榫頭都要搖散了。見她不肯放手，恨聲道：「給臉不要臉？還是喜歡被綁起來？」

她不鬆手，他也不強求了，反倒換了方向朝地罩壓過來，一手在她胸口亂摸一氣，一手往下直伸進她的小衣裡。

音樓又急又惱，進了宮就要做好翻牌子的準備，這會兒皇帝死了，本以為用不著再擔心這個，誰知道憑空冒出個福王來，用的還是這種下三濫的手段。她害怕透了，這時候反抗是本能，就算活生生的皇帝來了，她也不能束手就擒。真逼急了眼，猛拽起他的手來，就著虎口便咬下去。這口咬得深，能聽見牙齒穿破皮膚的脆響。福王嗞嗞倒吸涼氣，一晃神的當口她就奪門跑了出去。

音樓悶頭往外奔，也不知道能往哪逃，只往有光亮的地方竄。宮門虛掩著，她拉開就跨了出去，不想門外有人，一片玄色的披風迎面而來，她剎不住腳，一頭撞了上去。

門外的人被她撞得一趔趄，音樓暈頭轉向，扶額一看是肖鐸，登時抽噎起來：「肖廠臣，您還沒走啊？」

堂堂的東廠督主替人把門，說起來掃臉。如果光是個王爺，他當然沒那個好興致幹這份倒楣差事，但是眼下這位王爺前途不可限量，他的殷勤周到絕不是沒有回報的。

瞧她披頭散髮的樣子，再往門裡一看，福王站在廊廡底下讓人拿白布纏手，他也料到是怎麼回事了。這丫頭膽子真不小！他低頭看她，「娘娘傷了殿下，打算怎麼料理？」

她緊緊攥住他的胳膊，上下牙磕得咵咵作響。抬起頭望著他，眼裡蓄著水霧，一眨眼就落下來一長串，樣子可憐到了家。他長嘆一聲：「娘娘這就是不明事理了，不想進泰陵蹉跎一輩子，就得找個男人依附。身子給誰不是給，非要弄得這麼三貞九烈？進去對殿下服個軟，殿下好性兒，事就翻過去了。」

是啊，他說的都在理，要是換了頭子活絡的，也不能鬧得現在這樣。人家憑什麼救她？她又拿什麼報恩？除了這一身肉，她拿不出別的東西來。可她害怕，這大半夜的，莫名其妙的，一點準備都沒有，就叫他上下都摸遍了。

她壓著嗓子嗚咽，悲憤交加。見那頭福王下臺階過來了，立刻又抖得篩糠似的，搖著肖鐸手臂哀求：「您救救我吧……救救我！這太嚇人了，我怕。」

「怕什麼？」想起皇后床笫間的反應，他冷冷勾著嘴角哂笑，「等您明白了，只怕會欲罷不能的。」

福王越走越近，音樓繃得渾身發僵，脫口道：「您再救我這一回，往後我什麼都聽您的……求您了，不救我就是您不仗義！」

不救還不仗義了？他憐憫地打量她，真怕成這樣？債越欠越多，還起來可要受累的。

福王邁出門檻，齜牙咧嘴地瞪她，「下嘴真夠狠的，妳是屬狗的？」音樓挨到肖鐸身後，只露了一雙眼睛怯怯地看他。福王火冒三丈，「咬了人一句話都不交代，妳膽兒肥！」伸手去扯她，「往哪躲？能躲到天邊去？給我過來！」

福王氣亂了心神，全然不忌諱了，在宮門外就拉拉扯扯起來。肖鐸忙上前勸阻，賠笑道：「殿下息怒，宮裡辦著事，這時候鬧起來不好看相。依臣的意思，來日方長的。娘娘暫且想不明白，等過兩日臣抽了功夫再勸諫勸諫，娘娘轉過彎來，一切就都雨過天晴了。您瞧原本是喜事，賭氣有什麼意思呢！殿下先消消火，這個時辰另有法事要做，臣陪殿下上謹身殿去，正好有些話要回稟殿下。」

按說帝位懸空的當口，的確不該只顧偷女人。福王靜下心來，板著臉一哼，轉過身就往夾道裡去了。

音樓這才鬆口氣，悄聲道：「多謝廠臣了，我記著您的好處，永遠不敢忘。」

他居高臨下看她，未置一詞，比了比手請她回去，自己快步趕上了福王的腳蹤。

夾道不像東西街，道旁不掌燈，只有遠處的門禁上杳杳掛著兩盞西瓜燈。福王放慢了步子，手上傷口辣辣地疼，心裡極不受用。瞥了肖鐸一眼，「什麼話，說吧！」

肖鐸應了個是，「內閣晚間商議新帝登基事宜，擬定後日大行皇帝大殮之時，榮王即位主持大政。」

「主持大政？一個五、六歲的奶娃子，主持個狗腳大政！」福王鄙薄道，略頓了下負手沉吟，「等下去也不是事，當初高宗皇帝一時猶豫，讓百年太子御極，再從姪子手裡奪天下，廢了多少力氣！前車之鑑，當引以為戒。既然榮王進了坤寧宮，這會兒下手正是時候。若是等他稱帝過後再圖謀大計，短期之內又動他不得，到時候朝政勢必落進皇后手裡，趙家那一干外戚豈不又有了用武之地？」

肖鐸躬身道是，其實他若真有野心，扶植榮王便能把持朝政。可是這樣風險也大，宦官擅權歷來是大忌，到最後授人以柄，叫人糾集起來要他的命。他手上畢竟沒有兵權，區區一個東廠萬把人，真刀真槍拚不過五軍都督府。要是再加上個福王，事情就更難辦了。所以還是需要人頂頭的，不光為報福王的恩情，也是為自己考慮。幫福王達成心願，他仍舊可以舒舒服服做他的東廠提督。更要緊一宗，就此能擺脫皇后的糾纏，這個好處比權傾天下誘人得多。

兩人慢慢過了門禁，往前又是十幾丈遠的夾道。福王略打個頓，低聲道：「要取榮王性命不是難事，我擔心的是各部藩王。不說雲貴、川陝，單單一個盛京南苑就不容小覷。萬一打著旗號進京……」

肖鐸拱手道：「這個殿下不必憂心，東廠的番子分布在大鄴各地，只要有一絲異動，等不到他們調兵遣將，消息就已經傳進紫禁城了。藩王不得詔命擅離蕃地等同謀反，到時候下令撤蕃，更加師出有名。」

福王聽得頗稱意，在他肩頭拍了拍道：「有你在，果然替了本王不少心力。本王信得過你，那麼萬事就託付廠臣了，他日本王必有重賞。」

肖鐸等的就是他這一句，忙拱手作揖，「殿下言重了，沒有殿下，哪裡有臣今日！替殿下分憂是臣職責所在，臣必定盡心竭力，請殿下放心。」

福王點頭，挫著步子往前邁，復又懊喪地抬手看看，「那丫頭怎麼料理？性子似乎烈了些，差點沒咬下我一塊肉來。」

他想起那雙盈滿淚的眼睛，心頭微漾，「臣以為這種事急不得，她這會兒嚇破了膽，短期內恐怕緩不過來，逼得越緊越會弄巧成拙。橫豎殿下有的是時候，待得天下大定，對她多加看顧，恩典到了，假以時日不愁她不回心轉意。臣雖是太監，也知道男歡女愛靠的是你情我願。強摘的果子不甜，殿下比臣更明白這個道理。讓她在泰陵待上三、五個月，也好防人口實。若到時殿下還惦念，再找個藉口把她召回來；倘或一別兩寬漸漸放下了，那讓她守一輩子的陵，也就是了。」

福王仰頭看月，今晚是下弦月，到了後半夜細得簡直看不見。越得不到越掛念，現在人要是在眼前，一口吞下去都不解恨。

「我琢磨過了，還是不要送進泰陵的好。年紀輕輕的姑娘，住在墳圈子裡損陽氣。再說那裡還有老輩裡的妃嬪，不定回頭怎麼折騰她呢！沒的接回來不成了樣子，豈不白費心思？」他豎著一根手指頭指點，「這麼著，你想個法子從泰陵把人換出來，讓她暫時借住在你府上。我怕有陣子要忙，等忙過了再召她回宮，你也好提醒著我點，別一不留神弄忘了。」

這位王爺，真好色又多情！這類人看上誰都憑喜好，今兒你明兒他，興頭上百樣揪細。等一撂手，大約什麼都想不起來了。

第十章　更漏殘

音樓一天之內受了兩次驚嚇，覺得有點承受不住，坐在炕上只管發呆。彤雲挨著腳踏覷她，「主子，您老說桃花運不旺，您瞧這回不是來了？」

她把臉埋在臂彎裡，聽她這麼說轉過臉，露出一隻眼睛看她，「這是什麼桃花？上來就摸我，這兒薅一把那兒薅一把，還說師兄妹結親，有這麼結親的嗎？我算看出來了，這些耀武揚威的貴人就這奏性，不拿人當人看！」

彤雲垂著嘴角皺著眉，五官看上去有點滑稽，「甭管怎麼，好歹也是一朵花，雖然好色點，將就也能看看。您要想往後有好日子過，少不了吃暗虧。要是尋常家子，小叔子偷嫂子丟人，帝王家就不一樣了。您知道高宗皇帝吧？可賀敦皇后是太宗正經元后，最後還不是給高宗來了個收繼婚！鮮卑人沒那麼講究，跟誰不是跟吶，您說是不是？」

她愣了下，「聽著挺有道理，敢情是我當時沒想開？」

「那您這會兒想開了嗎？」彤雲湊近了些，「過了這村就沒這店了，您打算老死在泰陵啊？」

「不想，那怎麼辦？我再去勾引福王？」她憋出個作嘔的表情，「我想起他就犯噁心，真下不去那手！」

「您都下嘴了，下手怕什麼！」彤雲退回榻上，抱著褥子躺下來，翻個身道：「您這麼想，如果皇上沒駕崩，翻了您的牌子叫伺候，您去不去？一樣的道理，這宮裡誰認識誰？除開宮女就是淨了身的太監，男人只有一個，眼下死了，沒準福王就成下一任的主子爺了。反正撇開那些不論，您瞧準了時候求他給您做主，他好歹是位王爺，把您從泰陵撈出來不費吹灰之力。」

音樓又點頭，直挺挺躺屍瞪著屋頂，「有道理。」

彤雲嘆氣，「您別光有道理，好好琢磨琢磨吧！您往後啊，就是個高處待著的命。要找男人，非得是位高權重的，否則您就得天天敲木魚。敲著木魚好玩嗎？三天五天還覺著挺清靜，十年八年您得瘋！我聽說守陵的好些太妃到後頭連人都認不得了，跑出去死在哪個犄角旮旯，找都找不著。」

音樓垂頭喪氣，「我要是進了陵地，沒人救我我肯定出不來。最後也得像老太妃們一樣，死了往妃子陵寢一埋就完了。」

「所以您不能那麼懶了，您得活動開。我先頭還覺得李美人跟了閆蓀琅也不錯，現在看看您，您得福王垂青，比李美人強百倍。福王渾身上下什麼都不缺，得了個大便宜，您找地方偷樂去吧！」

「這話不對，我沒得便宜，是被占了便宜。」音樓把人倒扣過來趴著，「還有我是主子，妳不能說我懶，不合規矩。妳該說我樂天知命，這麼聽著順耳點。」

彤雲乜她一眼，「奴婢也是為您好，您有時候扎進死衚衕，就缺當頭棒喝。我冒死直諫，是良臣。」

音樓錯著牙點頭，「我知道了，妳一定是恨我把賞妳的東西收回來了。」

「那點算什麼！等您飛黃騰達了，還愁沒我的好處？走出去我也人五人六的，給我自己長長臉。」彤雲打個哈欠喃喃，「您這輩子橫豎是和這帝王家結緣了，留在宮裡才是正途。別愁孤單，好些得寵的太監都和主子們走得近，到時候咱們也養一個，供您取樂。」

音樓聽得臊眉耷眼，「妳可真好意思說，妳要是個男人，八成比福王還要好色。」

「我說的是實話，您沒聽說過啊，不光好些嬪妃，連皇后都……」她捂住了嘴，「該死該死，差點說漏了，叫人知道了要拔舌頭的。」

音樓嗤笑：「真要拔舌頭，妳渾身長滿了也不夠拔的。皇后怎麼了？皇后也養太監？」

有些人啊，話到了嘴邊吐不出來他難受，彤雲就屬於那類人。故弄玄虛半天，最後不問她她還上趕著告訴你呢！果然一放魚線就上鉤，連餌都不用拋。她暗挫挫說：「皇后和掌印太監有貓膩，您不知道？」

她怔了怔，想起肖鐸那張不食人間煙火的臉，覺得不大可能，「司禮監有幾個掌印太監？」

「您糊塗了？闔宮只有一位，掌印多了還不得亂套啊！」彤雲壓嗓門道，「就是肖鐸，您的那位救命恩人。我有個髮小在坤寧宮當差，是皇后身邊服侍的人。每回皇后召見肖太監，宮裡侍立的人都得識趣退出去。什麼話不能當人面說？肖太監在坤寧宮一呆就是兩刻，您說孤男寡女，能幹什麼？」說著話鋒一轉，「這話我只告訴您，您可不能往外宣揚。東廠刺探消息是天下頭一等，這種閒話要是叫肖鐸知道了……」她喀地一下做個抹脖子的動作，「明早太陽就該照在咱們墳頭上了！」

音樓有股說不出的滋味在心頭，「太難為人了，要用拿不出手，那多著急啊！」

彤雲悶在被窩裡咭笑，「人家聰明著呢，什麼辦法想不出？皇后宮裡有個巫儺面具，鬼臉紅鼻子。那鼻子不尋常，鼻尖兒雞蛋大小，整個足有四寸半長，就像上刑用的木驢……」這麼驚心動魄的內幕，自己也臉紅，忙訕訕住了口。

音樓起先還沒明白，後來回過味來，唬得目瞪口呆。翻身仰臥，不知怎麼覺得好好的一朵花給糟蹋了，心裡悵惘不已。她長嘆一聲，「肖廠臣可憐見的！」

彤雲唔了聲，含含糊糊道：「不可憐，當奴才的都是這麼過來的。有付出才有回報，要不您以為他怎麼執掌司禮監，怎麼提督東緝事廠的？成大事者不拘小節，主子您也該學學肖廠公才是啊！」

音樓沒應她，沒過多久那丫頭就睡著了，鼻子眼透氣像拉風箱。音樓睡不著，腦子裡轉得風車似的。

福王的名頭響鐺鐺，大鄴沒幾個人不知道。這位王爺是墊窩兒[1]，前頭兄弟死了一溜，就剩他和大行皇帝哥倆。後來大行皇帝繼位，他封了王，在京裡舒舒坦坦受用著。要說這人吧，大毛病沒有，就是好色，誰家姑娘媳婦入了他的眼，翻牆撬門也得把人弄到手。這麼個神憎鬼惡的脾氣，卻寫得一手好字，想是老天爺發錯了恩典了。他在書法上頗有造詣，臨誰的字，準入木三分。據說來一段瘦金體，蓋上他慕容高鞏的大名，擱在琉璃廠能買好幾千銀子。

色鬼擅長丹青，就像肖鐸這樣一個整潔人兒必須取悅皇后一樣，讓人敬畏之餘又覺得醃臢。可見世事難兩全，越靠近權力中心的人越複雜。音樓拍了拍額頭不由發笑，她對肖鐸又知道多少？光憑他救了她兩回就生出這麼多感慨來，也許人家原就是這樣的人呢！

不過他先前的話她是聽進去了，他和彤雲一樣的意思，跟誰都是跟，皇帝臨幸妳，妳不也得脫光了躺著嗎！不同之處在於皇帝翻牌子她可以大大方方讓人知道，福王來這手就藏著掖著見不得光。不管怎麼，太妃的名號在這裡，真要答應了……算怎麼回事？

再好好想想，不著急，好好想想再決定該怎麼辦。救命之恩不能不報，賒著帳，沒準人家一來氣又弄死她一回。

1　對最小的兒子的戲稱。

音樓絕對是個得過且過的人，她心大，能裝得下整個紫禁城。睡了一覺，第二天起來什麼都想開了，沒叫她殉葬是她運氣好，半夜給人吃了豆腐也沒什麼，是自己太惹人愛了，美人的煩惱就是多。

她倚窗看前排殿頂上金燦燦的日頭，天晴了，轉眼就暖和起來。之前下四十來天雨，八成是為大行皇帝哭喪。細想想他也沒什麼建樹，天菩薩這回窮大方，哭得這麼悲淒綿長。人斷了氣，反而換了副臉，大概知道要出喪，行方便叫事辦起來順當些吧！

至於她頷下的瘀痕，三兩天恢復不好。肖鐸派人送了膏藥來，啪啪左右開工貼了一脖子。晚間撕下來的時候淡了不少，雖還沒完全消退，嗓子倒清亮了，在靈前也能哭得比較有體面。

第三天要入殮，她裝樣子也得提前上謹身殿跪著。彤雲替她收拾好，孝帽子深，一扣連眼睛都看不見了，主僕倆相互攙扶著，乘著夜黑風高進了後右門。

謹身殿前白幡漫天，金銀箔被風吹得嘩嘩響，殿裡梵音連綿，身臨其境才有了辦喪事的沉重感。因為還沒裝殮，殿裡支了高高的帳幔，帳內是皇帝的簀床，帳外設高案擺放禮器祭品。守了兩天靈的宮眷和近臣跪在青廬兩邊，見有人來了都抬頭看。音樓有點慌神，不過還算鎮得住。也虧她有一副急淚，提著鰓麻孝服，步履蹣跚地上了臺階，在殿外三跪九叩，伏在階臺上泣不成聲。

一個沒得過皇帝臨幸卻莫名其妙晉了太妃位的小才人，對自己將來叵測的命運尚且有憂患意識，那些名正言順的太妃們想想自己的晚景，更覺淒涼難言，放聲又是一通嚎哭。音樓自然哭得更應景了，她是怕皇后這會兒冒出來，拉她上簀床邊上跪祭，那是要嚇死人的。

她趴地不起，裝模作樣渾身打擺，那份傷情叫天地動容。肖鐸剛議完事從廡房裡出來，站在丹樨上看了一陣，見她這樣情真意切也覺納罕，不過並不以為她是出自真心。他對插著手上前，弓腰道：「娘娘節哀，保重自己身子要緊。」

她抽抽搭搭起身，他忙伸手攙扶。就著火盆的光看，她眼眶發紅，滿以為是哭過了頭，擦壞了眼睛，誰知道她拿手絹一掖，素絹上分明留下一道紅印子，原來是事先早有準備，往眼皮上抹了胭脂。

真沒見過這麼狡猾的！肖鐸皺了皺眉，「娘娘上殿裡去吧！夜深了有露水，沒的打濕帕子就不好了。」

音樓那雙大眼睛呆呆掃過來，他的話說得蹊蹺，大概堪破了什麼。再低頭一看，臉上立馬悻悻的，忙把帕子塞進了袖口裡。

第十一章　幾重悲

大行皇帝的遺容就不必瞻仰了吧！反正蓋著黃綾布，也看不見什麼。再說肺癆死的人，離得太近沒準會被傳染。不過崩在這個月令裡，也算死得聰明。再拖延一陣子入了夏，還得專門指派兩個人趕蒼蠅呢！

音樓心口一陣翻騰，不敢再細想了，斂著神隨肖鐸進殿裡上香。剛進門，看見皇后從偏殿裡過來，上下審視她，問肖鐸，「這位就是步才人？」

皇后是坤極，是紫禁城中頭等尊貴的女人，音樓這類低等妃嬪，只在剛進宮時遠遠見過她一面。能當皇后的人，必定貞靜端方令人折服。趙皇后很美麗，出身也極有根底，父親是文華殿大學士，母親是代宗皇帝的堂姐彭城郡主。她十四歲為后，到現在整整八個年頭，八年的時間把她煅造成了精緻雍容的婦人，臉上更有自矜身分的貴重。

肖鐸道是，「步才人是前太子太傅步馭魯的女兒，昨兒徽號擬定之後才還的陽，如今受封貞順端妃。」

皇后「哦」了聲，「定了就定了，橫豎只是個稱謂。萬歲爺人都不在了，受了晉封還有什麼用！」言罷對音樓道，「妳既然蹈義未成，到大行皇帝簀床邊上守著去吧！我先頭跪了六個時辰，精神頭委實夠不上，妳就替我一替，也是盡了一分心力。」

音樓只覺五雷轟頂，料得果然沒錯，哪能那麼容易就讓她蒙混過關！她是從死過的人，離皇帝陰靈最近，安排她守靈，簡直再合適沒有。她是一千一萬個不願意，可是怎麼辦，皇后發了話，沒有她拒絕的餘地。她窩窩囊囊地應個是，「娘娘保重鳳體，且去歇著。這裡有臣妾照看，出不了岔子的。」

皇后連點頭的樣子都那麼有威儀，音樓自打聽彤雲嚼了舌根，滿腦子都是她和肖鐸暗通款曲的曖昧場景。女人天生對窺探祕密有極大的熱情，她趁著回話的當口抬頭，視線在他們之間小心地遊走。但是沒有什麼發現，他們都很克己，皇后甚至沒有再看肖鐸一眼，倚著宮女出了謹身殿正門。

音樓感到一陣失望，覷了覷彤雲，對她不甚可靠的消息表示鄙薄。彤雲很無奈，這位主子就是塊頑石，大庭廣眾公然調情，當他們是傻子？她抬眼往帷幔那頭一掃，示意她先顧慮顧慮自己的處境。皇后多壞呀，看她沒法死後追隨大行皇帝，就叫她活著做伴。這半夜三更的，對著個陌生的屍首，不是要嚇死人嘛！

音樓這才想起來要往帷幕後面去，她低下頭，孝帽子遮住臉，很不服氣地齜了齜牙。再抬起頭來的時候仍舊是一臉端穩，對肖鐸欠身道：「請廠臣替我引路。」

肖鐸漠然打量她，「娘娘害怕嗎？」

害怕呀，可是又能怎麼樣？況且裡面的屍首曾經是皇帝，但凡和他沾邊的都是祖上積了德，她怎麼有權利害怕？

音樓吸了口氣，「廠臣說笑了，大行皇帝允公克讓、寬裕有容，能伴聖駕最後一程，是我前世修來的造化。」

他當然不相信她的話，奇異地挑了挑眉，踅身道：「既然如此，就請娘娘隨臣來。大行皇帝簀床邊有《金剛經》一部，請娘娘從頭讀，讀到卯時臣領人進來大殮，娘娘就能歇會子了。」

也就是說她要和聖駕相伴五六個時辰，讀那些滿紙梵文的經書。別的倒沒什麼，就是念經有些艱難。她尷尬地頓住了腳，「經書上的梵文我認不全，讀出來怕損了大行皇帝的道行。要不廠臣替我換孔孟吧！」她相當鬆快地說，「那個我讀起來很順溜，行雲流水不成問題。」

饒是肖鐸這麼深藏不露的人，也被她弄得乾瞪眼。哪裡有守靈讀那個的，這不是鬧著玩嗎？

「娘娘的意思是讓臣把四書五經搬來給您？」他沒再看她，邊走邊道，「書不能送，至於娘娘照著《金剛經》讀出什麼來，臣就管不著了。」

這也算網開一面，音樓心裡有了底，噤聲跟他進了喪幕後面。

雕龍髹金的簀床上筆直臥著一人，穿六章袞服，戴玄表朱裏十二旒冕。因為小殮抹屍後要用紅綢連裹三層，外面再裹白綢，所以皇帝的屍首看上去十分臃腫笨重。裹屍是舊時的喪儀，幹什麼用呢？據說是為防止驚屍。驚屍太可怕了，好好躺著突然扭起來，就算他是皇帝也夠嚇人的。把手腳都縛住，他起不來身，更不能追著掐人脖子，這樣就安全許多。

不知道是不是想多了，音樓覺得這裡的味道有點怪。雖然點著檀香，還是掩不住淡淡的臭味。天還不算熱，擺了兩三天就變味了嗎？幸好守靈靠牆，離簀床有段距離，她也就安下心來。照著蒲團跪下去，翻開經書扉頁，竊竊背起《詩經》來。

肖鐸轉過臉看彤雲，彤雲尷尬地朝他笑了笑，他沒說話，轉身便出去了。殿裡只有站班的宮女太監，嬪妃一般是不帶宮婢的，彤雲伺候完也要迴避。肖鐸隔著幔子往裡看，後殿燃二十四枝通臂巨燭，照得靈堂煌煌如白晝，她在燈下讀經能讀得前仰後合，真是個怪誕的人。

他居然有點想發笑，這念頭也是一霎而過，很快回過神來，面皮繃得愈發緊了。

要緊事沒有辦完，哪裡來的時候蹉跎！離天明還有六個時辰，皇城內外的布控已經盡在他手，剩最後一步，料理妥當就能稍稍喘口氣了。

這陣子委實累，大事小情全湊到一塊。他捏捏脖子下了丹陛，經過銅龜石座背光的那片陰影，把一個寸來長的葫蘆型小瓶塞到曹春盎手裡。

福王在配殿闔了兩個時辰的眼，收拾停當了才過來。說來滑稽，一個想做皇帝的人，在這種緊要關頭還能沒事人一樣找地方睡覺，大概也只有這位王爺辦得到了。不過這樣也好，要是個慎密幹練的，什麼事都能親力親為，還要他做什麼？

他上前請個安，「殿下，端太妃已經在後殿守靈了。」

福王起先還提不起精神，聽見他這句話，兩眼立刻閃閃發亮，「嗯？這麼早就來了？不是讓她明兒再過來的嗎！別人都在前殿跪著，她怎麼上後殿去了？」

肖鐸說：「可能瞧她是朝天女，皇后打發她在後殿打點。」

福王聽得很不稱意，「這個皇后真是個刁鑽刻薄的酸貨！那她現在怎麼樣？她膽兒小，八成嚇著了吧？」

他早就忘了音樓負隅頑抗時咬他一口的小怨恨，偷不如偷不著，這是古往今來所有男人的通病。福王是個注重感覺的人，他頭一回見步音樓，是總理選秀時不經意的一瞥，當時不覺得有什麼，回去之後卻像發了病，越想越覺得中意。本來打算托肖鐸把人弄出宮的，後來恰逢皇帝病危駕崩，也就用不著那麼麻煩了，乾脆接管了天下，所有阻礙就都迎刃而解了。

肖鐸只道：「臣出來料理有一陣了，不知道裡頭什麼情形。王爺要是不放心，進去瞧瞧，陪她守會兒。眼下正是她叫天天不應，叫地地不靈的時候，雪中送炭比錦上添花更讓人窩心。昨兒夜裡的事的確急進了些，今晚要是能叫她想明白，也算功德圓滿了。王爺是有耐性的人，好飯不怕晚，還急在這一時半刻？叫她心甘情願，王爺不是更有趣？」

福王覺得肖鐸雖然挨了一刀，但是那種拿捏女人心思的的手段比好些男人都高明，也更懂得裡頭的趣致。他笑起來，低聲道：「廠臣有沒有嚐過女人的滋味？本王是說入宮之前。」

肖鐸皺著眉笑，「王爺，臣十三歲就入宮了。十三歲的孩子……怕是不能夠。」

福王無限惋惜，「因為沒嘗試過，所以你不懂。正經十三歲是可以的，就是細了點，撓癢癢似的。」他咳嗽了聲，背著手挺了挺胸，「你在皇城東邊不是置了產業？等事過去，我賞你幾個宮女成個家。日日為朝廷操勞，回去好有人近身伺候，也過兩天舒心日子。」

肖鐸自然不敢領受，呵腰道：「謝王爺厚愛，臣一個人獨來獨往慣了，多兩個人反倒不習慣。」

福王在他肩頭一拍，「等知道了好處，自然須臾離不得了。」語畢整了整圈領，提著曳撒登上丹陛進謹身殿去了。

他打幔子入後殿，一腳踏進去聽得音樓在切切絮語。大鄴好些女人閨中無聊，靠吃齋念佛打發時間，梵語經文能夠倒背如流，福王料著她也一樣。邁近屏息側耳，想聽聽她佛學造詣如何，誰知半天沒聽出頭緒來。終於弄明白一句，「左之右之，君子宜之」，原來她念的不是《金剛經》，居然是《詩經》。

他的影子在燭火下拉成長長的條，鋪陳在她面前。她仰起臉看，發現是他，表情定格住了，看上去呆呆的，沒了靈氣。

福王有些沮喪，她的眼神帶著防備，早知道就該耐著性子同她扯扯閒話，先打好交道再圖謀後計，才是馭人的方法。

她好像怕他故技重施，立刻往帳外看了看。供桌左右都跪著哭靈的人，也不怕他亂來。

畢竟大行皇帝跟前，人雖死了，唯恐陰靈不遠，有話也不敢隨便說。福王清了清嗓子道：「娘娘受累了，要不要歇會兒？」

音樓想起彤雲的話，覺得腦子是該活絡些，可問問自己的心，又實在做不出討好的事來。遲疑了好久才在蒲團上欠身，「我不累，多謝王爺關心。」

兩個人僵持不是辦法，音樓還怕他杵在這裡大家尷尬，沒想到他自發退了出去。她剛鬆口氣，卻看見他從簀床另一邊的帷幕後出來，也不看她，自己捧著一本《地藏經》喃喃誦起來。

第十二章　似千里

殿外月朗星稀，到了後半夜，大夥精氣都有點散，之前哭天抹淚的都住了嘴，跪在墊子上打起盹來。大行皇帝駕崩已經是事實，再多的悲傷抵不過上下打架的眼皮子，黏在一塊，天大的本事也分不開它。

和尚念經倒還是那麼起勁，他們分時候上值，換了一撥人，嗡噥的梵音照樣盪氣迴腸。

音樓剛開始對福王帶著戒備，不知道這人打什麼壞主意。觀察了一陣，他捧著手卷態度自然，她漸漸也就放鬆了，又覺得他滿講義氣。明明不必在這裡充當孝子賢孫，卻耐著性子同她做伴。隔得遠雖遠，畢竟有心，也不能不瞧著人家的好。

夜半三更有點冷，她跪久了，只覺一串寒意蠕蠕爬上脊梁，呵欠伴著瞌睡一波接一波襲來。勉強盯著書，上面字跡模糊，亂糟糟一團，什麼都看不清了。

終於感覺撐不住，猶猶豫豫闔上眼，心說瞇瞪一會兒，反正渾水摸魚的不只她，法不責眾嘛！

福王呢，先前睡過了，這時候精神奕奕。視線越過大行皇帝如山一樣胖大的身形，看見她低垂著頭，知道她乏累。悄聲站起來，到前殿指派太監進去替她，自己繞過香案來瞧她，輕聲喚她，「端太妃，太妃娘娘？」

音樓猛地激靈一下，抬起頭看他，「殿下叫我？」

福王頷首道：「娘娘跪了有兩個時辰了，上廡房裡歇會兒。我叫人備了茶點，妳去進些東西再來。」

她卻不大放心，支支吾吾搪塞，「不必了，多謝王爺好意。簀床邊上不能斷人，再有兩個時辰天就該亮了……」

福王兩道濃黑的眉毛像兩柄關刀，拱起來的時候幾乎能連成一線。聽說眉心不開闊的人氣量小，音樓拉著長音調開視線，覺得有了昨晚的事，今天還要相對真彆扭透了。

喪服是右衽大交領，她人很纖細，相應的脖子也修長優美。脖子再往下，寬大的門襟依舊能看出山巒起伏，果然美人胸叫人神往啊！他想起混亂中隔著衣服揩到的那點油，女人除了臉，那裡是暗藏的寶藏，光那麼思量也足夠他想入非非的了。

福王就是這點好處，他有用不盡的熱情。不是一次對多少女人動情，他很「專一」，送走一個迎來一個，每次都極其用心。這次輪到步音樓了，雖然沒深交，不知道她為人如何，但她在強權面前懂得抗拒，說明她很有骨氣。有骨氣好，他喜歡！撩撥兩下就成了麵人，那種和青樓粉頭什麼區別？他經歷的女人多了，暫時還沒遇見敢反抗他的……想到這裡手上傷口銳痛起來，他審視她，慢慢吊起一邊嘴角。野性難馴，狩獵起來才更有意思。他也不急，有大把時間和她周旋。她目前排斥他不打緊，以後自然會愛死他的。

他拿出他君子人的正派模樣來，咂了咂嘴道：「太妃這片心，大行皇帝在天上瞧著也會動容的。只是後半夜陰氣重，妳一個女人家守著不好，邪風入骨，仔細作下病來。妳道皇后為什麼後半夜回宮，就是這個道理！娘娘還要我說得更明白嗎？我是為著妳，從一開始就是一番好意，妳萬萬別誤會我。簣床邊上斷不了人，我已經叫人進來替妳了。騰出空來歇一歇，對妳有益處，明兒臉色也鮮亮。」

他說得這麼合情合理，音樓立刻動搖了。這回紫禁城裡人死大發了，這一個、承乾宮裡一個、後邊欽安殿還有五十七個……想來一陣惡寒。

福王見她還不起身，簡直要覺得她朽木不可雕了，「娘娘執意不去？」

音樓苦哈哈道：「王爺，其實不是我不想去，是我腿麻站不起來……」邊說邊往外看，嘀嘀咕咕地抱怨，「彤雲八成投胎去了。」

如此又是個接近的好時機，福王仗著身後有簾幕遮擋，也不徵得她同意，上手就來攙她。不是伸出胳膊給她借力，是兩手伸到她腋下，把她直挺挺架了起來。

這是拉扯孩子的辦法，音樓無可奈何，能感覺到他雖極力控制，手指的外緣還是觸到了她的胸乳。她真臊得沒處躲，這接二連三的，當她也是死人？她掙扎開了，踉蹌扶著牆壁動動腿，欠身道：「我自己能行，不勞王爺費心。」又小心翼翼地覷他，「王爺也要上廡房吃果子去？」

他想去，可是得避嫌，公然在一間屋子裡待著，暫時不大好。他咳嗽一聲，「五更天要大殮，還有好些事要料理，我就不去了。」轉身叫來個小黃門，「你引路，伺候娘娘歇著去吧！」

小太監領命道是，上來屈起一條胳膊讓她搭著，細聲道：「老祖宗您留神腳底下，奴婢瞧您孝袍子長了，回頭進廡房給您絞了點，您走道能好走些。」

她打幔子出去，發現外面的人少了一半，據說是輪班吃加餐去了。

她跟著進廡房，原以為那些太妃太嬪都聚在這裡，可是沒有。外間的案上擺著個吊子和幾碟點心，內間門上掛了半截老藍布的簾子，燈火搖晃裡看見有人走動，腳上一雙皂靴，半身曳撒勝雪，只是頭臉擋住了，不知道是誰。

小太監扶她坐下，跪在地上笑道：「老祖宗寬坐，奴婢給您料理料理這袍子。」說著躬身拿牙咬下沿，孝袍子不滾邊，宮裡請剪子也麻煩，只要咬出個缺口來，順著絲縷一撕就成。

音樓抬起腳，看他卸下兩寸來寬的一道，揚手一扯，裂帛的聲音聽得心頭發涼。

「您瞧都妥了。」他把布捲起來掖在腰封裡，到盆裡盥了手過來取琺瑯茶碗，往她面前一擱，又撩了袖子拎銅吊子往碗裡注奶，「這是剛從茶炊上取下來的，還熱乎著呢，奴婢伺候老祖宗進些。」

音樓問他，「你們都管太妃叫老祖宗嗎？要是一屋子都是太妃，怎麼分呢？」

小太監道：「總有法子的，通常是前邊冠封號。比如您，人多的時候就叫端太妃老祖宗，私底下沒別人，光叫老祖宗也不會混淆。」

她「嗯」了聲，「我以前聽說司禮監管事的才稱老祖宗。」

「那是老輩裡，有點歲數的才這麼叫。咱們督主眼下正是大好的年紀，叫老祖宗，沒的叫老了。」

音樓抿了口奶子問：「肖廠臣今年多大歲數？我瞧左不過二十五。」

小太監呵腰一笑，「老祖宗好眼力，督主過了年二十三，您猜的差不離。我師父說了，像這麼年輕輕就執掌司禮監的，二百年來是頭一個。他老人家雖年輕，辦事卻老辣有膽識，下頭的人，提起他沒有一個不佩服的。」

這麼齊全的人，可惜淨了身，空得這麼大的權勢有什麼用！音樓倒替他難過起來，裡間的人突然咳嗽一聲，小太監聽了大驚失色，殺雞抹脖子捂住了嘴，朝裡面一指，光動嘴不出聲，對她做出個「督主」的口型。音樓也沒想到是他，一時有點發愣，忙端起碗咕咚咕咚喝了好幾口。

「時候還早，老祖宗再歇會兒，奴婢外頭還有事，得忙去了。」小太監找個藉口就要逃，邊退邊道，「大行皇帝的梓宮天亮停在奉天殿，您跟前的人借去幫忙了，我給您找她去，叫她來伺候您。」說完一閃身出去了。

音樓枯坐著，謹身殿裡的梵音隔了段距離，隱隱約約都遮罩在垂簾之外，屋裡靜悄悄的，只偶爾傳來紙張翻動的聲響。她使勁地探頭看，裡間的燈光柔柔地、模糊地蔓延出來，流淌到她腳背上。他不知在做什麼，好像很忙，又好像很悠閒。

她清了清嗓子，「肖廠臣？」

裡面應個是，「娘娘有什麼吩咐？」

有什麼吩咐，似乎沒有什麼吩咐。她抿了抿嘴，略頓一下又問：「您在忙什麼？」

他「唔」了聲，「臣這裡有些帳目要清算。」

音樓想了想，從茶盤裡另取一只茶碗來，倒了一盞奶，端了一碟藤蘿餅，拿手肘打簾子，偏著身進了裡間。

他抬起頭看她，她送吃的來給他，還是很叫他意外的。一屋子的書櫃，只有他的書案上能擺東西，忙起身把散開的冊子都收攏起來，騰出一塊地方讓她放碗碟。

她站在一旁淡淡地笑，「福王殿下發了恩典叫我來歇著，不知道廠臣用過點心沒有？眼下事也多，自己身子要當心，餓著辦差可不成。您用些吧！」她把奶盞往前推推，「我摸過，還熱著呢！」

肖鐸臉上神色難辯，狐疑地打量她，「臣沒有半夜用加餐的習慣。」

音樓有點失望，囁嚅道：「我剛才和人說起您，您不高興了？」

他還是一張沉靜的臉，掖手道：「臣沒什麼不高興，娘娘千萬別誤會。」

他似乎習慣疏遠，有人試圖靠近就覺得不安全。音樓也沒有別的意思，認真論，救她小命的是福王，可不知怎麼，她總覺得肖鐸才是真正的大恩人。她沒有別的辦法報答他，在他跟前獻獻殷勤，就像貓狗示好似的，無非表達自己對他的感激。

她訕訕的，垂著嘴角打算去搬碗碟，「那是我來的不是時候，廠臣忙吧，我不打攪您了。」

奇怪他這樣鐵石心腸的人，居然覺得不領受她的好意過意不去似的。他先她一步端起碗，簡直像悶酒，一仰脖子就灌了下去。

音樓在一旁瞇眼看著，他頸子的線條真好看，有些男人脖子很粗壯，看上去難免呆蠢。他的不是，適中、光潔，有種不可言說的美態。

他擱下碗對她作揖，「謝娘娘的賞。」

他身在高位，是極有氣勢的人，音樓在他面前自發矮了一截。她拿腳搓搓地，靦腆道：「我是借花獻佛，廠臣別笑話我才好。」

「娘娘這話見外了，宮裡的東西，哪樣算得自己的呢！」他朝高椅比了比，「娘娘請坐。」

音樓斂著袍子倚窗坐下，往他桌上看一眼，奇道：「廠臣也管著內務嗎？這些零碎事情都要您過目，那忙起來可沒邊了。」

他量了水倒進硯臺，取墨塊慢慢研磨，邊磨邊說：「宮裡眼下亂，好歹要有個總攬的人。原先萬歲爺聖躬康健，司禮監無非同內閣一道處理票擬。可現在變天了，內務衙門到底還是以帝王家的家務為重。都去辦大事了，這些小事誰來經手？」言罷想起什麼來，又淡聲道，「昨兒王爺和我說起您往後的安排，原本是想把您送進泰陵過上三、五個月的，後來還是捨不下，琢磨來琢磨去，只有請娘娘紆尊降貴，到寒舍將就些日子了。」

第十三章　驚驟變

「不叫我守陵了？」她愕然道，「叫我住到您府上？好是好，就怕給您添麻煩。」她不好意思地笑笑，「我這人總閒不住，怕招您家裡人厭煩。」

肖鐸低頭拿筆勾兌，曼聲應道：「臣府裡沒別人，除了做粗活的下人，就只有我一個。」

音樓「哦」了聲，「廠臣的家人都不在京城？」

他筆頭子上頓了一下，半晌才道：「臣父母早亡，原本還有個兄弟，幾年前也去了，臣如今是孑然一身。」言罷抬眼瞥她，斜斜的一縷視線飄搖過來，剛才那點哀緒似乎不見了，顯出一種風流靈巧的況味來，「娘娘對臣的事很好奇？這會兒宮裡正忙，人多眼雜，請娘娘暫且按捺，等咱們一個屋簷下了，有的是時候親近。」

他影影綽綽的一點淺笑映在唇角，音樓瞥他一眼，心頭大跳。暗忖真是是個極難琢磨的人，剛才看他還方正齊楚，轉眼又變得輕薄放恣了。越是這樣才越好奇，像他這麼不可一世，說得直白些，在紫禁城裡只屈居皇帝之下，頂著宮監的名頭，辦的卻是國家大事，再加上這副賣相，還有關於他和皇后的傳聞……

音樓乾乾一笑：「隨口問問罷了，也不算特別好奇。」想起福王的安排，難免有些忐忑，便正了正顏色，頗有些掏心挖肺的意思，趨前身道，「廠臣，我的命是您救的，我心裡想些什麼，對您也不諱言。我僥倖活下來，沒想到後面會遇到這些事。依您的看法，福王殿下是勢在必得的嗎？假託守陵，讓您收留我，這是要學唐明皇啊？如果哪天對我厭煩了，還能放我走嗎？」

誰見過失了寵的妃嬪能放出宮的？劃個院子寂寞終老，是所有宮眷的結局！

肖鐸一哂：「娘娘，臣的話可能有些不中聽，但全是為您好。殿下是娘娘命中的貴人，好好巴結著，這輩子就能安享富貴。人一生，不過短短幾十年，何必計較那麼多。說到底，連後世碑文上的尊號都是假的。只要活著時候痛快，呼奴使婢衣食無憂，還管那些做什麼？」他站起身到書架上翻找存檔，回首一顧道，「恕臣斗膽，臣請問娘娘，在家鄉有心儀的人沒有？」

音樓尷尬地搖頭，「我父親家教很嚴，十二歲以後外男一概不見，哪裡來心儀的人呢！」

「既然沒有，那娘娘又在糾結什麼？」他緩緩踱過來，低頭看她，「娘娘，識時務者為俊傑，單憑福王的身分地位，娘娘委身，絕不會吃虧的。若是娘娘害怕將來有什麼不順遂……」他莞爾一笑，迷迷濛濛，像隔著淡雲的月，低聲道，「有臣在，娘娘怕什麼？」

音樓其實是個不善言辭的人，立場也不夠堅定，被他一說，霎時又覺得很有道理。連喜歡的人都沒有，還有什麼可爭取的？她抬頭看他，他這樣似笑非笑的臉總讓人暈眩，忙調開視線擦桌角的水漬，纖細的痕跡，輕輕一拭就不見了。

「我現在孤身一人，家裡爹娘送我進宮，父母於我的緣分就像斷了一樣。我沒有人可以依仗，那麼多的兄弟姊妹，各人過好各人的日子，誰願意淌這渾水呢！廠臣，您既然救我，就不會中途撂手，是不是？」

他凝著眉，似乎在權衡利弊，但是很快點頭，「臣答應的事，絕不會反悔。娘娘聽我的安排，就能保娘娘一生榮華富貴。」

她垂下眼，燈影下的睫毛長而密。她的五官很柔和，染上一層金色，愈發顯得沒有鋒稜。良久嘆了口氣，「我聽您的。」又笑道，「以前也曾經想過，找個情投意合的人，能過上太平寧靜的日子，現在看來是不能夠了。」

他歪著頭問她：「娘娘不喜歡殿下？」

年輕的女孩子有異性示好，一點不為所動也不可能，要不是他上來就動手，她也沒有那麼排斥。可是都不重要了，她離了座，微勾著嘴角道：「我這樣境況，談不上喜不喜歡。歇的時候差不多了，我該回簀床邊上去了。知道廠臣在這裡，進來打個招呼找話說，您可別介懷。」說完了整了整孝帽子，打簾退了出去。

夜色濃重，黎明前尤其黑。音樓邁出門檻望望天，月亮早沒了蹤影，剩下疏疏朗朗幾顆星，一明一暗間，有的晃眼就不見了。

將近丹陛的時候才看見彤雲，她上來攙扶她，竊竊道：「主子，我上奉天殿幫著料理去了。大行皇帝的梓宮有個朱紅描金的基座，設在大殿正中間，兩邊偏殿裡排滿了大春凳，都是用來安置朝天女的。您沒看見，真瘮人呵！大鄴的中樞，一下子變成了義莊，到處是黑漆漆的帷幔，一層接一層，從裡面出來簡直打不完。」

音樓慢慢上臺階，悵然問彤雲，「我沒死成，家裡還能有功勳嗎？」

「您管那些！」彤雲道，「自己活著要緊，要功勳，舅爺們不會自己去掙？也沒哪家願意看著閨女去死的，朝天女戶是有封賞，可是能維持多久誰知道。出了點差池，還不是說收回就收回！」

正議論著，後面傳來一串急促的腳步聲。幾個內官捧著拂塵神色慌張地往階上奔，眼看要撞到了，彤雲忙攙她避讓到一邊，咬著牙罵：「狗才，火燒了屁股，著急奔喪嗎！」

她說得也沒錯，的確帶來的不是好消息。大概是幾個來謹身殿通稟，另有人去肖鐸跟前傳了話，音樓到殿門上的時候，肖鐸從廡房裡趕過來了，雖極力維持，卻難掩惶駭之意，對天街上的眾人拱手道：「諸位大人可得著消息了？坤寧宮的掌事剛才打發人來回我，說榮王殿下不知什麼緣故，在承乾宮暴斃了。」

幾十個手握朝政的大臣，得此噩耗像一群沒了看護的孩子，一個個愣在那裡回不過神來，自是面面相覷，卻沒人說一句話。還是福王上前高聲呵斥：「這是什麼道理？好好的，怎麼說沒就沒了？殿下不是在皇后宮裡，怎麼深更半夜跑回承乾宮去了？」

肖鐸呵腰道：「王爺息怒，臣已經派太醫過去了，什麼原因尚未查明。只是榮王殿下倒在貴妃簀床邊，守靈的人說了些混帳話，臣也不敢回稟殿下。」

福王臉色陰沉，「把人叫來，如實說。」

偏路上兩個太監一遛小跑，跪在階膝行上前，其中一個長臉太監邊磕頭邊打擺子，摳著磚縫涕淚橫流：「回王爺的話……今兒入夜就怪誕得很，殿裡沒風，貴妃娘娘靈前的長明燈不知怎麼熄了好幾回。奴婢們沒辦法，就讓人把窗戶都蒙上布，實在不成還打算找個罩子把油燈扣上……宮裡人不多，都出去找傢伙了，單留奴婢一個人守靈。奴婢看案上香燒完了，就到幔子外頭續香，可一回身，不知什麼時候大殿下進來了，身上還穿著中衣，迷迷糊糊的樣子，像是剛從寢宮出來。奴婢想上去請安……」他說著頓住了，抖得幾乎發不出聲來。

邊上同來的太監忙推他，「侉子，你趕緊說呀！這裡人多，你怕什麼！」見他大頭觸地，連帽子都滾了，手忙腳亂夠著了展角壓在他的腦袋上，自己接話道，「請王爺准奴婢代奏，據侉子說，他那時候像被魘著了，要邁腿動不了窩，眼睜睜看著簀床上的貴妃娘娘起了身……娘娘是背對著他的，正好把大殿下擋住了。他還聽見大殿下叫了聲『母妃』，貴妃娘娘喉頭就咯咯地響……等魘散了，再看裡邊，大殿下就倒在那裡了，臉色烏青，死狀極其駭人。」

眾人聽完不由打了個寒顫，這昏昏的天色，宮殿的簷角看上去像巨獸尖利的獠牙。大夥都被這個段子唬著了，音樓感覺彤雲瑟縮著挨緊了她，她也覺得可怖，不是為這怪力亂神的故事，是為這被權利浸泡的人心。

音樓心裡都明白了，福王昨晚為什麼這樣肆無忌憚，還不是早就知道江山盡在他手裡！

貴妃娘家是外戚，外戚不得入宮，在場的內閣官員，沒有誰能為此事平反。不管信與不信，榮王已死，福王繼位，已經是順理成章的事。誰敢質疑，別忘了邊上還有個虎視眈眈的肖鐸，只要他不吭聲，乾坤也就大定了。

樣子還是要做做的，福王捶胸頓足，「怎麼會有這樣的事！你們都是死人嗎？殿下的大伴也是死人？半夜裡怎麼讓大殿下一個人上承乾宮呢？」又問侉子，「別抖你娘的了！你究竟有沒有看真？小殮不是要裹屍的？貴妃怎麼起身？怎麼能要人命？」

侉子哭嚎道：「王爺，奴婢句句是實話，小殮的確是裹了的，可娘娘從簀床上下來，身上並沒有綢子。她就穿戴著大衫霞帔，離奴婢也近，奴婢能明明白白看清她背後的雲霞鳳紋。事關皇嗣，奴婢不敢有半句假話，要是扯謊，叫奴婢即刻死了，來世跌倒水裡，做個烏龜大王八。」

誰管他來世怎麼樣，肖鐸問：「那眼下貴妃娘娘人呢？還在不在承乾宮？」

侉子說：「在，後來跌回簀床上了，橫躺在那裡，可手裡拽了把頭髮，不知道是誰的。大夥兒去瞧大殿下，裡外都查了，沒見有缺損。給娘娘翻身，才看見她後腦勺禿了一大塊，連頭皮都給揭下來了。」

有人聽得乾嘔起來，音樓轉臉看肖鐸，他倒是換了副泫然欲泣的表情，不無哀傷道：「諸位大人還是去過過目，畢竟大殿下是儲君，再有半個時辰就要登基加冕的。出了這樣稀奇古怪的事，在下如今也不知該怎麼料理了。」

誰去看？沒人是傻子。一個五六歲的孩子，死了就死了。鄉裡有這樣的說法，未及弱冠就夭折的是討債鬼，帝王家還講究個收斂入葬，換做平民百姓家，田間地頭刨個坑，連具棺材都沒有，隨意就埋了。更有甚者怕債沒還清，輪迴後再找來，拿鍬在孩屍上鑿兩下，就像斬斷了孽根，往後就不會養不住兒女了。總之沒人為了個早夭的孩子和福王作對，不管榮王的死因是什麼，只能怪他沒有做皇帝的命。

「肖大人執掌司禮監，大殿下歿了雖叫人沉痛，可眼下要緊的是登基大典。國不可一日無君，什麼事都可以往後挪，繼位大寶的事一刻也耽擱不得。」首輔對福王拱手，「大鄴至今兩百六十餘年，到了這輩裡龍種寡存。如今大殿下一去，慕容氏便只剩殿下一脈。殿下天表奇偉、大智夙成，務請殿下主持大局，以繼大鄴丕緒。」

有一人打了頭，後面的人自然從善如流。肖鐸揖手道：「臣即刻通知三部九卿五門接旨，各宮監調動起來，兩刻時間也就籌備停當了。」

就這麼，皇帝人選說換就換了。音樓和彤雲怔怔對視，眾人正要行三跪九叩大禮，皇后披著斗篷從御道上過來，逐個看殿前諸臣，視線轉到肖鐸面上，愈發悲憤交加泣不成聲。

第十四章　怯晨鐘

榮王殞命雖叫人哀痛，但新君已定，再這麼哭哭啼啼，未免不成體統。

肖鐸上前低聲勸慰，「娘娘節哀，事情既然出了，再哭也於事無補。眼下還是以登基大典為重，娘娘請先回坤寧宮，餘下的事等前朝忙過了再行商議。」

回坤寧宮？坤寧宮也不過供她暫時落腳，福王一旦即位，這浩浩紫禁城哪裡是她安身立命的地方？原本邵貴妃一死，把榮王籠絡過來，她的後半輩子就有了保障。可是榮王死了，死得莫名其妙，她的太后夢泡湯了，往後要寄人籬下，這突來的變故叫她承受不住。

她一把抓住肖鐸，「你說，大殿下好好的怎麼會暴斃？」

貴妃屍變的說辭她連聽都不想聽，誰能在宮闈之中翻雲覆雨，問他肖鐸自己，他也交代不出第二個人來。看來他早就和福王結了同盟，人家必定許他更大的好處，利益當前他就把她給賣了。露水姻緣原就不在她的考慮，她依仗的是他能到今天這步，全有賴於她的扶植。她如今落了難，把所有希望都託付在他身上，結果他好話說起來一籮筐，事到臨頭居然這麼讓人信不實！

她狠狠盯住他，「廠臣，大殿下的死因是不是應該好好的查驗？他不是尋常人家的孩子，他是大行皇帝唯一的血脈！事情還未查明，你們怎麼能心安理得的辦什麼登基大典？」

肖鐸臉色一沉，再由她說下去，後面不定會有什麼妄言出來。既然取經經過了八十難，豈能在最後功虧一簣？

「怎麼會出這樣的事，這個應該問娘娘自己。」他厲聲道，「娘娘把大殿下留在自己宮中，卻又未盡看護之責。殿下年幼，亥時一輪哭祭之後就回坤寧宮去了。臣請問娘娘，殿下寅時應該正是沉沉好眠的時候，怎麼會自己一個人進了承乾宮？既然兩宮這麼多人都沒發現殿下行蹤，臣說句老生常談的話，這是命裡定的，貴妃娘娘捨不得留殿下一人，到底還是要帶殿下同行。娘娘這裡哀慟無益，沒的傷了自己的身子。臣已經命人打造小棺槨，無論如何先殮葬要緊。眼下江山無主，多少人正巴望著新帝繼位，帶領朝臣們再開創出一個盛世來。還是不要為這等小事煩擾，先以大局為重吧！」

他從來沒有這樣和她說過話，皇后驚愕地望著他，這還是在她面前俯首貼耳的肖鐸嗎？果然大勢已去，他有了新主子，再也不用對她奴顏婢膝了。

福王卻道：「娘娘言之有理，大殿下死因未明，這會子匆匆擁本王，實在不是個好時機。我瞧還是緩一緩，說句掏心窩子的話，這樣大的責任突然壓在我肩頭，我也沒有做好準備。就依娘娘所言，先把大殿下這頭料理好，往後再擇賢明之君，也就是了。」

這話一出眾人駭然，紛紛表示事有輕重緩急，目下沒有比擁立新君更要緊的了。榮王的事不是不辦，而是緩辦，其實大家心裡都知道，這事查不出端倪來，就算有點苗頭也早就被掐滅了。辦案子是誰的拿手好戲？還不是東廠！既然東廠的廠公都把想法說明了，皇后一個婦道人家，哪裡能夠扭轉乾坤！

「娘娘聽臣一句勸，還是回宮去吧！諸臣工眼下有要事要辦，娘娘且放寬心，回頭微臣自然查個水落石出，還大殿下公道。」肖鐸轉身吩咐閆蓀琅，「貴妃娘娘擱在外頭太危險了，難保不會再出岔子。趕緊叫人大殮，把棺蓋釘實了，大家圖個心安。」

皇后伶仃站在那裡，知道自己不能再說什麼了。他可以輕而易舉殺了貴妃，要她的命定然也不費吹灰之力。她鬧，鬧到最後又怎麼樣？榮王死了，她橫豎是做不成太后了。還是認了吧，別一個不慎惹毛了那些人，過兩天入殮的就該是她了。

她垮下肩，用力閉了閉酸澀的眼。該說什麼？說恭喜福王？只怕會被當作嘲諷，反倒不討巧。她扶住自己的額，轉身時踉蹌了一下，幸得那死而復生的小才人相扶，她在邊上溫婉道：「臣妾送娘娘回宮吧！」

皇后不置可否，讓她攙著，緩步下了謹身殿的丹陛。

往東方看，天邊有一絲微芒，快要日出了，穹隆隱約泛出蟹殼青來。皇后步履沉重，綴了麻布的鞋頭每挪動一步，就從襴裙底下透出尖尖的一點。音樓覷她，她臉上表情木木的，簡直是看破紅塵的死寂。她賠著小心，輕聲道：「娘娘不舒服？臣妾叫人傳太醫來，給娘娘開副安神的藥，娘娘用了踏實睡一覺，醒過來什麼都好了。」

皇后極慢地搖頭，「好不了了……」又轉過臉來看她，「端妃，妳是蹈過義的人，哀家問妳，死的時候痛苦嗎？」

痛不痛苦，其實她已經記不起來了。腦袋伸進繩圈裡，底下的木床一抽，就像進入了一個新世界，上不來氣，白茫茫，空無一物。要死不過一眨眼的功夫，真要是那時候死了，過去就過去了，也覺得沒什麼了不得。

不過皇后打聽這個幹什麼？別不是想不開也打算懸梁吧！音樓唯恐她做傻事，絞盡腦汁把感受描述得可怕詳盡，「娘娘，死過一回的人絕不想死第二回，為什麼呢？就是因為這個過程太痛苦。腳底下懸空了，人就像塊臘肉似的掛在那裡，感覺魂魄脫離了軀殼，頭髮一根根地豎起來，眼珠子突出，幾乎要從眼眶裡蹦出去。想透氣，可是續不上，肺裡生疼生疼。舌頭從嘴裡伸出來，不是因為別的，就是繩圈給勒的。您吃過鴨舌嗎？鴨舌底下有根軟骨，人舌頭下沒有。本來就是肥糯糯的一團，嘴閉不上，只好吐出來。我以前聽人說，上吊死的人來世口齒不清。上輩子舌頭縮不回去，下輩子就是個大舌頭。」

皇后古怪地瞥她，「那妳怎麼沒死？」

音樓噎了下，總不能告訴她自己是有人相救，想了想道：「臣妾也不知道，可能是陽壽未盡，閻王爺不肯收我吧！」

她「哦」了聲，「那妳的命真夠大的！可是福焉禍焉，誰又說得清呢！或者死了倒好了，沒死得在陵地裡點燈熬油，耗得油盡燈枯，一輩子也就到頭了。」

音樓道：「娘娘最是福澤綿長的人，不像我們似的。不管將來誰登基，娘娘偏安一隅仔細做養身子，其實還有很多東西可以打發時間。鬥鬥促織啦，養養鳥兒啦，做個富貴閒人，也沒什麼不好。」

皇后有些自暴自棄，她從嫁給大行皇帝起就一直掌權，不管後來的邵貴妃有多受寵，後宮的宮務也一直是她一個人說了算。現在冷不丁把大權都收走了，她心裡發空，虛浮著，不能腳踏實地。這種孤魂野鬼似的迷惘，怎麼是個胸無大志的小小妃嬪能夠體會的！她長長嘆息，「我只是難過，一把日日雕琢的利劍臨陣倒戈，妳知道這種滋味嗎？」說罷苦笑著搖頭，「妳不懂，最好永遠都不懂……我問妳，貴妃屍變，這個說法妳信嗎？」

音樓不是傻子，有些話不能說，即便肚子裡都明白，嘴上也一定要守緊。傻乎乎的人活得長，太通透了像玉，一個不留神就磕碎了。她裝模作樣打個寒噤：「我沒進宮前也聽鄉裡人說起過這種事，比方說兒女哭祭，眼淚千萬不能落在亡人身上，鬧得不好就要成僵屍的。等幾年後出棺先喝親人的血，喝了就能成精了，道士管那個叫旱魃。所以貴妃娘娘驚屍，也不是不可能。靈堂裡有屬相沖剋的是大忌，好些人不忌諱，其實還是有些說頭的。」

皇后白她一眼，沒甚興致聽她說這麼神神叨叨的事。原本是想排解心中憂悶，至少找個能附和她的人，結果是塊迂腐的爛木頭，說什麼都信，整天疑神疑鬼，一看就是難成大器的榆木疙瘩。

皇后不耐煩她，卻也不打發她，一步一步朝坤寧宮走。她是小腳，在音樓看來像羊蹄，不能穩穩當當落地，真正弱柳扶風的模樣。她怕她跌著，愈發盡心地攙扶她。

皇后發現她兩隻手一道上來了，知道她沒伺候過人，閒閒問她，「妳沒有纏足？」

她應個是，「臣妾是鮮卑人，鮮卑人沒有裹腳的習慣。先祖是馬背上顛騰出來的，女子也不像漢人小姐尊養在高閣，萬一要騎馬，纏了足行動不方便。」

皇后似乎有些惆悵，「說起來，這會兒我也該放足了。一輩子站在枯死的斷肢上，想來也甚錐心。」

音樓明白，要取悅的人不在了，就沒有必要再這麼拘束自己了。她想皇后一定很難過，肖鐸和她不是頗有淵源嗎，到了緊要關頭沒有站在她這邊，女人總歸是女人，誰都靠不住，晚景恐怕淒涼。

她們沒再說話，她把皇后送回宮，途徑乾清宮的時候皇后還流連了好一陣。畢竟男人去了，哪怕他活著不愛她，人在那裡也是個念想。音樓這方面確實少根筋，她完全沒有意識到她們共有一個丈夫，她連一點悲傷的情懷都沒有。唯一讓她傷感的是福王要登基做皇帝了，自己是盤中餐，用來滿足他挑戰禁忌的獨特嗜好。

安頓好皇后，跨出景和門的時候天色微明，夾道裡人少，紅牆那邊就是承乾宮。不管守靈的太監是不是胡編亂造，現在回想起來背上也潑水似的汗毛林立。

拉著彤雲快步往前，上了天街有點迷糊，定會兒神再過內右門，到謹身殿基座下正遇上皇帝梓宮往奉天殿運送。皇帝的喪儀用四棺兩槨，最外面那層為金絲楠木，描金雕仙人走獸，大得驚人。太監們挪動起來要一百零八抬，前後像出遊時的法駕，捧寶瓶架神幡，沒有一絲馬虎。

謹身殿和奉天殿在一條中軸線上，相距不算遠，但是因為棺槨太沉重，儀式又多，奉安入梓就花了三刻鐘時間。等所有事都辦妥，就到了新帝頒詔即位那一環。

福王加了旒冠，穿明黃袞服，佩大帶大綬，蔽膝上繡行龍下繡三火，傲然立在丹墀之上受文武百官朝拜。

旭日緩緩東升，照亮兩邊的日晷和嘉量。奉天殿送走元貞皇帝，又迎來了新的君主。慕容高鞏兄終弟及，是為明治皇帝。

第十五章　無留意

本來停靈二十七日，到最後減半，借著貴妃作怪的名頭，連著大行皇帝也沒死安穩，停了十三天就匆匆發送了。福王這招是一箭雙雕的賺錢買賣，人捨得下臉，什麼事都幹得乾淨俐落。音樓甚至覺得大行皇帝死得蹊蹺，沒準就是他們下的毒手。

人心險惡，她靠著車圍子想，這麼個動盪的年代，一切都靠熬。好在她耐摔打，生命力也頑強。小時候臘月裡掉進溝渠都沒死，她娘當時就說她有九條命，往後就算遇著點什麼事，也一定能挺過去。

送葬隊伍浩浩蕩蕩綿延三四里遠，她就在其中一輛青幄車上。她如今是未亡人，跟隨一干僥倖沒殉葬的嬪妃們，一塊上泰陵守陵清修。別人哀哀戚戚，她倒沒什麼，挑簾往外看，風和日麗。陵寢關乎國運，選的都是風水寶地，那裡山明水秀，景致比起宮裡好太多了。

行行復行行，鑲釘木軲轆在黃土隴上留下蜿蜒的車轍，耗費一整天，終於抵達了泰陵。很多人覺得墓地是陰森詭祕的，其實帝王陵寢真不是這樣。宮妃們進泰陵已經是日暮時分，晚霞裡看見殿宇林立，都是高規格的廡殿頂。大宮門簷下描著和璽彩畫，頂上有龍鳳藻井，比她住的乾西二所還氣派些。

音樓跟在守陵太監身後上了神道，兩側石像佇立，足有兩人多高。她手搭涼棚往遠處看，山勢綿延，空氣裡隱約帶著燒化紙錢的味道，被山風一吹也就散了。她問那太監，「這裡也按時下鑰嗎？」

老太監佝僂著腰道：「回娘娘話，陵地不像宮裡，沒有下鑰的說法。您瞧外面就一堵高牆，人都圈在裡頭了，娘娘們又是奉旨進陵，都是受人敬重的，難不成還在門上加鎖？」他一笑，一口大黃牙，「不能夠，上頭沒示下，咱們底下伺候的也知道娘娘們的難處。橫豎這麼大的地方，心裡煩悶了各處散散，也是個排解的法子。」

門上不下鑰，心早就上了枷，鎖不鎖都一樣了。守陵的有二十多人，各帶一個貼身丫頭，進了園子面對滿世界松柏直愣神。太監又道：「娘娘們先安置，回頭奴婢再把陵裡的規矩和娘娘們交代交代。就跟和尚每日裡有課業一樣，咱們這也定時候誦經禮佛。用膳呢，有專門的局子伺候。要是菜色不合胃口，娘娘們自個可以開小廚房，點上兩個廚子，另叫他們置辦飯食。」

音樓和彤雲對視，摸了摸不甚鼓脹的荷包，音樓愁眉苦臉，「彤雲，妳說守陵有月錢嗎？」

彤雲兩眼望天，「奴婢覺得……應該有吧！」

「過會子打聽打聽，問明白了好。」她喃喃道，「我們老家做姑子每月還發頭油錢呢！」

彤雲愕然，「浙江果然是個人傑地靈的好地方啊！禿瓢還發頭油錢，好些和尚腦門兒鋥亮，敢情也抹桂花油。」

她們分到的屋子在二排的第二間，這輩子和二結下了不解之緣。還好坐北朝南，屋裡擺設是新換的，有桌有椅有梳妝檯。幔子不像宮裡那麼花團錦簇，一色赭黃的，就是廟牆的那種顏色。落地罩裡間擺個大蒲團，案上神龕裡供一尊觀音，耷拉著眼皮，豎著三根手指頭，擺出婉媚端莊的姿勢。

陵地裡管事的叫高從，三十來歲年紀，淨了身不長鬍子，頭光面滑的，看著顯年輕。他分派人送鋪蓋進來，音樓趁機叫住了他，「我問你，這裡的宮監歸不歸司禮監管？」

高從應了個是，「不論行宮、山莊、還是新苑，裡裡外外都由司禮監掌管，老祖宗怎麼想起來打聽這個？」

不打聽不行啊！她四下看看，吸了口涼氣，「山裡入夜冷嗎？」

「冷啊。」高從籠著袖子說，「這會兒還能將就，到了後半夜比城裡涼得多。不過夏天爽快，樹多陰涼，連扇子都用不著，老祖宗待上一陣子就知道了。」

音樓轉過臉看看彤雲，又對高從道：「你想法子給我弄個薰籠來，我身上有病症，受不得寒。」怕他開口提錢，忙板著臉道，「要是上頭不許，請你替我帶口信給你們督主，他知道我在這受凍，必定不會坐視不理。」

這位端太妃原本在殉葬的名單裡，弄了一齣起死回生的戲碼，陵裡的人早就知道了。眼下提肖鐸，似乎頗有交情的意思，這麼的倒要掂量掂量了。高從略頓了下，拱肩塌腰獻媚一笑，「老祖宗和咱們督主……」

她虛張聲勢，眼一橫，「別問，過兩天你就知道了。」

這麼副二五八萬的拽樣真把人唬住了，高從的身子又低下去半截，腦子裡蹦出「對食」兩個字來。這一驚立馬醒了神，趕緊道是，「老祖宗稍待片刻，奴婢這就吩咐猴崽子們籌備。」一面說，一面卻行退了出去。

彤雲搖搖頭，「主子，您預備打著肖掌印的名號坑蒙拐騙嗎？」

音樓扶了扶孝髻，「人在矮簷下不打緊，要緊是懂得變通。妳瞧瞧，這麼的可受用多了。沒銀子就周轉人情，多好！」

「欠一屁股債，您不怕人找上門來啊？」

她做出個地痞樣，往圈椅裡一坐，拔了個挖耳勺掏耳朵，甕聲道：「妳沒聽過虱多不癢這句話啊？欠都欠了，要命一條，還能把我怎麼樣？」

彤雲唉聲嘆氣，「您不知道，欠錢還有還清的時候，欠了人情就得牽制一輩子。不過不打緊，只要福王殿下……不對，這會兒該叫萬歲爺了。只要萬歲爺沒忘了您，這點爛帳算什麼！」她把包袱打開，悶頭嘀咕，「其實叫您來守陵是多此一舉，留在宮裡也不礙的。兜個大圈子，費那些心神，結果還不是一樣！」

音樓深諳此道，「妳不懂，做了皇帝更要仔細。尤其屁股還沒坐熱，多少雙眼睛盯著呢，行動反倒有顧忌。守陵的人出宮有好幾層檢點，瞞報是不能的，只有等入了陵再想辦法。」

「那您說肖掌印什麼時候來接您？不是說讓您到他府上暫住嗎？我估摸至少也得住上好幾個月。」彤雲瑟縮了一下，「我老覺得太監那地方少了一塊，辦起事來都是歪門邪道，摸不著他們的譜。主子您可得小心著點，我瞧肖掌印看您的眼神不大對勁，別不是真想打您的主意吧！」

眼神？音樓仔細回憶了下，那雙眼睛是挺含情，不過對誰都差不多。她無奈打量彤雲，「從他眼裡還能看出東西來，妳別不是想女婿了吧？琢磨誰也別琢磨他，別忘了他是個太監！」

彤雲訕訕閉上了嘴，其實她們主子不知道，去勢不是全割，有的人去不盡，那地方還是有用的。要是真頂用多好！她突然發現這個假設成立的可能性非常大，既然皇后和他能暗通款曲，沒準他就是個假太監！

「主子！」她拉住音樓，「您說肖掌印會不會就損耗了那麼一丁點？」

「什麼損耗一丁點？」音樓彎腰鋪被子，把手探進被窩裡，這地方沒人薰被子，所到之處煞涼。

彤雲象徵性地比了比，「就是切掉一點，還能用。」

音樓沒把她的話當回事，「瞎琢磨什麼呢！太監每年秋分都在黃化門驗身子，妳不知道啊？」

彤雲嘟囔著，「那是底下沒出息的小太監才剝光了讓人驗，肖鐸是什麼人？這世上還有人敢驗他？到黃化門喝茶應卯就不錯了，他要是不願意去，還讓皇帝給他下聖旨啊？」

音樓木蹬蹬站了會兒，奇道：「就算是假太監，又怎麼的？」

彤雲被回了個倒噎氣，她也就是好奇，那肖鐸是太監裡的傳奇人物，生得又標緻體面，總覺得他要是個真太監，實在暴殄天物。

音樓沒她那麼多的閒心想那些，她光知道感慨自己的境遇，成為武則天不大可能，要想像楊貴妃一樣寵冠六宮姿色又不夠，真是個不上不下的尷尬位置。但願明治皇帝御極後身邊美女如雲，想不起她來，這事就過去了。

不過她還是盼著肖鐸來接她，泰陵雖然不像宮裡守備森嚴，外面那堵牆卻也不好逾越。如果能跟著他離開這裡，將來沒人記得她了，也許還能回浙江去呢！

可是等了好幾天，肖鐸還是沒有派人來。

音樓從一位老太妃那裡得來幾顆木棉花的種子，把屋裡磕了一個角的花觚拿來盛土，唉聲嘆氣對彤雲道：「我昨兒夜裡沒睡著，想了很久，要逃出去其實也不難，咱們翻不了牆就掏狗洞，大丈夫能屈能伸嘛！」她看看手裡的鏟子，洩了氣，隨手撂在了一邊，「可是逃出去了怎麼辦呢？咱們就那幾兩銀子，吃兩碗熱乾麵興許還夠。再說跑得了和尚跑不了廟，守陵的太妃不見了，家裡少不得連坐。」

「可不是！」彤雲往瓶裡添了點水，垂著眼道，「趁早別想那些沒用的，除非您不拿家裡人的性命當回事了。咱們再等等，沒準過兩天肖掌印就打發人來啦。」

等是最痛苦的事，可除了等也沒別的辦法。不過靜下心來，她仗著肖鐸的排頭，日子倒也過得。每天誦經禮佛，剩下的時間還能串串門子。

天氣轉暖，自己是沒覺得，草叢裡的蟲螯卻開聲了，長短相接，鳴得抑揚頓挫。音樓喜歡在傍晚時分到處轉轉，帝后的陵寢有人打點，寶頂前後連一片枯葉都看不見。妃嬪的墓園較為偏僻，那些小小的墳塋簇擁在一起，有時長了草，也不見有誰來清理。她從神道下來，每常兜遠轉過去看看，靜靜站一陣子，心裡不覺得害怕，只感到悲哀。

也沒數時候，大概過了有十來日，某一天從隆恩殿後穿行，遠遠看見高從陪著一個人從七孔橋上過來。那人穿皂紗團領常服，腰上束玉帶，身影在夕陽下拉得很長。音樓無法形容當時的心情了，簡直像撥雲見日，一道光照進她心裡來。

她撫掌對彤雲笑，「瞧瞧，咱們的救星來了！」

第十六章　牆外道

高從哪裡知道他們那些根底，他滿以為那位精貴的端太妃是肖鐸的對食，見他們督主來了一心想著邀功，見縫插針地描述音樓在泰陵受到的高等待遇。

肖鐸問：「娘娘這陣子好不好？」

高從覺得更證據確鑿了，要不怎麼不問別人光問她？他笑得花一樣，點頭哈腰道：「都好，督主不必憂心。娘娘是奴婢見過的最看得開的人，好幾位同來的太妃頭幾天連飯都吃不下，娘娘不是的，她要吃要喝，一點沒虧待自己。奴婢就想啊，這樣的人天生命好，果不其然，後來打聽著了，有督主護佑著，娘娘可不是不幸中的萬幸！」

肖鐸一哂，「你怎麼知道她有我護佑著？」

「您今兒來不是為了端太妃？」高從笑道，「要沒有娘娘親口示下，奴婢們也不敢胡猜。娘娘說了，她和您有交情，她要的東西都記在您帳上……嘿嘿，奴婢們自不敢問您討要那些小錢，不過知道娘娘手頭上不方便，特意對她老人家多多拂照，到底念著督主對奴婢的恩典。想當初奴婢快被趙無量打死了，還是督主發話饒了奴婢小命，讓奴婢到泰陵來管事，奴婢如今活得這麼滋潤，全有賴督主的恩典。督主在城裡要什麼有什麼，奴婢沒處回報督主，如今太妃在跟前，奴婢必定剪乾淨指甲小心托著，孝敬太妃就是孝敬督主，奴婢都知道的。」

肖鐸覺得奇怪，什麼時候和她交情好到那種程度，還仗著他的名頭賒上了帳？他道：「太妃這麼說的？全記在我頭上？」

「可不！」高從顛顛兒道，「您瞧太妃和你一點也不見外，奴婢們瞧在眼裡，更不敢怠慢了。」

他撇嘴一笑，這人倒會順杆爬，見過幾回面全是有求於他，搭理搭理她就插著雞毛當令箭，在這些太監面前吆五喝六，弄得人家真以為是那麼回事了。她大概不知道，但凡和太監走得近的，到了別人眼裡口裡，無非就是那種關係。她倒一點也不在意，這麼看得開的也少見。

他懶得多費口舌，既然她都不在意，自己是個男人家，還計較那些嗎！因道：「伙房那頭的虧空不能讓你揹，她欠的那些帳，回頭我叫人送來給你。」

那錢原本就在度外的，能收回來最好，收不回來也無所謂。高從搓手道，「督主您忒揪細了，那麼點錢算什麼！奴婢小氣出了名不假，可也分得清什麼時候該算計，什麼時候該做人。您別介意，別放在心上，奴婢能出一把力，是奴婢對您的一片心意。您再使人送回來，那不是打奴婢的臉嘛！」

肖鐸笑了笑，舒展的眉眼，全然不像在宮裡的時候那樣緊繃著。他環顧晚霞裡的山色，人在此間，多少不稱意都淡了。現在看來，要是能長長久久遁世，其實也是造化。他嘆了口氣，對別人來說也許可行，他這裡卻難撂手。有句大白話，叫上賊船容易下賊船難，既然一隻腳邁進來了，再想全身而退是不能了。

高從邊引他下七拱橋邊覷他臉色，「先頭大約是奴婢猜錯了，那今兒督主駕臨是有旁的差遣？」

他「唔」了聲，「沒猜錯，確實是為端太妃的事來。」

才說完就看見銅爐鼎邊上站了個人，穿麻裙對襟衣，落日餘暉從背後照過來，臉孔背著光，身型輪廓卻有種嬌脆的美。離得遠，並不確定是否對上視線，然而有種異樣的感覺激靈靈滑過心頭，像老熟人，真如她說的那樣交情很深似的。

她快步趕上來，笑靨如花，「肖廠臣，你來了？」

他低頭看她，帶著平常一貫的神情，既近且遠地微笑，「娘娘是在等微臣？」

的確在等，不過不大好意思直接承認罷了。她打著哈哈轉過頭看風景，「沒有，我和彤雲天天傍晚會出來溜達，消消食嘛！正巧遇見您，過來和您打個招呼。」

他認真想了想，「是吃得太多了，所以要消食？」

音樓噎了下，看彤雲，她也被雷劈了似的。看來好事不出門，壞事傳千里，她在尚膳監橫行了兩天，這事被一狀告到肖廠公跟前去了。

正在她憋得臉紅脖子粗的時候他倒又笑了，「不過吃得多好，我喜歡胖些的女人，胖些看起來有精氣神。瘦得麻桿一樣，一身骨頭燉湯都沒油花，也沒意思。」他舔唇看她，「娘娘不是和臣交好嗎，臣不嫌妳胃口大，臣這裡管飽。」

音樓臉上一紅，她知道自己作威作福的底細被戳穿了，讓人家調侃兩句是活該。但他這麼撩撥人可不厚道，什麼胖啊瘦的，忘了自己是太監嗎？還是像彤雲說的那樣，淨茬沒收拾乾淨，那地方順風長，它又茂盛起來了？

既然都說管飽了，十有八九是來接她的，不過存心擺上一道罷了。她笑得很含蓄，「那往後就有賴廠臣了。」

他揚眉揖手，「寒舍沒別樣拿得出手的，就是廚子好。當初選進府的時候打聽過，據說是江浙人，做的菜定合娘娘胃口。」又偏過臉吩咐彤雲，「妳去替娘娘收拾細軟，車已經在大宮門上等著了。」

她們窮得叮噹響，細軟是沒什麼，不過有幾件換洗衣裳要打包帶走。彤雲響亮地噯了聲，撒腿就跑了。

高從在邊上愣神，「督主這是來接娘娘的？」

他「嗯」了聲，「接她到我府上……怎麼？不成？」

誰敢說不成？只要他願意，泰陵裡的全接走也沒人敢置喙。看來對食的名號是坐實了，督主就是督主啊，果然和別人不同。別人帶出宮還得偷偷摸摸，他倒好，正大光明接到府上過日子去了。不過也得留神別被彈劾，偷走一個太妃，鬧出去可不是好玩的。捅到皇上跟前，只怕誰都護不住。

「奴婢這裡斷沒有二話。」高從道，斜眼瞄了瞄端太妃，「督主出面，什麼事不成？嘿嘿，那您二位聊著，奴婢幫著彤雲打點去了。」

人都走了，就剩音樓和肖鐸面對面站著。夕陽漸漸沉下去了，唯餘漫天怒雲，像一蓬火，映紅他的臉。

她歪著腦袋打量他，他在宮裡耀武揚威，到哪身後都跟著一大堆。今兒卻不同，他是獨自來的，有時候聲勢是人捧人哄抬出來的，宮中行走錦衣華服，到陵地裡來穿皂衣，但是襟袖上那時隱時現的掐金流雲紋，也足叫人感嘆他這人活得多精細了。

「廠臣，我到您府上，會不會叫您為難？我琢磨過，您人緣不好，萬一有誰在殿上給您小鞋穿，拿我出陵說事，到時候皇上不能交底，勢必叫您擔待著，那怎麼好呢！」她蹙眉道，「您樹大招風，我怕您吃暗虧。」

他以為她糊塗，沒想到看得卻很透徹。他嗟嘆，「娘娘對臣有這份心，臣為您受點冤枉氣也心甘情願。這事原不宜張揚，泰陵裡出去人，外頭是不會知道的。退一步說，就算走漏了風聲也不打緊，您不是說我人緣不好嗎！人最忌諱幹什麼都半拉，要麼人人敬仰，要麼人人得而誅之。索性惡名在外的，想得罪反倒要反覆掂量，是不是這個理？」

「我知道，寧得罪君子，莫得罪小人。」她咧嘴笑，別看她一身重孝，年輕女孩臉上那份明朗火熾的神采怎麼掩都掩不住。柔豔的紅唇襯著細細的糯米銀牙，他突然有了全新的發現，一種感覺破冰似的絲絲縷縷蔓延開，像領口的寶相花，勾繞纏綿，叫人心悸。

驀地頭皮一凜，似乎是哪裡出了錯。他慌忙轉過臉看宮掖方向，轉眼又是尋常模樣，只道：「娘娘別擔心臣，臣若是這點事都辦不好，也不能在東廠的位子上坐那麼久了。」

確實是操心的多了點，她諾諾道是，「您的手段我知道，不過明目張膽總歸欠缺，還是得編個幌子打打掩護。廠臣說我扮什麼好？扮丫頭？扮小廝？要不扮個馬童也成啊！」她來了興致，「我上東廠伺候您筆墨吧！」

他知道她打什麼主意，耐著性子輕笑，「要委屈娘娘，進臣府裡以族親的名義，這樣不至於叫人起疑。另外娘娘的行動，恐怕也不能太過隨意。臣受皇命，不得不謹慎行事。娘娘是善性人，不會不體諒臣的苦衷吧！」

她有些失望，但仍舊笑著應承，「我省得，不會給廠臣添麻煩的。既然是族親，那您管我叫娘娘就不對了，您還是叫我的名字吧！」又追著問他，「廠臣有小字沒有？我在閨中有個小字叫濯纓，後來進了宮，就沒那麼多講究了。」

滄浪之水清兮，可以濯吾纓。濯纓……他放在舌尖斟酌，像含了糖，又捨不得壓在腮幫子底下，有點不知如何是好。

到底沒應她的話，甬道那頭的彤雲過來了，他伸手接過包袱，對音樓微躬了躬身，「請娘娘移駕。」

這麼一來主僕兩個都茫茫然，估摸他的意思是沒打算帶上彤雲，那哪成！音樓緊緊挽住彤雲，「咱們倆不能分開。」

他回身一顧，有點無奈，「娘娘，您要全身而退，必然有個人要接替您，彤雲留下最合適，也是她忠心報主的好機會。」

音樓是個重情義的人，其實換句話說心眼實，她不會想到自己先出去，回頭再來搭救彤雲。她只知道要走一起走，要留一起留。雖然彤雲是她進宮後才撥到她身邊的，說話不太著調愛呲達她，可是朝夕相處，感情已經在嘴皮子上磨得很深厚了。

「這算什麼？我們鄉裡有傳聞，比方溺水死的要找替死鬼才能投胎轉世，您是想讓我學那個？」她不甚痛快地拉著臉，「彤雲不能留下，廠臣不帶上她，那我也不走了，您看著辦吧！」

彤雲聞言大為感動，眼淚汪汪地揪住她的手，「主子，您真是關老爺轉世！」

她說：「關老爺和我住街坊，我義薄雲天妳今才知道？妳放心，我到哪妳就到哪兒。妳不是說要仗著我的排頭耍威風呢嗎，我把妳撇下了，妳威風給誰看？」

肖鐸臉上喜怒難辨，他靜靜聽那主僕倆你來我往，覺得這兩人恐怕是不好分的。也沒見過這種相處的模式，誰也沒把誰的身分當回事，倒比大難臨頭各自飛的夫妻還真切些。

「罷了，娘娘既然撒不開手，帶著也就帶著了。只不過臣告誡娘娘，牽掛得越多，弱點也就越多。」

音樓大喜，尚且體會不到他說的那些，忙扯過彤雲努嘴，「還不快謝謝督主！噯，我早說督主是好人，看看，果不其然啊！這份心田，叫人怎麼感激好呢！」

他不聽她絮叨，也沒受彤雲的參拜，只管轉過身在前面引路。

山裡入夜起了薄薄一層霧，偶有嵐風吹過，他袍角翩翩，隱約帶起若有似無的一縷瑞腦香氣，那麼漫不經心又充滿目的性，因為矛盾，漸漸顯得有人情味起來。

第十七章　苦難雙

大宮門在兩山之間，從七拱橋下去還有一截神道，步行一刻鐘方才抵達。

彤雲攙著音樓踏出門檻，漢白玉臺階下停了一輛黑漆的平頭車，車楣上挑一盞燈，因為地勢比較低，離得有點遠，在漆黑的夜裡光線模糊，只看見車前有一個穿青衣戴襆頭的人靜待著。想來肖鐸是怕聲張了，所以唯帶一個駕轅的長隨。

他挑燈前行，回頭低聲叮囑，「臺階高，仔細腳下。」

音樓提裙跟在他身後，畢竟往常侍候過人的，也不是自顧自走。身子偏過一些，雖不來攙扶，卻也小心翼翼看顧。待到了車前替她打簾，和聲道：「娘娘身上戴孝，未免叫人側目。臣在車裡替您準備了衣帽，娘娘換上好行走。」

音樓道了謝登車，車裡寬敞，借著簷頭的燈看，座上整整齊齊擺著一身衣裳，蜜合色遍地金褙子，底下一條青金馬面裙。彤雲伺候她換好了穿戴，又來拆她頭上孝髻，因為黃楊木簪子別得太緊，兩手拆得直打顫，不住嘴嘀咕著：「這晦氣的行頭，總算能夠卸下來了。咱們到了外頭不和宮裡的事沾邊，能鬆快一天是一天。主子您才進宮一個月，我足有八年沒離開紫禁城了。我是七歲應選的宮女，起先在尚宮局困著，因為人不伶俐，跟在人屁股後頭幹了兩年灑掃。後來分派主子，東一個西一個，前前後後服侍了十來位。我和您說，好些主子是我看著一路走過來的，封了貴人封了嬪，可沒一個待見我，讓我做掌燈的差事，連夜添燈油。我以為這輩子就是困在永巷的命，沒承想遇見了您，還有這福氣跟您出宮走走，真是時來運轉。等以後您發跡了，千萬別像她們似的，奴婢如今一顆心都在您身上啦！」

音樓現在人挺放鬆，也有閒心打趣她，「她們不待見妳是妳鬼見愁，也不能全怪她們，誰讓妳是個碎嘴子！不過妳運道不錯，跟了主子我，不說將來發跡，橫豎餓不著。妳沒聽見肖廠臣說的，他那管飽啊！」

彤雲感嘆萬千：「肖掌印一定很有錢！」

這麼點人生理想，只限於餓不著，其實也不用心寒，宮掖裡本來就是這麼回事。鄴宮建成時面積並不大，後來遷都，才造了這麼一所煌煌的紫禁城。地方廣了，所需的人手也多起來，每三年一次徵選宮女，只進不出，日久年深便堆積壅塞了。到眼下算算，闔宮幾萬的宮人，一個顧及不到就聽見哪殿哪所又餓死了人。當然妃嬪宮裡是不會出現這種情況的，那裡永遠是一片晏晏笙歌的氣象，哪裡會被那些餓殍的駭人消息沾染到！也只有她們這些塔底的人，才會為了生計發愁。

兩個人在車裡都施排好了，彤雲爬過來在她身邊倚著，悄聲道：「主子，咱們什麼時候再回宮去？」

音樓茫茫看著車頂，「怎麼？剛出來又想回去？」

她說不是，「咱們要好好算計算計，如果回了宮，皇上怎麼安排您。」她在她耳邊說，咻咻的鼻息噴在她耳廓上，「如果一定要回去，您只能頂著太妃的名頭留在壽安宮？到時候可不是和關老爺住街坊了，是和榮安皇后。」見她還是一臉迷茫，索性說得透徹些，「您說後宮誰的權力最大？」

音樓琢磨了下，「皇上。」

「皇上管著前朝，後宮是家務事，他老人家除了及時行樂，吃喝拉撒的事未必上心。」

「那就是皇后。」她覺得非帝即后，這下子總牢靠了，「國也同家，皇后母儀天下，是內當家。」

彤雲慢慢點頭，「話雖如此，但是皇后也分人，有人幹得風生水起，有人幹得灰頭土臉。」

看她還是稀裡糊塗的，最後終於不耐煩和她兜圈子了，她這人一時清醒一時糊塗，你說她笨，要緊時候來得聰明；要說她聰明，舉例子三句不離「我們鄉裡」，太長遠的東西考慮起來唯恐費神，一心只看腳前這一小塊地皮。她手捲喇叭和她咬耳朵，「奴婢這麼跟您說，橫豎您要跟著皇上的，咱們何不掙個體體面面的頭銜？庶母兒媳婦，廟裡轉一圈就跟鍍了金似的，回來沒有不另外晉封的。您好好巴結著外頭那位，以前榮安皇后掌事，肖掌印靠她起家不能對她怎麼樣，如今他根基穩固了，新皇后都少不得看他三分臉色。您使出渾身解數抱緊他的腿，要是叫他對您另眼相看了，宮裡就沒人敢欺負咱們。日後別說吃香的喝辣的，就是橫著走，也沒人能拿您怎麼樣。您想想，大夥一塊吃席面，分派螃蟹的時候您的蟹蓋比人家大一圈，您心裡痛快不痛快？」

音樓本來是個無可無不可的散漫人，但是這種實質性的對比放在眼前，也能知道彤雲的話是金玉良言。她點頭不迭，「我明白妳的意思了，可我會的東西不多。做菜不行，我只會吃。詩詞歌賦倒略懂些，不過人家是幹實事的人，不一定有那閒工夫對月吟詩。要不推牌九？我在閨裡和人取樂，每回都大殺八方，牌技還算了得。」

彤雲忍不住扶額，「您還有別的長處沒？除了賭錢擲骰子，就沒有一點和婦德婦功沾邊的嗎？」

她訥訥道：「繡花裁衣裳我也會，可那個費功夫，袖口領口三鑲三滾，再加上膝欄行蟒，那要弄到多早晚？」

確實，太費時候，別等進宮還沒能把東西送出去，那所有的努力都打水漂了。彤雲這會兒也不知道怎麼和她說，其實早年宦官管束還很嚴，到了近幾朝因為司禮監、御馬監的權力越來越大，太監們行事也日漸跋扈，外面甚至有宮監搶人妻女的事發生。真像別人那樣捨得下臉，兩頭都不放鬆，才是穩當的保障……罷了，畢竟是底下人，教唆著主子往邪路上走未免不像話。橫豎車到山前必有路，倚仗也是互相的，單靠討好畢竟不成事。

泰陵離城三十里，夜路難行，走得也慢。車輪在黃土壟道上轆轆前行，間或遇見石礪便老大的一個顛簸。音樓坐不住，擰過身子開窗往外看，皓月當空，肖鐸策馬走在前頭，馬背上的身形勁松一樣。她倚窗看了一陣，再隔許久回想起來，賞心悅目之餘也另有彷徨在心頭。

「廠臣，」她喚他，聲音低低的，唯恐四周沉寂，太唐突破壞了那份寧靜，「今晚咱們趕得及進城嗎？」

肖鐸拉了馬韁放緩一些，和她車身齊頭並進，略矮了矮身子好看見她的臉，復四下探看，淡聲道：「照現在的行程，天亮前進城不成問題。只是勞累娘娘，夜路不像白天，走起來費時費力些。娘娘乏累了就打個盹，估摸著兩三個時辰便到了。」

「明兒一早你還進宮嗎？一夜不睡，太辛苦你了。」

他眉眼恍惚，也看不清是什麼神色，只說：「不辛苦，臣是食君之祿忠君之事。萬歲爺近日軍機事物忙，尚且沒有時間顧及娘娘，請娘娘稍安勿躁，在臣府里安生榮養。臣料著也就是兩三個月的事，等得著時機在皇上面前提一提，娘娘進宮也就在轉眼之間。」

她不想進宮，囁嚅了下，終究沒能出口。

他匆匆在她臉上一瞥，月光淡淡籠著那精巧的五官，剛才的話沒有在她心裡留下什麼痕跡。對於進宮她似乎並不期盼，他試探道：「娘娘有心事，不妨和臣說說，臣能盡綿力的，替娘娘周全也就是了。」

她笑著搖頭，「廠臣幫我好幾回，這趟又要在府上叨擾，我心裡過意不去，怎麼好再給您添麻煩。進宮的事原本就沒有什麼疑議的，但是平心而論，似乎也不那麼著急。廠臣不必在萬歲爺面前進言，我想……」她皺著眉略沉吟了下，「如果他想得起來，那是最好；如果想不起來，我隱姓埋名自謀生路去，也沒什麼要緊。」

肖鐸心裡明白，她的那句「想得起來最好」不過是場面上的托詞，剖開胸膛說實話，她更趨於後者吧！他不由發笑，一個女人想自謀生路，靠什麼活下去？

「真要放娘娘自去，市井兇險不亞於朝堂，只怕沒有立錐之地。」迎面風沙吹來，他瞇起了眼，婉轉笑道，「再說娘娘口口聲聲要報臣的恩，要是就此去了，臣的利錢怎麼討回來？臣還等著娘娘一鳴驚人，將來仕途上多提攜臣呢！都到了這一步，臨陣撒手豈不可惜麼？娘娘不懂，您生於富戶，沒見識過外面的苦日子，臣略長娘娘幾歲，遇到的饑荒，這輩子都忘不了。」

音樓有點好奇，追問他，「廠臣的見聞，不妨說來聽聽？」

他略頓了下，彷彿觸及了舊傷，肋下隱隱作痛，緩半天才道：「天佑八年，臣的老家遭過一場蝗災，那時候臣才十歲，一夜之間莊稼叫蟲吃光了，第二天一家人對著見了底的黃土地，哭得氣都上不來。地裡沒收成，租子照舊要繳，這些都是後話，最要緊一宗是缺吃的。蝗蟲所到之處，連樹皮都啃光了，老百姓手裡沒有積穀，個個餓得兩眼發花。娘娘知道蝗蟲餐是什麼滋味？烤著吃、炸著吃、燉著吃……吃得你犯噁心，連腸子都吐出來。可沒法子，吐了還得吃，不吃沒活路。後來爹媽相繼死了，臣就是那時候和兄弟沿路乞討進的京。」

音樓被他一席話說愣了，沒想到他有如此淒苦的出身。蝗蟲餐，單是聽他描述就讓人寒毛直豎。她無法像他這樣雍容的人，低頭吃蟲會是怎樣一副情景。她咽了口唾沫，勉強道：「難怪我上回問起府裡的人，您說都不在了呢！那麼廠臣背井離鄉，後頭的日子怎麼料理？」

怎麼料理？人人都嘆他權勢滔天，卻沒人看得見他曾經經受的那些苦厄。也不知怎麼了，今天有精神頭和她說這些，人總需要傾訴，他也一樣。不過平時是冷而硬的一塊鐵，今天裂了道口子，像黃河決堤了似的，把堆積的東西都抖漏出來了。

財不露白，享福還需遮掩，吃苦卻沒什麼好隱瞞的。他微仰起臉，清輝照亮他頭上的金冠，他也無甚悲喜，喃喃道：「我們無親無故，來了只能做叫花子，跟著五湖四海逃難的人走街串巷。白天敲著破碗到處乞討，晚上在衚衕裡蹲著，有塊破草席遮頭已經覺得很滿足了。就這麼流浪了兩年，有一天在街口賣呆，來了個太監在人堆裡挑揀孩子，說有賺錢的買賣便宜我們……」他輕輕一笑，似乎也沒什麼怨恨，淨身這件事，輕描淡寫就越過去了，「雖然進了宮照樣受人欺凌，但是總算比外頭強得多。可是做太監，也要處處留心眼。同一撥裡的人死了好幾個，剩下的不知在哪個犄角旮旯裡做下三等，只有我跌跌撞撞爬上這個位子……為什麼？因為我比別人肯用心。乾清宮、養心殿，我趴在地上擦金磚，每道磚縫摸過去，連哪塊鑄得空，哪塊鑄得實，我都知道。」

說了這麼多，早就扯遠了，一向謹慎機敏的人，今天滔滔不絕起來，連前面駕車的千戶也覺得納罕。他卻不以為然，轉了個大圈子話又說回來，「臣絮叨半天，不過是想讓娘娘明白，外頭日子不好過。沾染過富貴的人，由奢入儉難，只有宮裡才是最好的歸宿。」

音樓只知道傻傻點頭，沒有對他的勸解大徹大悟，單一心記掛著他的遭遇。似乎他遭人詬病的行事作風，透過這些痛苦的洗篩都可以得到諒解了。

第十八章　梨花雪

從見第一面到現在，肖鐸和她說的話加起來也不及今天的多。她以前只覺得他遠，對他總懷著莫名矛盾的心情，比方一半鄙夷一半敬畏，一半感激一半防備。他的磨難像陳年的疤痕一樣，應該都藏在張牙舞爪的行蟒底下，可是他說出來了，原來也不是那樣光芒萬丈。苦出身，反而讓人覺得更易親近。

「我明白您的意思，這麼一說，我似乎太不知天高地厚了。」她有些愧疚，悻悻道，「廠臣一定不願意提起以前那些事，我聽著也不好受。您瞧都是我的錯，叫您心裡不舒坦了。」

他騎在馬上目視前方，平靜的側臉，依舊波瀾不驚，「娘娘言重了，臣心裡並沒有什麼不舒坦。過去的事就像風裡揚灰，如今對我來說沒有任何意義。我只向前看，希望娘娘也是一樣。」語畢又拐了個纏綿的彎，溫煦笑道，「娘娘今日既進我府邸，我沒有親人，就拿娘娘當半個自己人了。交些底，也是示好的意思，所以往後娘娘所思所想，也當不和臣隱瞞才好啊！」

原來是等價的交換，也許那些過去的歲月對他真的不重要吧！太痛苦急欲丟棄，於是拿來做交易，最小的籌碼換取最大的利益，是穩賺不賠的好買賣。音樓說不出是什麼滋味，含笑點頭，也沒了再交談的欲望，擺正身子，把窗扉闔了起來。

耳畔依舊是他篤篤的馬蹄，不急不慢，伴著車輪的吱呀聲緩緩前行。夜也深了，她有點累，便靠著彤雲打起了盹。

三十里路，打馬疾行一個時辰能走完，但是趕馬車，速度就慢了一半。將近阜成門，凝目遠眺，茫茫夜色裡城牆巍峨，巨大方磚堆疊的城池像濃得解不開的烏雲。城頭兩腋掛著合抱大小的白紗燈籠，燈下有人交叉巡視，甲胄上銅片相撞的細碎聲響隨風隱約傳來。

千戶雲尉立在轅頭看，低聲道：「今晚是張懷帶班輪值，這人囉嗦，少不得要兜搭兩句。」

肖鐸「嗯」了聲，戴上幕籬道：「他要例行盤查，做做樣子就罷了，量他不敢刁難。」

雲尉道是，揚鞭低喝一聲，馬車漸漸到了城下。抬頭看，門洞上方的石匾上雕著一枝梅花，老幹婆娑，這是九門裡唯一有些詩情的門樓。阜成門歷來是走煤車的，煤同梅，也不知哪一代的皇帝有這雅興，給這陰冷的駐防添上了如此神來的一筆。

如今京城警蹕的軍隊都有很細的分派，原來守衛門禁是由錦衣衛執掌，近來人員調動頻繁，又逢新帝登基，便交由五軍都督衙門指派御林軍打點。肖鐸的東廠和錦衣衛有很深的淵源，東廠門下掌班、班領、司房都是從錦衣衛裡抽調的骨幹，可以說是同榮同辱的兩個機構。但五軍都督府就不一樣，無甚大的利害關係，交情便也平平。

不過肖鐸就是肖鐸，不管有沒有交集，只要名號亮出來，沒人敢不讓他三分薄面。

御林軍班領壓著腰間雁翎刀走到馬前，抬手高聲喝止，「站著！什麼時辰，楞頭就闖？」提燈一照倒又笑了，「原來是雲千戶，這三更半夜的，東廠又有公務要辦？」

雲尉道：「正是呢，所以要請張軍門行方便，開啟城門放我進去。」

東廠進出，沒什麼白天夜裡之分，但是略作查驗還是必要的。張懷往車上看，直欞門閉得嚴實，裡面吊著簾子，探不出什麼虛實。他又轉臉看騎馬之人，錦衣曳撒，頭戴幕籬，面孔隱匿在黑紗之後，也是影影幢幢看不清楚。他朝雲尉拱了拱手，「敢問雲千戶，車上載的是什麼人？請千戶打開車門，等驗明了即刻放行。還有馬上這位，或有腰牌請交張某查驗，張某職責所在，得罪之處還望海涵。」

馬上的人倒也爽快，摘了腰間牙牌扔過去，笑道：「張軍門恪盡職守，這份秉公的作派叫咱家敬佩。」

張懷愣了愣，面紗後的嗓音清朗如金石之聲，和他們這群赳赳武夫大不相同。再看勒韁的雙手，燈影下細潔得白瓷一樣，坐在馬上那份居高臨下的氣勢，除了皇族近親，大約只有司禮監的掌印了。

他很快掃了腰牌一眼，分明雕著篆書的提督東廠四個大字。冰冷的牙牌瞬間燒灼起來，他握在手裡像握了個燙手的山芋，忙雙手高舉呈敬上去，「不知廠公駕臨，卑職唐突了。」

肖鐸撩起面紗道：「車上是我家眷，日裡朝中事忙騰挪不出時間，只有連夜迎回府裡。」囑咐雲尉，「把門打開，讓張軍門過目。」

張懷嚇一跳，忙道不必，「既然是廠公內眷，還有什麼可驗的。」踅身命人開城門，揖手讓道，「廠公請。」

肖鐸對外人向來和藹可親，抱拳回了一禮，「今兒夜深了，待改日得空再請軍門小酌幾杯。」說完拔轉馬頭鞭飄飄然去了。

幾個御林軍圍攏過來呆呆目送，張懷從牙縫裡擠出幾個字來，「日娘的，這是什麼妖怪？」

邊上人看西洋景似的湊話，「以前常聽說肖鐸如何心狠手辣，沒想到長得這標緻模樣，偏又是個男人，要是個女人還了得？」

另有人掩嘴葫蘆笑：「不打緊的，橫豎襠裡缺了一塊，男女都相宜的。」

他們胡天胡地嚼舌頭，張懷卻很忌諱，兩眼一瞪叱道：「仔細了，嘴上沒把門的，別回頭怎麼死的都不知道！都愣著什麼？嚼你奶奶的蛆，還不給爺站班去！」

眾人一凜，方想起來那位仙女似的人物是幹什麼吃的。東廠暗哨無處不在，萬一傳到他耳朵裡……東廠大門大開著，隨時歡迎你進去逛逛。

那廂車輪滾滾，很快拐上了府學衚衕。再往前趕一程子，肖府也就到了。

肖鐸下馬來開車門，打簾往裡頭看，那主僕倆睡得迷迷瞪瞪的，聽見響動才睜開眼。音樓不是審慎的人，對他也沒有戒心，倒是個隨遇而安的好性子。他伸出手來，「到了，下車吧！」

她猶豫了下才把手放進他掌心，他手指微涼，反而襯得她分外溫暖。跳下地立在他身側看，彤雲說得沒錯，他斂財應當很有一套，這府邸是新建成的，高門大戶，簷頭掛東廠提督府牌匾，很是氣派豪華。

他指了指臺階下的兩排僕婢，直白道：「這些人供妳驅使，她們哪裡做得不好只管打殺，不必回我。」

音樓聽得發怔，那些人不知道受了他多少調理了，都屏息斂神上來請安，兩手一壓蹲身道：「見過娘子。」

他沒給她時間回話，攥緊的手也沒有分開，手腕一轉把她的胳膊架在手背上，平穩托著，呵腰道：「寒舍簡陋，慢待娘子了。請娘子隨臣來，後頭闢出了個院落，地方還算清靜，臣領娘子過去看看。」

音樓有點奇怪，他雖然改口呼她娘子，卻仍自稱臣。當下也不好多說什麼，只乖乖跟他進了大門。

彤雲被她們帶去認地方了，肖鐸獨自領她緩行，過了垂花門，裡面別有洞天，一條曲徑通幽的抄手遊廊在假山樓閣間迴旋，把這春景勾染得更顯層次了。

她低低「呀」了聲，撒開他的手奔到院裡的一樹梨花下。這樹異常高大，枝繁葉茂，看樹齡足有百餘年了吧！樹底下掛著幾盞紅紗宮燈，白潔的花瓣染上了淡淡一層水紅，風一吹簌簌落下來，輾轉飄出去幾丈遠，把樹冠下的這一片都鋪陳滿了。

她仰起臉，偶有花瓣從頰旁滑過，香氣凜冽。她回過身看他踏著落花而來，笑道：「我一直想有一棵這樣的樹。六歲的時候在集上買了一株苗，回來種下了天天蹲在邊上看，就盼著它早早發芽，早早開花。我那時以為多澆灌就能讓它長得快些，誰知道根鬚汪在水裡，後來淹死了，害我難過了好一陣子。」

他背著手往樹頂上看，燈下長身玉立，風姿卓然。臉上表情平常，眼裡卻有疏淡的笑意，「這梨樹是年下從別處移栽過來的，我以為經過一趟顛簸，今年恐怕要誤了花期了，沒承想還能開得這麼熱鬧。只可惜了，原本要移來兩棵的，另一株經歷一個寒冬，沒等挖掘就凍死了，剩下這棵孤孤單單，不知道還能茂盛幾個春。」

她說沒關係，「可以再種幾棵，等上三年五載，怎麼都能開花了。」

他是講究效率的人，搖頭道：「花那麼多時間，終不及現成的來得好。我明兒再命人出去打探，挑長成的移植過來，把園子打扮成個梨花林，妳說好不好？」

她欣然應了，並沒有看他，目光流連在花間枝頭。他靜靜端詳她，紅色的火光透過綃紗照亮她的臉，她脫了孝換上他準備的衣裙，並不十分豔麗的顏色，卻有別樣的靈動和跳脫。

一片花瓣落到她頭上，讓她別動，替她拿下來。薄削的嫩蕊在他兩指之間，他略凝視，把它含進了口裡。

他有豐澤的唇和微仰的唇角，音樓看見他的動作，霎時飛紅了雙頰。這花好月圓的夜，人心變得柔軟了似的，可他這樣挑撻，就算知道他是個太監，也不禁讓人浮想聯翩。

他神情饜足，瞇著眼，慢慢咀嚼，彷彿在品嚐美味。音樓靠過去，狗搖尾巴地問他味道怎麼樣，他長長唔了聲：「好！」

她沒吃過花，以前常聽說有美人以花消遣，吃了能遍體生香。她也有些躍躍欲試起來，往上一縱摘下一朵，然而搖動了花枝，弄得落英滿頭。她也不在乎，摘下花瓣牛嚼，邊嚼邊品，慢慢皺起了眉頭，咂嘴道：「你哄我？我怎麼覺得是苦的？」

「同一棵樹上結的果子還有酸甜的差別呢，花就沒有嗎？妳運勢不好，摘的不討巧。」他轉過臉笑，又在她頭上捏了一片下來，「嚐嚐這個？」

她聽了忙來接，他卻高高一揚道：「轉了手就不好了，還是讓臣代勞吧！」

音樓是個傻子，她居然信了！見他遞過來張嘴便接，他的指尖就勢在她唇上一抹，眼波流轉間收回手伸舌舔了舔，說不盡的妖嬈魅惑，慵懶笑道：「臣猜得沒錯，果然是甜的！」

第十九章　一甌春

音樓捂住嘴，面紅耳赤地嘀咕，「廠臣你正經些，不能這麼調戲我，我可是很有脾氣的人！」

有脾氣的爛好人？他不以為然，「娘娘這話就言重了，臣是太監，太監怎麼調戲人呢？就是叫順天府來斷，也不過是個媚主的名，娘娘道是不是？」

「不是。」她回答得很沒底氣，細語重申，「我來你府上是暫住，你不能對我……動手動腳。」

「動手動腳？」他的表情簡直像聽了笑話，「臣對您動手動腳了？您忘了臣不是男人？既然不是男人，有些肢體上的接觸，其實也無傷大雅。娘娘知道什麼叫動手動腳？」

他的視線在她肩頭領口亂溜，嚇得她抱住胸大退了一步，頗為防備地斜眼乜他，「你摸我嘴了，就是動手動腳。」

肖鐸聽了無奈搖頭，「娘娘果然見識得太少，這樣可不成。往後您是要隨王伴駕的，這麼一點小動靜就讓您慌了神，回頭皇上瞧來難免怪罪臣不盡勸諫之職。」他撫撫下巴琢磨起來，「宮裡娘娘受人服侍泰然自若，那才是四平八穩的帝王家作派。您日後既要回宮，前途自是不可限量，揪住這些小細節，豈不是大大的上不得檯面？既這麼，臣對娘娘日常的看顧還是不能少的，一定得閒就來娘娘院子裡瞧瞧。底下人偷奸耍滑，侍奉起來恐欠仔細。比方梳頭、沐浴、更衣……」他笑得宛若驕陽，「臣雖愚鈍，這些卻都得心應手。娘娘要是不嫌棄，臣來伺候，比那些人周全百倍。」

音樓唬得目瞪口呆，還要伺候沐浴更衣？宮裡娘娘們洗澡難道都用太監嗎？這個肖鐸滿嘴跑駱駝，她不能信他！

花瓣紛飛，在他們之間簌簌飄搖，音樓突然生出些良辰美景奈何天的感慨來，也未及細想便道：「有彤雲，就不勞煩廠臣了。您這麼大尊佛，屈尊來伺候我，沒的折了我的壽。」

又笑了笑，「再說我不大喜歡和旁人接觸，這是從小就有的毛病。」

「認生？娘娘這毛病是胎裡帶來的，不好治啊！不過不要緊，熟絡了就好了。」他慢慢踱到她面前，把她交叉在胸前的雙手拉了下來，「娘娘大節端方，這樣的動作不雅，往後不能再用了。若是有人存心來輕薄您，單憑兩隻手是阻擋不住的。娘只需記住臣不是男人，娘娘在臣面前用不著遮掩。臣這樣的身子，就算對您有些想法，又能拿您怎麼樣呢！」

他咬字清晰，一遞一聲在她耳邊說，像鑿子用力鑲刻在了她腦仁上。他一再聲明他是無害的，一再說自己不是男人，這話在音樓聽來實在悲哀。她耷拉著嘴角嘆氣：「廠臣不要妄自菲薄，在我眼裡您和那些堂堂鬚眉無異。命是天定的，您只是吃了出身的虧。那些話……自己叫自己難受，又何必說出來呢！」

他有片刻怔愣，苦笑道：「難不成娘娘還拿臣當男人？臣的這一生已經毀了大半了，無家無室、斷子絕孫，說不說都是一樣。」

她垂手站在燈籠前，蹙眉道：「如果能重來一回，您後不後悔進宮？」

他認真想了好久，「不進宮，還在老家種那幾畝薄田？每天吃了上頓沒下頓？」

音樓覺得發展的空間其實很大，也不是非得面朝黃土背朝天。她嘬嘴咂舌，「以您的相貌，還愁沒飯吃？好些地方請堂客，光陪人喝酒猜拳，活不累人輕省，幹得好的下回場子比花魁娘子還值錢。我和您說，我們那有家酩酊樓，裡頭有位連城公子，每回出遊街口上堵滿了人，都是為一睹公子風采。有一次花朝節我也去湊熱鬧了，遠遠看了公子一眼，看完的確叫人魂牽夢縈，可如今和您一比……嘖嘖，他連廠臣的一個零頭都不及！所以您只要捨得一身剮，什麼都不用幹，站在那就能來錢。」

肖鐸不知她哪裡尋來的這些說頭，慢慢瞇起了眼，「娘娘這是在教臣學壞。」

音樓莫名看著他，心道你已經夠壞的了，還需要別人教嗎？不過這話打死她也不敢說出口，裝樣誰能和他比高低？她悻悻敗下陣來，摸著鼻子道：「沒有，我就這麼一說，廠臣聽過便罷了，別往心裡去。」

他卻細細斟酌起了她的魂牽夢縈，「那位連城公子樣貌不及我？」

音樓連連點頭，「不及不及，廠臣風華絕代，連城公子比您差遠了。」

「差了那許多還能叫娘娘魂牽夢縈，娘娘真是沒挑揀啊！」他垂著眼睫拭了拭腕上珠串，「不過臣在想，娘娘話裡是否另有寓意？莫非娘娘對臣肖想已久，卻礙於身分不好明說，所以假託連城公子名頭，好叫臣知道？若果真如此，臣想想，娘娘早在懸梁那天，就已經被臣的風姿所折服了吧？」

他臉不紅心不跳地說出這番話來，說完好整以暇打量她，把音樓弄得張口結舌。究竟有多大的自信才能做到這一點啊！她眨眨眼，調過視線看花樹，「梨花花期短，這麼個謝法，估摸著再有個兩三天就落盡了。」

她顧左右而言他，他的笑容有點悲哀，她和皇后不同，皇后目標明確，要什麼一門心思只求達成。也許因為她還太年輕，不懂得裡頭周旋的妙處。不過常逗逗倒是挺好玩，她不傻，當然明白裡頭玄妙，可惜礙於太稚嫩，使他有種難逢敵手的孤獨感。

「夜深了。」她抬眼四顧，「大約快丑時了，廠臣早些回去安置吧，明兒還要入朝。」

他以前常忙於批紅徹夜不眠，丑時對他來說不算太晚。況且眼下又有她在府裡，說話取笑，更不覺得時間過得快了。不過怕她累著，仍舊低低應了個是，「娘娘顛躓半夜，也是時候該安置了。臣送娘娘入園，橫豎沒什麼事，明天晚些起來，再叫她們領著四處逛逛。」

她笑著說好，這麼交談才是上了正軌，像剛才那樣胡扯太不成個體統。音樓心裡暗暗揣摩，不知道他在皇后跟前是不是也這麼賣弄，抓住話柄緊盯不放，直到把人逼進死衚衕裡，叫她這樣下不來檯面。

宮裡的娘娘，走到哪都要人托著胳膊，這是一種排場，漸漸也成了習慣。他仍舊來攙她，她略頓了下，還是把手交給了他。

他引她上了湖旁小徑，過月洞門，眼前豁然開朗。那是片極大的屋舍，直欞門窗、青瓦翹腳，廊廡底下四根大紅抱柱，乍看之下頗有盛唐遺韻。她側耳細聽，有風吹過，簷角銅鈴叮噹，也不是多聒噪的聲響，是細碎的一長串，很悠揚悅耳。

園裡幾個丫頭提著桶在臺階下走動，上夜有專門的燈座，半人高，石頭雕成亭子模樣，四面用竹篾撐起桐油刷過的細紗，既防風又能防雨。燈亭裡的油燈是整夜不滅的，所以每隔一個時辰就必須有人添燈油。彤雲以前在宮裡就幹這差事，提起來咬緊槽牙恨之入骨，現在當然是避之惟恐不及。

音樓進門的時候她正掖著袖子旁觀，看見她忙上前來接應，笑道：「奴婢算開了眼界了，先頭跟著繞了一圈，腦子到現在還暈乎乎的呢！督主這宅子真大，處處都是景致，真漂亮呵！」

肖鐸瞧她是音樓的丫頭，待她也算和顏悅色，只道：「妳又不是東廠的人，也叫督主？」轉過頭叮囑幾個婆子，「好生伺候著，不許有半點怠慢。」對音樓呵腰打拱，「娘子安置，臣告退了。」

音樓欠身讓禮，目送他出了院門才進屋。

房裡帳幔堆疊，一層層的錦繡，一簇簇的妝蟒，這麼像樣的閨房，她只在音閣那裡見識過。僕婢掌燈請她進臥房，打簾進去就是巨大的一張紫檀拔步床，烏黑油亮的木質，精雕細刻的人物鳥獸纏枝紋樣，單單這麼個木工活，挑費恐怕也巨萬。

「難怪好些人甘願淨身入宮，看看，真是窮奢極欲！」音樓摸了摸銀杏金漆方桌，這一屋子細木傢伙真叫人肝顫吶！她突然笑了笑，「不過我喜歡！」

彤雲從外面接了個三腳紅漆木盆進來，隔著嫋嫋白煙招呼她洗漱，又道：「這樣精雕細琢的東西誰不喜歡？所以肖掌印合您脾胃。想想奴婢家裡的兄弟們，裡頭小衣明明有富餘，情願發臭都不換，難怪都說臭男人呢！您瞧肖掌印就香噴噴的，大約只有太監能這麼精細。」解了她領上葡萄釦又解中衣，擰熱帕子來替她擦背，問她，「我先頭左等右等您不來，哪裡耽擱了？」

音樓想起肖鐸那手戲弄人的功夫耳根子發燙，含糊敷衍著：「沒什麼，經過一棵梨花樹，看了會兒落花。」

「呵，三更半夜看花，您二位真是好興致！」

音樓攤著兩臂讓她左掏右挖，都擦完了換水洗腳，一面搓著腳丫子一面道：「妳進園的時候沒看見那棵樹嗎？估摸有百把年了，花開得密密匝匝，要是樹齡短，開不出這麼些來。我經過那都走不動道了，這府裡人也懂美，怎麼好看怎麼妝點。白花下頭掛紅燈籠，襯起來真可人意。」

「宅邸大，不知道有幾條道呢，我來的時候並沒有見著。」彤雲道，「太監那類人，最愛弄些詩情畫意的東西來討好主子，要是自己有花園，當然怎麼喜歡怎麼打點了。只不過肖掌印倒是一點也不忌諱，他權大招人眼，府邸弄得這麼富麗堂皇，不怕那些言官彈劾麼？」

「彈劾就對罵，以他的口才還怕罵不過別人？有多大的腦袋戴多大的帽子，他這宅子好像是大行皇帝賞賜的，別人拿來較勁也說不響嘴。」音樓不為這些憂心，肖鐸捏著批紅的權，內閣的票擬要到皇帝面前必先經過他的手，擬奏彈劾他，他比皇帝還先一步知道呢，誰有那個膽！做人做到這麼倡狂，可算登峰造極了。一般壞人都很難扳倒，要是輕而易舉就解決了，這世道不就河清海晏了嘛！

洗完了上床，褥子早薰過了，又香又軟，和泰陵裡天壤之別。音樓折騰了這麼些日子，今兒可算能夠適意睡一覺了。撩帳子往外看，對彤雲道：「我明兒去問問他，看閆蓀琅的宅子在哪，他要是答應，我想去瞧瞧李美人，不知道她現在好不好。」

彤雲往她值夜的床上一躺，甕聲咕噥，「自己這頭才太平就操心別人……我聽說肖掌印不常回府，他沒家沒口的，在衙門裡也湊合。您且等他回來再說吧，不知道什麼時候呢！」

這麼的也沒辦法了，音樓叫吹燈，各自安置不提。

第二十章　空外音

音樓在肖府奉若上賓，因為府裡主子不常在，又沒別人要伺候，如今她一到，下人鬧不清原委，自然百般盡心。

肖鐸真是個體貼入微的好太監！音樓對著他派人送來的金銀角子直樂，袋口揪攏了提溜起來約份量，對彤雲笑道：「估摸有二三十兩，這下子咱們有錢了。」

先前真窮得底兒掉，在泰陵裡雖然狐假虎威，但一毛不拔還是不成的，她最後壓箱底的那幾兩銀子還是全供出去了，摸摸荷包，比肚子還癟呢！如今到了這，一下子就又富餘起來了。她知道肖鐸的意思，深宅大院別愁花不了錢，下人們往來，打賞做臉還是需要的。沒的叫人說新來的娘子小氣，當面不好喧排，背後少不得指點。

近前服侍的人見者有份都發了賞，音樓又覺得不大好意思了，「妳看咱們在肖掌印面前窮出了名，八成是高從多嘴說咱們到處賒帳，他都知道了，才打發人給咱們送錢。」她捂住了眼睛，「往後可沒臉見他了。」

彤雲開解她，「沒事，您連命都是他施捨的，再施捨點錢財，那也不算什麼。」見左右沒人，又道，「您別當他這些好處是白扔的，肖掌印行的是長遠之計，他瞧準了您就是個礦，開出來最次也有狗頭金，到時候還愁不能連本帶利收回來嗎？就跟地主放帳似的，年底一塊結算。地主督主一字之差，實際也是個差不離。」

彤雲世事洞明，音樓也心安理得起來，橫豎欠了就還，他以後派得上她用場，她竭盡全力也就是了。月洞窗外鳳尾森森，她站在窗前看了一陣子，想起了家裡人，嘆道：「我進宮，弄得要死要活的，那麼長時候了也沒人來探我，大約都當我去了吧！」

她的根底彤雲都知道，她的確是步太傅家的小姐，不過不是嫡，是庶出。她母親在她六歲時過世了，她就記在正房太太名下養活。那位太太自己有個女兒叫音閣，比她大半歲，談不上飛揚跋扈，但處處占優，這也是人之常情。音樓就那麼窩窩囊囊地長大，長大後恰逢宮裡選秀女，又窩窩囊囊替音閣進了宮。說起來還是有些辛酸的，不過她倒沒有怨天尤人，就像摔了一跤把腦子摔壞了，不高興的事全忘了，彷彿從來沒有受過委屈，管大太太叫娘也叫得心甘情願。只是難過的時候想家了，等不來慰藉，自己愛站在窗前愣神。愣著愣著愣紅了眼，就說風裡夾沙迷了眼睛，三句兩句玩笑一說，就帶過去了。

那會兒才進宮，要提防的人多，不敢讓別人知道步家拿她頂替嫡女。現在在肖府上，就算肖鐸摸清了底細也不打緊，因為皇帝瞧中的是她的人，和她的出身沒什麼相干。

「您別再惦記那個家了，往後咱們好好的，混出點出息來給她們瞧瞧，叫他們進京跪在您跟前磕頭，求著管您叫姑奶奶，咱們還不願意搭理呢！」彤雲忿忿道，「我們家那會兒是太窮了，那麼多孩子怕養不活，才把閨女送進宮的。但凡手上靈便的人家，哪個不想法子躲人頭？您家倒好，老太爺朝中為官的，不知道皇上病勢沉屙時選秀是為什麼？還讓您頂替嫡女，這不是把您往火坑裡推嗎？您不是太太養的，難道也不是他養的？」

音樓不愛記仇，因為總能發現點別人的好處，她垂著嘴角道：「我爹不當家，家裡都是太太說了算。我爹人很好，我上京城，他心裡難過，送了我很遠。」

那麼一點恩德，虧她逢人就說，傻乎乎感動了那麼久。彤雲哂笑，「那是他對您有愧，既盼著您能有個好位分，又憂心您前途未卜。死了終歸還是心疼的，畢竟自己的骨肉！」

這人這麼不留情面，音樓直瞪她，「妳不能叫我好過點嗎？」

彤雲忙著給鳥兒倒食水，根本沒空看她，「您別裝樣了，其實心裡都知道，裝傻充愣糊弄自己呢！」

說得也是，音樓看著糊塗，其實她可聰明了。但是人活著，糊弄不了別人再糊弄不了自己，那日子沒法過了！總要自我麻痹一下，安慰自己至少父親是疼愛她的，要不她魔症了，記恨上全家所有人，那活著也沒意思了。

她們正說著，門外有人邁進來，沒來得及換衣裳，還穿著宮監的月白蟒袍，兩手背在身後，操著單寒的喉嚨斜眼道：「真是一齣好戲，沒想到娘娘居然不是步太傅的嫡女，這樣貿貿然進宮，要是給查出來，可要禍及滿門的。娘娘恨不恨他們？要是恨，臣一本參上去，叫步氏把那個逃避選秀的女兒送進泰陵守陵，您就可以正大光明進宮受封了，如此一來豈不兩全其美？」

主僕倆一看是肖鐸來了，彤雲忙蹲身行禮，他擺擺手叫免了，自己對音樓唱了個喏，「給娘娘請安。」

音樓嚇成了雨天裡的蛤蟆，愣在那裡半天，訝然道：「廠臣這麼早就回來了？」

他笑道：「這府邸建成有半年了，我在這裡逗留的時間不超過三天。眼下娘娘在我府上，不瞞娘娘說，肖某歸心似箭。」

他嘴上占便宜也不是一回兩回，不叫她偪促誓不甘休。音樓老實，果然規規矩矩飛紅了臉，可也顧不上，期期艾艾道：「咱們先不說別的，您剛才說要具本參奏，還是不要吧！我一個人遭罪就算了，音閣都許人家了，讓她太太平平嫁人，別去禍害她了。」

「自己弄成了這樣，還管別人死活？」肖鐸旋過身，捋了曳撒在圈椅裡落座，底下人敬獻了茶，他翹起小指捏著雨過天青的杯蓋，眼波在她臉上兜了個圈，含笑道，「我可不信您一點怨恨都沒有，心裡有恨就發洩出來，臣不會坐看您受委屈，只要您一句話，管叫步氏好受。」

他的笑容裡有陰狠的味道，他知道自己不是在開玩笑，她果然同意，明天就能把步馭魯一門挫骨揚灰。

她惶惶擺手，「不不，那是我的根基，你把步氏毀了，我算什麼呢！我的那點私事上不得檯面，不敢勞動廠臣費心。再說吃虧也不是一回，我早習慣了。」

他嘴角的嘲弄遮擋在茶盞之後，曼聲道：「娘娘心地真好，情願自己吃虧也要成全別人，您的嫡母和姐姐可念著您的好處？只怕別人正舒舒坦坦受用著吧！」

這話自不必說，她們能感念她才是日頭從西邊出來了！她也有點氣惱，不過一霎兒又想通了，坐在炕沿嘀咕：「她們待我是不怎麼好，可也不怎麼壞。我在家時沒苛扣我吃喝，穿衣打扮也過得去，為這麼點小事就把人怎麼樣，我心裡會不安生的。」

彤雲訝然道：「這還小事吶？您是好了傷疤忘了疼啊！您忘了您掛在梁上做臘肉啦？要不是肖掌印，您這會兒已經入土為安啦！」

「那不是沒死嗎！」她獻媚地朝肖鐸笑笑，「我也是因禍得福，如果沒進京來，我也不能認識廠臣您啊！可見一切都是命裡註定的，我不怨家裡人，還要感激她們呢！」

既然她自己不在意，他也沒什麼可追究的，因一笑道：「娘娘果然會說話，這麼一來倒是臣多事了。也罷，打斷骨頭連著筋，臣也知道裡頭的難處，不提便不提吧！」又問，「娘娘用飯沒有？臣那裡置辦了席面，請娘娘賞臣個臉面？」

他笑吟吟的，打商量的語氣，手卻已經遞到她面前了。如此這般，音樓不能拒絕，只得打掃下嗓門道：「廠臣一片心意，我要是不去好像不大好。」

她遲遲沒來搭他的手，自己捏著帕子往外走，走到廊下才發現不知道花廳在哪，還是得等著他來領路。

彤雲本來要跟出去，肖鐸抬手阻止了，「咱家用飯不愛邊上有人閒站著，要麼坐下一起吃，要麼走得遠遠的。」

真是個不講情面的人啊！要跟他同桌吃飯，別說這輩子，就是下輩子也不夠格。這是擺明了不要人跟著，彤雲沒辦法，隔著窗目送她主子，越看她越像砧板上的肉。也是個可憐人，被皇帝惦記就算了，太監還來湊熱鬧。左右逢源的日子不好過吧？逼奸倒不至於，畢竟肖鐸忌諱皇帝，尚且不敢把她怎麼樣，不過揩油剪邊肯定少不了。女人心軟，便宜被占慣了也就默認了，漸漸把他當成了知己，當成了貼心的人，沒準就開始走榮安皇后的老路了。

肖鐸不是好人，音樓也是知道的，可他表面功夫實在做得漂亮，叫人誤以為他不會算計你，其實都是假像。不兩面三刀，那就不是個太監！忠肝義膽的也有，但可以肯定，絕對不會是他，因為耿直的太監幹不出這些撩撥人的破事來！

「娘娘？」他有些幽怨地望著她，「您這是……」

這是不自在的表現！音樓無語望蒼天。她憋得慌，也只能憋著，誰讓她寄人籬下！他托她胳膊，能不能架著一個地方不動？能不能不要來回撫？這不是調戲是什麼？打著伺候的幌子這麼對她，她年紀不大，受不了他這麼作弄！

她把胳膊往後撤，尷尬道：「廠臣，這是在你府上，咱們不興宮裡那一套吧！您每天司禮監東廠兩頭忙，回來還要關照我，我心裡過意不去。」

他不說話，就那麼看著她，看得她寒毛乍立，心肝都攪成了一團。他眼風銳利，她實在招架不住，訕訕道：「廠臣，我年紀還小……」

他「嗯」了聲，「我比您大七歲。」

她咽了口唾沫，「所以我不能讓您伺候著，實在不成我伺候您吧！我來攙著您，成嗎？」

他爽朗笑起來，瞇著眼，咧著嘴，在這春日時光裡顯得出奇明朗，「娘娘知道伺候太監的是什麼人？臣倒是想，可惜沒有閆蓀琅那麼好的福氣。娘娘是皇上看重的人，臣心裡捨不得，也還是要忍痛割愛。或者娘娘不願意跟著皇上，倒願意留在臣身邊？」

他半真半假，轉過眼來看她。她不覺得有什麼好笑，奇怪心直往下沉，也不知哪裡不對勁，倉促調過頭去，只說：「廠臣別這樣，我的命是你救的不假，可也不能這麼揶揄我。」

他的笑容凝固住了，見她要走，匆忙拉住了她的腕子，低聲道：「我是無心，不過隨口一說，叫妳不舒坦了？」

音樓抬頭，透過頭頂疏疏的枝葉看天，天上沒有雲彩，那麼藍，藍得醉了人心。她搖搖頭說：「我沒有不舒坦，也知道自己今天在你府上是為什麼。時候到了自然要進宮去的，我早有準備，廠臣不必一再提醒我。」

「我不是那個意思。」他慢慢鬆開她，心頭有些惘惘的，自覺失態，忙斂起心神道，「既然娘娘不喜歡，臣以後自省便是了。」朝不遠處的抱廈比了比，「花廳就在前頭，請娘娘隨臣來。」

她這一通脾氣發得過了點，肖鐸是這樣的人，叫他碰個大釘子，弄得自己愧疚得很。兩個人拉開了一段距離，似乎都僵著手腳。他在前面帶路，她在後面跟著，幾次想和他搭訕，話到嘴邊又猶豫不決，最後拐個彎，囫圇吞了回去。

第二十一章　感君憐

小花廳確實不大，窄窄的一長溜，南北搭著架子，架子上擺了各色的蘭花。音樓跟他進屋，迎面異香撲鼻，她嗅了嗅，恰好找著個機會和他說話。

「廠臣喜歡蘭花？養了好些！」她矮著身子看那惠蘭，花瓣是淺黃的，周邊鑲了圈紫色的裙邊，愈發顯得玲瓏精緻。她喃喃道，「我以前也養過的，養了很大一盆，伺候了好幾個冬天。後來叫音閣看上了，花朝那天趁我不在房裡，偷偷搬走了。」

她說這些的時候臉上帶著無奈的笑，看得出不情願，但也似乎並不特別生氣。她不是個善於描畫淒涼的人，受到不公正的待遇，心裡惆悵一陣子也就過去了。往遠處看，依然可以發現瀟瀟的明麗的天空。

肖鐸請她坐，給她斟上一杯酒，問她，「喜歡的東西被人搶走，不覺得難過嗎？」

「難過又怎麼樣？我以前也哭，哭了沒有覺得好受些，反而胸口堵得慌。音閣的眼淚一掉就有大堆的人哄她，我的不是。因為我娘早不在了，我是乳母帶大的。可能是我不討人喜歡，我記得我只要一放聲，她就隔著小衣掐我，掐在背上，我看不見有沒有瘀青，也不敢告訴我爹，所以自己識相，下決心把哭給戒掉了。」她說著，端起酒盞呡了口，微微一點辛辣，但是入喉又淡了，恍惚浮起甜來。她轉而笑道，「這酒釀得真好，夏天放到井口裡湃著，我大概能喝一壺。」

「喝多了會醉的，酒這東西品一點無傷大雅，過了頭就不好了。」他托起琵琶袖替她布菜，一面曼聲道，「若是娘娘能在臣府上住到八月裡，等螃蟹肥了，咱們賞月喝花雕，那才有意思。只不過皇上怕是等不到那時候的，臣這裡盤算著和娘娘一道過節，萬歲爺沒準也在養心殿算計著呢！」他舉杯朝她抬了抬手，「臣敬娘娘，娘娘自便。」

音樓回敬他，兩人默默對飲了，窗口上一隻鳥飛過，「唧」地一聲拖出去好遠。音樓轉過頭看外面春光，三、四月正是最美的時節，花圃裡種了兩棵棠棣，枝椏欹伸到窗前，也沒修剪，幾片葉子從雕花的鏤空裡探進來，油亮的綠，顏色喜人。

肖鐸總關注她的一舉一動，暗裡也嗟嘆，這種疏懶的脾氣，在宮裡生活再合適不過。可是不爭就不上進，不上進很快就會被遺忘，他放下烏木筷子，拿巾櫛掖了掖嘴道：「昨兒大行皇帝的喪期過了，原先的太妃們都移宮奉養，皇上也下詔冊立了后妃。張氏是萬歲龍潛時的原配，封后無可厚非。另有兩個側室晉了妃位，貴妃位卻懸空著，對娘娘來說可算是個大好時機。」

音樓聽了轉過頭來，愕然道：「廠臣的意思，莫不是叫我去爭那個位子？我這樣的身分……我是先帝後宮的人啊！」

「所以臣說把步氏李代桃僵的事宣揚出去，這樣千載難逢的好機會，娘娘何不好好考慮考慮？」他臉上無甚笑模樣，薄薄的酒盞在如玉的指間搖轉，緩聲道，「娘娘剛才說起小時候的境遇，臣聽了，心裡替娘娘不平。要辦大事，就得把兒女情長都放下。這件事交給臣去辦，裡頭的官司也由臣去打，娘娘只需靜待，什麼都不用過問。」

音樓垂頭喪氣，「我說了，不能夠。」

她的榆木腦袋不開化，他緊逼著不放不是方法。論起骨肉親情，她說得也沒錯，恨的時候滿腹牢騷，真要死了怎麼能捨得呢！他長長嘆了口氣，「娘娘想不想家裡人？」

她「嗯」了聲，笑道：「我就是個沒氣性的，他們不惦記我，我卻一心惦記著他們。其實也不是多想念他們，就是故土難離。我們家門前有條小河，我那會兒常在河邊上溜達。蘆葦結得高了，蘆花就在頭頂上招搖，要是往哪一坐，自己不出來，沒人找得著。」

他憐憫地注視她，心道貓狗似地長大，能順順當當活到現在，的確算她命大。

「朝廷今年同外邦的絲綢交易到眼下還沒談妥，江浙一帶又是養蠶織帛的要地，臣打算請纓，過陣子往江南去一趟。」他夾了百合片到她碗裡，側過頭道，「娘娘要是果真想家，和臣同行，也未為不可。」

音樓一時沒轉過彎來，嘴裡叼著百合片怔怔看他，「廠臣說什麼？要帶我同行？真的可以？」

她那副傻傻的樣子很討人喜歡，也許自己欠缺，就覺得那份豁達難能可貴。肖鐸含笑道：「臣這裡沒有可不可以，只有願不願意。」

她「啊」一聲，忙站起來替他斟酒，絮絮叨叨地說：「廠臣……廠臣……您這麼好的人，以後誰敢說您壞話，我就和他拚命。」

他聽得極受用，「此話當真？」

她覥臉道：「只要您答應帶我回浙江就當真。」想想又不大對頭，他掌管著批紅，這麼要緊的差事，放下了怎麼成？職權不能卸肩，一鬆手就歸別人，他現在突然說要下江南，難道朝裡遇著什麼溝坎了？她覷他臉色，小心翼翼問，「您被人彈劾了？」

他氣定神閒嚐他的菜色，呷口酒道：「敢彈劾我的人還沒生出來呢！不過皇上才御極，廣開言路是必然的。娘娘知道伴君如伴虎的道理嗎？昔日再依仗，一旦位置有了變化，看人的眼神就不對了。司禮監的權掌得過大，聖上心裡未必不忌憚，既然有了嫌隙，一點點收攏把持是早晚的事。臣和朝廷官員不同，再有能耐，不過是慕容氏的奴才。奴才是玩意，跑腿辦事還猶可，獨當一面得瞧皇帝的胸襟。與其被拉下馬，還不如自己識趣，娘娘說對不對？」

音樓莞爾道：「以退為進，廠臣做得對。東廠和司禮監經手的事多，千頭萬緒，要想立時拔除恐也不易。我料著，皇上總還有托賴廠臣的時候，暫且蟄伏，緊要關頭再出山，比時時戳在眼窩子裡來得好。」

這番言論出乎他的意料，本來不覺得她是那種萬事考慮周全的人，沒想到不哼不哈，對朝中局勢自有見解。

「娘娘對臣這樣信得過？萬一有個閃失，權力架空了，可能再也回不來了。」他說著，天熱起來，花廳裡流動的風漸漸有了沉悶的感覺。他抬手解領上盤釦，略透了口氣，叫人把酒撤了另送菊花茶來。

音樓背靠著圈椅上的花棱，脊梁骨硌得有點疼，挪了挪身子道：「您自然有萬全的準備，我這裡記掛的只是去南邊的事，廠臣打算什麼時候動身？」

杯裡的白菊花被水泡得胖大起來，在杯裡載浮載沉，喝上一口，酒氣漸漸就淡了。他蓋上蓋說：「要瞧形勢，到底什麼時候還說不好，快則十幾日，慢則個把月。帶上娘娘不成問題，只是娘娘行動不好那麼隨意。譬如見家裡人，論理您應當在泰陵守陵，這要露了面，倘或步家有人背地裡使絆子，事情就不好收場了。」

這個她都明白，他能發善心讓她跟著回趟老家，有什麼是不能答應的？她點頭不迭，「我都聽您的，知道什麼做得什麼做不得。我說過，見家裡人並不是必須，我就想回去看看。從當初進京到現在，雖然只有兩個多月，可生生死死經歷了這麼多，一下子像過了十年八年似的。還能喘著氣回浙江，我自己都沒想到。」

「娘娘就沒有掛念的人？」他撫著食指上的筒戒，突然想起來，「或者咱們去見見連城公子吧！其實臣對這人也挺好奇，究竟有多美，能叫娘娘芳心暗許。」

歪曲成了這樣，音樓可算知道那些冤獄是怎麼來的了。她乾咳兩聲道：「其實不怎麼美，只比一般人眉眼生得好些。聽說他通音律擅丹青，那種地方的人原都是窮家子充進去討生活的，能舞文弄墨的不多，像他那樣的奇貨可居，身價就水漲船高了。不過那位公子的身世也可憐，據說出自書香門第，後來一夕之間家裡沒落了，就流落到了酩酊樓。」

肖鐸長長哦了聲，「酩酊樓是個什麼地方？青樓酒館？粉頭小倌賣笑的地方？」

這麼一問倒把她問著了，其實她也只是聽聞了連城公子的大名，知道他是那裡的臺柱子，具體以什麼謀生真不知道。大約少不了陪著喝酒猜拳什麼的，可是那麼個清高的作派，又不像是供人調笑戲謔的。她眨著眼睛遲疑道：「連城公子賣藝不賣身……吧！」

「那種地方廝混，未見得有幾個出淤泥而不染。」他搖著山水摺扇道，「下回咱們去了浙江，點他的名頭叫他伺候娘娘，如何？」

「不不不……」她嚇得不輕，「我好好的女孩子，吃花酒成個什麼體統！」

他笑起來，「那娘娘就在邊上瞧著，臣來同他周旋，讓您瞧瞧您的連城公子是不是您想的那樣。」

世上總有好些她想不通的事，就比如一個小倌比花魁娘子還吃香，名聲鬧得那麼大，錢總也賺足了，卻還遲遲不從良，是不是人習慣了某種生活就產生惰性，再也不想掙扎出來了？音樓自詡為上道的人，當然著急要撇清。她拿團扇遮住了半邊臉，細聲道：「我不過是愛美之心，見他順眼多留意了一下，哪裡是什麼芳心暗許！我那會兒小，見識也淺，當天做了一回夢，所以才牽扯上了魂牽夢縈。其實是我混說，當不得真的。」

她果真是個無可救藥的老實頭兒，不說做夢夢見人家，誰還能知道裡頭的緣故？偏偏說出來，讓他捏著話柄，存心的調侃她，「娘娘昨兒說過連城公子不及臣，那娘娘夢見過臣沒有？」

起先不過玩笑，不知怎麼自己當起真來，屏息看著她，只等她點頭似的。她卻呆呆搖頭，「我還沒有夢見過廠臣，到底不是誰都能入夢的。」

他沉默下來，也不言聲，一味盯著手裡的杯子出神。

她摸摸鼻子，趕緊轉了方向打聽閆蓀琅的府邸，試探道：「要是我和李美人往來，廠臣會不會不高興？」

閆蓀琅是他手下得力的人，裡頭的內情都知道，也沒有什麼可避諱的。她在深宅裡無聊，外人見不得，他們那頭卻可以走動，「娘娘想見李美人就打發人傳話，請李美人過咱們府上，比娘娘在外頭串門子要妥當。」

他點了頭，自然一切都好辦。音樓正想應他，出廊底下有人隔著窗紗回話，說宮裡發了口諭傳督主，請督主即刻進宮面聖。

既然已經回來了，怎麼突然又傳？別不是皇帝要發難吧！音樓從案頭上拿了描金烏紗帽遞給他，輕聲道：「我送廠臣……今兒夜裡回來嗎？」

他倒是眉舒目展，沒什麼憂心的樣子。她送他到角門上，外頭早有東廠的番役候著，他請她止步，自己撩袍登車，坐在垂簾裡想起她剛才的話，問他回不回來，突然覺得這府邸沾染上了人氣，過了一個寒冬回暖了似的，真有種家的感覺了。

隔簾看她，她舉扇遮擋頭頂的日光，伽南墜子下垂掛紅穗子，絲絲縷縷拂那彎彎的眉眼上。他抿了抿唇，想說話還是忍住了。收回身倚在靠背上，車圍子隔斷了視線，她在雕花擋板的另一端。

第二十二章　烏金墜

肖鐸午正時牌入宮，到乾清宮時中衣染了層薄汗，站在廡房前的穿堂裡，風一吹有些寒浸浸的。

殿門上兩個太監抱拂塵侍立，見他過來遠遠躬身做了一揖。他上丹陛，透過隔扇窗朝殿內看一眼，空曠幽深的殿堂裡靜悄悄的，只有湘妃簾輕拂，底下竹篾叩擊在抱柱上，發出清脆的一點聲響。

乾清宮有統領御前伺候的帶班，原本司禮監的人因為大行皇帝的薨逝都撤換了，現在的一批人是明治皇帝欽點的內官，有宮裡調撥的，也有當初福王府的老人。皇帝近身的人，自然要再三的挑揀，當今聖上這方面較為注重，這點倒比他皇兄強得多。

肖鐸掃了迎出來的人一眼，這是個男生女相的太監，個頭不高，眼梢耷拉著，似哭似笑的一張臉孔，嗓門尖得嚇人。見了他插秧拜下去，呲牙笑道：「喲，督主來了，平川給督主請安！」

不是他門下，但他在宮裡是大拿，但凡淨了身的，見了他都要恭恭敬敬叫一聲督主。

他「嗯」了聲，「主子不在乾清宮？」

平川道個是，「主子晌午見了兩位章京，不知道說了些什麼，發了一通脾氣，連膳都用得不香甜。恰逢太后那傳話來，說幾個侍衛在後邊煤山上打了兩隻野雞，燉了一鍋子湯，請萬歲爺進些，主子就過慈寧宮去了。倒也沒耽擱多久，回來臉色還是不大好，也沒再看奏章，到了點就回養心殿歇覺了。」

皇帝的行蹤，這麼透露原是不合規矩的，肖鐸聽得出平川套近乎，大有投靠門下的意思。皇帝既宣了他來，又不見，照舊該歇就歇，看來這通脾氣是朝著他來的。他有了提防，自問前前後後辦的差事圓滑，並沒有叫人挑剔的地方，回頭問起來也不見得搪塞不過去。

他在平川肩頭拍了拍，「你是個伶俐人，好好當值吧！」

平川點頭哈腰應了，見他下丹陛忙往月華門上引，一面笑道：「奴婢才進宮，單掛在御前，身後還沒個根基。今兒見了督主，厚著臉皮求督主個指派，奴婢往後必然處處以督主為先，竭盡所能孝敬督主。」

這麼的也好，雙贏的局面！多少人削尖了腦袋要往司禮監擠，在那地方有一席之地，簡直就是所有太監的理想。肖鐸看他一眼，這副皮頭皮臉的樣子，又是福王府帶進宮的，做個耳報神倒不賴。因笑道：「我記下了，你們這一撥人都是要指派的，明兒叫閆少監給你在司禮監謀個缺，填進去就是了。」

平川千恩萬謝，他回了回手，提袍進了遵義門。

皇帝午覺歇在養心殿的後殿裡，這時候正是沉沉好眠，沒有旨意誰也不能擅自進入。肖鐸微微挑了簾子給裡間侍立的人使個眼色，裡頭會意了，皇帝一醒必然要通傳的。

太監就得有個太監的樣，即便不在御前伺候，主子發了話傳人，不管什麼時候召見，都得在這裡踏踏實實候著。他掖手站在廊下，估摸著還得再靜待上半個時辰。皇帝午睡都有定規，也不會隨著性子一覺到傍晚。

風輕日暖，正是柳睏桃慵的時候，他想起臨走時音樓的樣子，這會兒她應該搭了竹榻在荼蘼架下小憩吧！這頭思量著，倒覺時間漫長起來，靜靜等了兩盞茶時候，恍惚像過去了大半天。

也不知是不是皇帝發威，有意的給他小鞋穿，佇立移時不見裡間有傳喚。他平時那樣一個有頭臉的人，先帝在世時向來有事便吩咐，無事便叫跪安的，如今換了個主子，愈發樣樣要謹慎小心起來。

正神思遊轉，忽聞得簾內一聲咳嗽，聽著是皇帝的聲氣，他忙斂了神跨進門內，御前的管事上來回稟，說萬歲爺起身了。恰好身旁有尚衣的宮人走過，他接了那個描金紅木漆盤，微呵著腰進了體順堂內。

皇帝才下床，正坐在南炕下的寶座上喝茶，見他托著常服進來只略一瞥，嗓音裡無甚喜怒，緩著聲氣兒道：「候了多長時候？」

肖鐸擱下漆盤揖手行禮，「回皇上話，臣是午時進的宮，到眼下正滿一個時辰。」見皇帝站起身，忙請了衣裳上去伺候穿戴。整理了通袖的柿蒂雲龍紋，又半跪下整腰帶、膝襴，那份恭順小心，足叫皇帝稱意了。

也是的，皇帝御極前和他交情匪淺，能順順當當登上帝位也有賴他的協助。不過此一時彼一時，既然登了頂，眼前豁然開朗，帝王的尊榮威嚴轉眼之間就能生成，瞧人瞧事自多了幾分挑剔撿點。肖鐸這會兒低眉順眼得恰到好處，他是聰明人，知道自己的位子。不管頭上的銜有多高，到底是主子給的。說得難聽些，今兒能捧他，明兒就能滅了他。

皇帝垂眼看他，他在他腳下，卑微順從。他少年得志，放眼整個大鄴朝，有幾個宮監能到他這樣地步？司禮監掌印，替皇帝掌管軍機宮務，連錦衣衛見了他都要下跪……

「廠臣。」他輕輕嘆了口氣，「朕今天聽見一個傳聞，你猜猜是什麼？」

肖鐸手上沒停，照舊替他拾掇玉帶。掛好七事左右端詳，都收拾停當了方起身退到一邊，恭敬道：「臣雖執掌東廠，然近來宮中事忙，有些消息擱置了，還沒來得及過問。臣不知皇上所說的傳聞是哪一樁，不敢妄揣聖意。」

皇帝背著手繞室緩步遊走，半晌才道：「朕坐在奉天殿，消息倒比你還靈通些，看來你這東廠辦得遠不如朕想像的那麼好。市井間給你取了個雅號，叫『立皇帝』，你難道沒有耳聞？」他忽然頓住了腳，回身狠狠盯住他，「朕問你，你們東廠是幹什麼吃的？這樣叫人心驚的話居然流傳出去，究竟是你辦事不力，還是不拿朕當回事，有意叫朕難堪？」

肖鐸心頭一驚，本以為都壓下去了，沒想到死灰復燃，這話終於傳到了皇帝耳朵裡。他心裡明白上頭正找不著錯處做筏子，如今有個好契機，大約是不會那麼輕易罷手的了。說不恐慌，那也顯得太篤定了，腦子裡忙著想輒應對，人先泥首跪拜了下去，伏在地上作誠惶誠恐狀，顫著聲道：「主子這番訓斥叫臣栗栗然，求主子息怒，容臣稟報。這話出自大行皇帝在世時，彼時秋闈放榜，各地生員雲集京師，人多，難免有落榜舉子譁眾取寵。臣得知後立時就查辦了，只因當時牽連甚廣，況且這種嘴皮上的狂言，要找出處委實不易。也幸得主子皇恩庇佑，那個製造謠言的監生叫臣拿住了。臣是一時大意，原當找著了源頭，事過去了便不給主子添堵了，誰知樹欲靜而風不止……」他深深又磕一頭，吸了口氣道，「臣自知罪無可恕，求主子問臣的罪，對朝臣、對天下人，都是個警醒的榜樣。」

其實到了這時候，要追究的早就不是那個始作俑者了，一切矛頭對準了他，分明就是藉此彈劾。中晌音樓說得對，暫且蟄伏比時時戳在眼窩裡給人添堵要強得多。一動不如一靜，他自己有把握，皇帝還有用得上他的時候。此時就算收了他手裡的權，只要沒下令要他的腦袋，他東山再起亦不是難事。

皇帝自然也有他的考慮，他從來不是手段老辣的人，皇父駕崩前考驗他們兄弟才學武藝，曾深惡痛絕罵他婦人之仁。如今言官請旨清君側，磨刀霍霍對肖鐸，真如了他們的願，朝中勢力靠什麼來制衡？中宗時期倒是收繳過司禮監的權，結果弄得朝綱大亂，那些大臣拉長舌頭，當著皇帝的面敢在朝堂上對罵。好好的奉天殿，一轉眼就變成了市集菜場。他要處置肖鐸容易，短期內找不到稱手的利刃，留著他不是為旁的，還是為鞏固自己的政權。畢竟肖鐸手上案子辦得多了，午門外掌刑，十杖就要了人命。有他在，朝臣們有忌憚，他的江山便坐得安穩。

他不像先前那樣震怒了，踱到他面前虛扶一把，換了個較為溫和的口氣，「廠臣不必驚慌，朕今兒既召你當面問話，就是念著以往的情義。朕對你，終歸與旁個不同，為了這麼個謠言就治你的罪，朕於心也不忍。眼下司禮監樹大招風，全是從批紅這上頭來。朕看這個職還是先卸下，你仍舊執掌東廠，替朕監督朝中官員一舉一動，便是你的本分了。」

肖鐸早料到了，皇帝要權力集中，必定先從批紅上頭來。批紅和提督東廠，兩者原密不可分，但既然到了這一步，不撒開其中一樣是不成的。所幸東廠的番役不是吃乾飯的，誰在背後打他主意，不出一個時辰就能回饋消息。只不過批紅是大頭，不拿回來到底不安生。他垂眼看皇帝膝欄上的海水江牙，這位君父做事全憑喜好，才上任風風火火，等興頭過了，再尋摸幾個絕色女子分分他的心，甩手掌櫃幹起來畢竟舒爽，不愁他朝政霸攬著不放。

他深深揖下去，「皇上是聖主明君，大事小情比臣周全百倍，臣在主子面前無地自容，一切但憑主子發落。」略頓了頓又道，「不瞞主子，臣早前有個想法，一直沒尋著機會同主子說。前頭顧忌批紅的事放不開手，現如今卸了肩，臣倒要奏一奏江南繅絲的事了。往年這個時節，同外邦的綢緞買賣早就談妥了。今年因著蠶繭欠收，織造廠的織機也老舊，碼頭上大筆的訂單沒人敢接，空放著有錢不賺，白白浪費了好時機。臣是想，坐在京裡，斷不能瞧出外頭經濟之道。若是主子應允，臣請旨南下，先把這筆帳務理清，於朝廷也是一筆不小的進項，不知主子意下如何？」

皇帝長長哦了聲，「頭前操持大行皇帝喪儀，倒把這茬忘了個一乾二淨。你既有這心思，於國是大利，朕沒有不答應的道理。這麼著，朕封你個欽差，下月初就動身……」突然想起來，問他，「音樓在你府上好不好？」

肖鐸沉住氣應了個是，「今兒娘娘同臣說話談及主子，臣聽得出，字裡行間對主子感恩戴德。臣和娘娘相處不多，但娘娘的脾氣也摸著了些。娘娘畢竟年輕面嫩，心裡想一齣，說出來的又是一齣。在臣跟前雖不諱言，見了主子卻未必出得了口。」

皇帝聽了個很高興，「朕眼下想起那晚的事還有些後悔，當時是欠考慮，弄得像個急色鬼，難怪叫她害怕。你回去知會她，只要她好好聽話，朕這裡不會虧待了她。」吮唇琢磨後又道，「你要南下，她一個人留在你府裡怕失了照應。朕想著，過兩天傳道恩旨讓她進宮就是了。橫豎是這麼回事，弄出這些彎彎繞來也囉噪。」

肖鐸垂手道是，「主子念著娘娘，臣都知道的，可認真算時候，從大行皇帝龍御歸天到如今，左不過二十來日。眼下匆匆召進宮來，主子固然疼愛，但宮中傾軋，臣唯恐娘娘難以立足。況且……」他蹙眉斟酌了下遣詞，「主子代天承命，要做仁治天下的令主，為這點子小事致使白璧蒙塵就不好了。臣以為主子且耐下性子等陣子，或者到明年選秀時，臣想法子把娘娘充進秀女之中，屆時主子是封是賞，也沒有人敢說半個不字。」

這法子好是好，可等得時候太長，到明年開春還有十來個月，這叫人怎麼等得及！皇帝又在地心旋磨，「明年進宮未必就防得住悠悠眾口，宮裡人多，見過的也不在少數，自欺欺人好玩嗎？索性就以太妃的名頭回宮，朕特許的，量著沒人會有異議。不過你的話也不無道理，裡子可以不要，面子還是得顧全些的……」他豎著一根手指頭指點，「那就再過兩個月，且叫她安心在你府邸，朕得了空便過去瞧她。」

肖鐸有些遲疑，覷了皇帝臉色道：「臣無意間同娘娘提起南下的打算，娘娘聽說了，臉上悃悃的，約摸是近來發生了太多事，心裡記掛家人，似乎有些思鄉情切。主子若真體恤娘娘，何不准許娘娘隨臣同行？娘娘若是得知我主體天格物，自然對主子更生仰慕。至於娘娘一路的行程安危，有臣在，定然保娘娘萬全。」

皇帝對著簷頭掛的鳥架子琢磨半天，那鸚哥腳上拴著細細的銀鏈，不論如何翻轉騰挪都逃不出桎梏。他眉心舒展開來，頷首道：「也罷，這段時間委實難為她，她要是想出去散心，有你仔細看護，朕也沒有什麼不放心的了。」

肖鐸暗暗舒了口氣，拱手長揖道：「臣回去把這個好消息告訴娘娘，娘娘必定要高興壞了。」

皇帝抬了下手，「用不著你說，今晚宮門下了鑰，朕微服到你府上，親自把恩旨告訴她。

你且回去，叫她準備接駕吧！」

肖鐸心思百轉，終歸不便多說什麼，自領命去了。

第二十三章　已著枝

皇帝要蒞臨，這是極需籌備的大事。肖鐸回府後便命人置辦起來，御用的東西要再三查驗，大到坐褥龍套，小到杯盞碟勺，一應都要照規矩安排妥當。

府裡的僕婢來來往往，他站在中央卻不由發怔。也不知皇帝此行是抱著什麼目的，為王時行事便不羈，現在成了九五至尊，某些無傷大雅的細節就更不在眼裡了。倘或就此臨幸……雖然早晚有這一天，可總覺時候不對。還沒有進宮，無論如何不能叫他沾身子。得不到時願意花心思惦記，一旦到手不過如此，還有什麼念想？

橫豎就是不能夠！他邁出屋子，在茜紗窗外的門廊裡踱步。半仰起頭，風從頸間流過，西邊的日影移過來，映在他足尖前的青磚上。他慢慢退一步，旋開去，沿著抄手遊廊轉到了院子那頭的女牆外。

惠風和暖，他站在木橋上遠遠眺望三進的那個庭院，青瓦翹角紅抱柱，本來無甚特別，今天卻在寸寸斜陽裡發現了異於平日的美。他低下頭，佛珠在指尖一顆接一顆盤桓，蜜蠟的質地，相撞起來有脆而圓潤的聲響。駐足片刻下了橋堍，迎面遇上跨院裡的那株梨花，雖落花不斷，但頂上開得愈發茂盛，一束束花團簇擁著，連綿接上了天邊的流雲。

正靜靜地看，曹春盎一溜小跑從院門上進來，喜孜孜叫了聲乾爹，「高麗、暹羅等屬國賀新帝登基，從蕃地帶了好些奇珍異寶進京來，拿大紅鉚釘箱子裝著，板車足裝了幾十輛。這回不單有東西，還有七、八個女人。高麗女人肉皮兒白，一掐一汪水似的，這會兒人都安置在四國驛站。那些使節進京還是老例，打聽您在哪，說是新建了宅子，要登門拜訪，兒子按您的示下都推辭了……只是乾爹，以往都見的，這回怎麼倒要迴避？」

肖鐸看了他一眼，「咱們在天下中樞當差，不光替主子辦事，揣度好主子心思更是明哲保身的良方。新主子不比老主子，萬事多留神，準沒錯處。那些進貢的使節，腰裡揣著數不清的好東西，他們就是個香餑餑，誰親近誰有好處。朝中文武百官，個個瞪著兩眼細瞧著，分得一樣半樣的沒話說，撈不著油水的，他們就敢在皇上跟前放冷箭。怕雖不怕，到底忌諱些的好。別叫新主子看了饞嘴貓似的，見不得一點葷腥。」

曹春盎忙道是，「兒子明白乾爹的意思了，不過高麗人叫人送了上好的脂粉來，都拿白玉盒子裝著，這會兒在前院擱著。兒子瞧了，小朱龍、媚花奴、嫩吳香、萬金紅……都是市面上幾兩銀子一小撮的。說高麗人為什麼肉皮兒好，就是洗參洗的。他們往粉裡加了人參和珍珠，拿到咱們大鄴來也是上等貨。往宮裡進貢的貨色倒反而沒那麼精細，只說督主是講究人，不能含糊慢待了。」

肖鐸臉上木木的，這些外邦人覺得太監就該擦脂抹粉，所以每常進京，這類東西少不了。這片宅子的假山底下開鑿了一條小河，通外頭，是活水，庫裡堆不下的胭脂就倒進河裡，把臨水的石基都染紅了。他不明白，送水粉就罷了，送胭脂是什麼意思？男人往臉上塗胭脂，那些外邦人是看戲看迷了吧！

他背著手瞧天色，想了想道：「放著也是多餘，都送到娘娘屋裡去罷！」

曹春盎奇道：「乾爹自己不留些？」

他擰著眉頭剜他一眼，「你何嘗看見我擦過粉？」

曹春盎訕訕的，心道也是，何郎傅粉都未必有他乾爹這麼好的皮色，那些東西對他來說無用，雕琢了反而掩蓋了他本來的姿容，畫蛇添足罷了。遂弓腰應個是，「那兒子這就叫人送過去。」

他「嗯」了聲，想起來有些話要交代音樓，也不多言，自己過跨院去了。

遊廊窄而長，彎彎曲曲多少回轉。經過步步錦槅心的檻窗往裡看，園子裡兩個下人提桶跟著，音樓正拿毛竹做的長柄水呈澆花。也不知怎麼那麼巧，明明離得很遠，一抬眼視線碰個正著，她抿嘴嫣然一笑，擱了手裡東西往院子中路的青石道上迎過來。

他快步進月洞門，兩邊站班的太監對他行禮他也置若罔聞，走近了朝她揖手，「西向的日頭，娘娘不怕曬著？」

她掖了掖臉，視線在他眉眼間流轉，和聲問：「廠臣進宮怎麼樣？皇上有沒有為難你？」

倒叫她猜了個大概，發難是一宗，晚間要來才是個難題。他轉身替她擋住了日光，故作輕鬆道：「為難倒也算不上，不過繳了臣披紅的權，臣總算可以輕省些日子了。」

他說不算壞事，她似乎不大相信，仍舊睇著眼打量他，「我倒覺得，情願放棄提督東廠的差事，也比罷免司禮監批紅的權來得好。」

他眼裡有笑意，背著手道：「娘娘此話怎講？」

「內閣的票擬不再經廠臣的手，你不害怕？」

還是變著方法地說他壞事做絕吧！沒看出來，她也是個口風犀利的人，先前低估了她，只當她傻乎乎什麼都不明白。他嘆了口氣道：「是啊，娘娘說得沒錯，皇上當時收權，臣心裡是不大受用。不過塞翁失馬，焉知非福？臣原本是草芥子一樣的人，得先皇器重才有今天，不說主子封賞的東西，就連人都是主子的，自己心裡明白，還有什麼可不平的？」

她淡淡地笑，「廠臣這麼想是好事，該是你的，你就是虛攏著十指捧也一分不會少。我瞧廠臣一直以來辛苦，有個時機歇一歇，也不是壞事。」

「娘娘說得是。」他呵了呵腰道，「皇上做這個決定在臣意料之內，所以下令的時候並不覺得突然。早前臣和娘娘提起過南下的打算，剛才進宮向上奏請，連帶著替娘娘表了個願，萬歲爺也首肯了。」

音樓大喜過望，肖鐸的形象在她眼裡一下子又拔高許多。他是有把握的人，真如他說的那樣，只要願意，沒有一樣幹不成的。別人提起他的名號，都不那麼待見，她卻結結實實感激他，悄悄伸手牽了牽他的衣袖道：「好話我也不會說，廠臣對我的恩情，我怕是沒有能力來報答。」

「這是打算撂挑子賴帳？」他低頭看那纖纖五指落在他的雲頭袖襴上，笑道，「咱們打交道那天起我就對娘娘直言不諱，娘娘他日得了榮寵不忘記臣的好處就足了。臣可不是什麼良善人，您尊養在我府裡，看不見我做的那些壞事，要是哪天見了，只怕對臣再也親近不起來了。」

她瞪著大眼睛看他，「我聽說東廠的酷刑駭人聽聞，都是廠臣想出來的？」

他搖頭說不是，「東廠成立有一百多年了，歷史只比大鄴短了幾十年。廠衛殺人名目繁多，什麼梳洗、剝皮、站重枷，全都是前輩們的法子。臣接手後無甚建樹，不過略略改進一些，娘娘這麼問，實在是太看得起微臣了。」

音樓聽了大惑不解，「東廠真是個奇怪的地方，下了大獄的人還能梳洗打扮。」

他仰唇笑道：「娘娘會錯意了，東廠的酷刑愛取文縐縐的名字，比方鼠彈箏、燕兒飛、梨花帶雨……梳洗是拿滾水澆在身上，澆完了用鐵刷刷皮肉，直到肉盡骨露，這個人就廢了。」

他輕描淡寫，並沒有表述得多詳盡，音樓卻聽得駭然，驚惶地捂住了嘴，嚇得愣在那裡。青天白日下明明是那麼個溫雅的人，說出來的話卻叫人汗毛林立。她有些難以置信，難怪世人提起東廠和錦衣衛都談虎色變，她看見的似乎只有他的好，卻忘了他是以什麼謀生的。

他和她並肩散步，分花拂柳而行，見她不說話了，轉過臉來看她，「臣嚇著娘娘了？」

她囁嚅了下，「有一點。」

他嘴角微沉，語氣無奈：「這些手段是用來對付觸犯了律法的人，娘娘一不作奸犯科，二不貪贓枉法，有什麼可怕的？再說臣在這裡，就算您害盡天下人，有臣給您撐腰，娘娘自當有恃無恐。」

這就是和惡人交好的妙處，不問因由地維護你。不過這種庇護不是無條件的，像他這樣的人，八成和商人一樣無利不起早吧！

兩下裡無言，她的身影就在他眼梢處。他輕輕嘆了口氣，「剛才的話還沒有說完，皇上答應讓娘娘隨臣南下，全是出自皇上對您的一片心。今晚聖躬親臨，請娘娘早做迎駕的準備。前院已經布置好了，待入夜就請娘娘移駕廳堂，這麼的，臣在一旁也好有照應。」

正說話的當口，門上曹春盎帶人捧了木櫝進來，躬身朝音樓行禮，朗聲道：「請娘娘金安！督主命奴婢給娘娘送胭脂水粉來，都是外邦進貢的上等貨，顏色也合適，娘娘用來梳妝最為相宜的。」

廊下彤雲忙迎上去接下了，給曹春盎道個福，便把盒子請進了屋。

肖鐸不理會旁的，凝目審視她的臉，「皇上過會兒就要來，娘娘這麼素淨不成。臣命人給娘娘備香湯，娘娘好好打扮，是接駕的禮數。」

音樓支吾一下，怯怯問他：「還要沐浴？依廠臣的意思，今兒皇上是不是……」

她沒說完就紅了臉，兩頰染上薄薄的柔豔的粉，那顏色比施了胭脂更好看。他夷然一笑，眼裡微芒點點，「臣料想有了上回的事，萬歲爺不至於那麼唐突。不過聖心難測，究竟什麼打算，一切仍舊在皇上。臣要叮囑娘娘幾句話，如果皇上有臨幸的意思，請娘娘務必妥善周旋。女人的貞潔是最後的本錢，好歹要堅守住。皇上施恩不是不可，只是未到火候。臣看娘娘……婉媚不足，恐難留聖眷，所以還是先晉位再翻牌子，才能叫人信得實。至於怎麼周旋，全看娘娘的本事了。像上回咬人的事千萬不能再發生，要知道今非昔比，觸怒了天顏，後頭的事就不好料理了，娘娘明白臣的意思？」

明白是明白了，但是他說什麼婉媚不足，分明直指她沒有女人味，留不住男人！

音樓覺得很不服氣，她有時候照鏡子也孤芳自賞，越看越覺得自己漂亮，哪裡就不能入他的眼？

她忿忿的，鼓著腮幫子道：「我知道廠臣的意思，可後宮妃嬪又不是外面粉頭，婉約是必要，妖媚用上來豈非大不妥？」

他揚著眉梢調過視線去，「娘娘還是不懂，風情萬種的女人，天底下沒有一個男人不愛。後宮爭寵，靠的絕不單是詩詞歌賦，怎麼留住萬歲爺的心，全憑閨閣裡的手段。我問娘娘，怎麼叫男人挪不動步子，娘娘有沒有成算？」

她生於詩書舊族，雖然湊合著長大，好歹也懂禮義廉恥，怎麼叫男人走不動道不是她的強項，他問這個問題，她答得上來就不是好姑娘。

他等不到她的回答，唏噓不已，「看來臣得替娘娘請兩個師父，娘娘要學的實在太多了。這些暫且擱置不提，娘娘趕緊叫她們伺候入浴，時候晚了怕來不及。」言罷看她面色不豫，他對攏著袖子歪著脖問她，「還是娘娘嫌她們手腳不麻利，要臣親自伺候呢？」

第二十四章　怯初嚐

她當然不會答應讓他在場，自己悶聲不吭去了。

彤雲替她脫了衣裙，仔仔細細在她肩背上打胰子，邊搓邊道：「有肖掌印在，我都不敢近您的身。他好像喜歡同您獨處，不愛邊上有人跟著，您說怪不怪？」

音樓掬水擦臉，含糊道：「他是不願意叫人親近，也沒什麼怪的，各人秉性不同罷了。只是剛才說起他們東廠的刑罰，把我嚇得不輕。他這儀容，不報家門還當他是富貴人家的公子，誰知道是這麼辣手的人物……」

小小的浴房裡光線黯淡，四周圍都落了簾帳，只有東邊檻窗開了微微一道縫，有風送進來，簾上排穗便一陣陣輕搖。她往下縮了縮，水面上熱氣氤氳，薰得臉色緋紅，唉聲嘆氣道：「過會兒皇上就要來了，我怕他像上回似的，妳說我怎麼應對才好？」

彤雲也想不出好辦法，只說：「那也沒轍，先前他夜闖二所殿時還是個親王，這回可不一樣，人家金鑾殿上掌人生死，打定主意要臨幸，我看您只有認命的份了。」

「可是肖廠臣說不能叫他得手。」她還在氣惱，悶聲道，「說我天分不高，留不住男人，要請師父教導我。」

彤雲正打手巾把子給她擦臉，聞言嗤地一聲笑，「您別說，肖掌印瞧人真準！有的人媚骨天成，一個眼風就能把人勾得摸不著岸。您呢，您要是拋媚眼，八成就跟翻白眼似的，您天生沒這份根骨。」

她被彤雲取笑也不知道有多少回了，早就沒了氣性，轉過身趴在桶口上問她：「妳說他會給我請什麼師父？」

彤雲把她的頭髮解開，皂角熬的膏子剜出來一把，慢慢在她髮間揉搓，嗡噥道：「什麼師父？八成是風月場上的老手，調情嬉愛的積年。肖掌印想把您調理成一代妖妃？您這樣的，教出來味不知道對不對。」

音樓不平地吸了口氣，「瞧不起人？我怎麼就不能成妖妃？往後用心學，妳瞧好吧！」

「我就說當下。」彤雲滿臉不屑，「您說說您，和肖掌印站在一塊，您比他更像男人。」

音樓被打擊得不行，真是個悲哀的事實，她就是空長了個女人的殼子，不懂善加利用，暴殄天物。說起暴殄天物，她眨著眼問她，「那妳說我漂不漂亮？」

彤雲「唔」了聲，「漂亮當然漂亮了，不漂亮也進不了宮。您瞧您渾身上下，四肢勻稱，身條修長，該肥的地方肥，該瘦的地方瘦……脫了衣裳您也算個尤物，和我以前的主子比起來還強那麼一丁點。」

「是吧？我也覺得自己能看，先前被肖鐸一說，我都懷疑自己是不是長得不得人意了。」

她愁眉苦臉無限惆悵，彤雲順嘴調侃：「您這麼在乎他的看法倒也怪，他又不是皇上，好不好的他瞧了做不得準。您要是生得歹，皇上也不能費這氣力來撈您。」

音樓快快應了，洗得也差不多了，叫彤雲傳人進來伺候。擦乾身子穿了件鵝黃色撒花煙羅衫，自己挽髮進了明間。

打簾出來，乍一看有點吃驚，「廠臣還沒走？」

他正立在梳妝檯前查看胭脂，也沒瞧她，托著一方白玉盒子，打開了蓋低頭嗅了嗅，那樣慵懶從容的舉止，襯著窗外的風光，既像個俗世翩翩佳公子，也有傲殺人間萬戶侯的氣魄。

真的妙人也！音樓看得心頭小鹿一通亂撞，這模樣賣弄姿色，不知道存的什麼心。索性兩代帝王都沒傳出好男色的傳聞，否則這花容月貌還能安然無恙站在這裡？鬼才相信！

地上鋪著纏枝花的地毯，踩上去寂寂無聲。有他在的地方四周圍人總不多，音樓左右看了，屋裡侍立的僕婢都被打發出去了，彤雲從裡間出來，福了福身也退下了。她手裡拎著軟鞋有點無所適從，地毯上短密的細絨拱著腳心，她蜷起腳趾，忙把鞋放下趿了進去。

他撚起一點粉末在指尖輕揉，粉質細膩，香味也好，便抬眼道：「臣替娘娘挑胭脂暈品，娘娘容光高潔，用太豔麗的顏色反倒襯不出，還是這小紅春……」

話沒說完頓住了，她才出浴，水裡過了一遍，人像早春新發的柳條，尤其新鮮靈動。輕而柔軟的綾子覆著年輕的身體，站在一片緙絲彈墨帳幔前，眉眼生怯。頭髮沒拿巾子包裹，隨意搭在胸前，把肋下一片都打濕了。

這麼呆愣愣又惹人憐愛的形容突然令他感到無措，只是那無措也不過一霎那，再定下神來，他仍舊可以閒適地戲謔她，和她說話。

「娘娘怎麼愣著？」他擱下玉盒向她伸出手，「到這來，臣替您梳妝。」

她聽了低著頭過去，軟煙羅有點薄，本來這氣候在閨中穿正合適，沒想到他在，叫她大大覺得不自在起來。到衣架子前取了件牡丹團花褙子邊走邊披，還沒等胳膊伸進袖隴，被他輕輕掀開了。

「頭髮還濕著，穿這個做什麼？」他把褙子扔到一旁的圈椅裡，牽她的手，拉她到妝檯前坐下。

大銅鏡裡映出他們兩個，一坐一立，他就在她身後。她是輕淡的一身裝束，他穿朱紅曳撒，戴描金翼善冠，濃淡相宜，倒可入畫了。

他仔細地看，慢慢彎下腰和她齊高，盯著鏡子裡的她的臉，在她耳邊呢喃：「娘娘把瀏海捋起來臣才發現，原來娘娘眉心有顆朱砂痣！這樣好的面貌，藏起來失了風韻，可惜了。」

她不太習慣和他靠得那麼近，往後讓了讓，勉強笑道：「我們那裡沒出嫁的女孩都打瀏海，等出閣那天喜娘開臉才撩上去。」

他把手按在她肩上，隔著薄薄的紗也能感覺到融融的暖意。她剛才為了避讓偏過身子，他不大滿意，仍舊把她正了回來。挑了個蓮紋青花的宣窯小盒子托在手裡，棉紗上沾足香粉，就著鏡子在她臉上勻勻撲了一層。

流程熟稔，像是行家裡手。音樓剛開始還不大適應，後來見他一本正經，心裡又隱約落寞起來。他這麼精細，想來是早前伺候皇后練出來的。她往銅鏡上看了眼，輕聲道：「我這位分，怎麼敢叫廠臣伺候，還是自己來吧！」

她打算去接那個粉盒，誰知他腕子一轉，她的指尖正好壓在他手背上。說來奇怪，他的體溫似乎比常人要低些，幾次接觸都不覺得溫暖，只有股子冷香。說不上來是怎樣的一種感覺，涼煞煞的，夏天大約比別人更受用。

他沒有和她對視，眼梢瞟了下，見她臉上帶著些尷尬，忙把手收了回去。他心裡覺得好笑，索性把她轉過來，開盒換了螺子黛，略蘸了點水，彎腰與她畫眉。盈盈秋水，自帶七分瀲灩，左面添兩筆，右面添兩筆，再三再四地斟酌計較，眉宇間顏色加深了，愈發顯出她的好氣色來。

他滿意了，丟了石黛笑道：「娘娘平素都不上妝，那樣的懶習慣要改了才好。女人容貌擺在頭一條，就算等不來心頭愛，也要打扮得光鮮亮麗，因為不定什麼時候要緊的人就會出現了。」

他離她那麼近，近到幾乎呼吸相接。音樓的心嗵嗵跳起來，嗓子一陣陣發緊，渾身緊繃，如臨大敵。她實在受不住了，簡直是要人命，他光明正大些會死嗎？替人梳妝非得這麼曖昧？她惱起來，太監就算不拿自己當男人，也該照顧照顧別人的感受吧！

她吸口氣準備扭身，無奈又被他絆住了，一道份量落在她肩頭牽制，他低低道：「別亂動，臣給娘娘上胭脂。」

他取玉搔頭挑了一小撮小紅春在掌心裡，拿水化開了混合鉛粉撲在她頰上。她底子生得好，加上脂粉都是高麗出的上等貨，就著屋外的光看，細潔裡透出一層朦朧的紅暈，有種滿帶少女風韻的美。

他瞇起眼，從前也曾和榮安皇后周旋，從來都是過目即忘，沒有像現在這麼上心過。他自己也有些渾沌了，論色相，她並不是無可挑剔，大概就因為她偶爾的憨傻，才顯得和別人不一樣吧！

旁枝末節都料理妥帖了，好的自然留到最後。他的視線落在她唇上，她是正宗的櫻桃小口，微微有些上揚的嘴角，唇峰分明，乍看之下動人心魄，彷彿隨時準備親吻。他按捺住了，徐徐換口氣，挑一盒顏色略深的石榴嬌來，用細簪拈上點擦在她唇間，原本淡淡的唇色染了一抹腥紅，立刻奇異地豔麗起來。她似乎想要閃躲，他哪裡能由她！一手固定住她的下巴，另一手探過來，指腹在那柔軟的唇上遊移，只覺滿手幽香，禁不住心猿意馬起來。

音樓也愣了，眼前這人像毒藥，輕易便能沁入她的血肉裡。她不知道他要做什麼，他的動作緩慢纏綿，一寸寸一分分地靠過來，她看到他越來越放大的臉孔，幽深的眼睫、直挺的鼻梁，還有不點自朱的嘴唇。

急促的喘息，彼此都聽得清清楚楚。血潮翻湧，像浪頭一樣打過來，拍得人頭暈目眩。

音樓腦子裡一片空白，忘了他的身分，也忘了他的殘缺。這麼善於捕捉的獵手，比任何男人都來得可怕。她緊緊攥住衫子的下擺，心裡慌得幾乎要暈厥過去。他越靠越攏，唇與唇的距離不過三指遠，就在她以為他要親她的時候，突然聽見他說：「娘娘抿一抿吧，這樣唇色能均勻些。」

說話的當口他撤回了身子，彷彿一切都沒有發生過，單留銅鏡前一個呆呆的女人，滿臉呆呆的表情。

音樓覺得自己要羞死了，這是睜著兩眼做了場白日夢？她躬下腰背，把臉偎在臂彎裡，才發覺出了一身汗，蓬蓬的熱氣從領口蒸騰而上，烘得她面紅耳赤，沒了計較。

索性他轉開身沒再看她，悠著步子踱到八卦窗下，隨手撿起棍有一搭沒一搭地逗那籠中的畫眉鳥。其實逗也逗得沒章程，他知道自己並不比她好多少，這是犯了大忌的，莫名其妙動起了小心思，難道是瘋了不成！

簷頭鐵馬叮咚，廊下簾子捲起半邊，幾隻大燕子忙於築巢，銜了新泥從外面飛回來，兩翅扇動，發出撲棱棱的聲響。

太陽漸漸西沉了，半邊臉掛在女牆上。他終於回過頭來，她還倚著妝檯，面上倒是淡淡的，也許緩過來了，不見有異。他走過去，取巾櫛要來替她拭髮，她先他一步站起來，接過巾櫛退讓開道：「多謝廠臣，勞煩廠臣半日，罪過大了。請廠臣自去歇息，我這裡有人料理的。」說完了揚聲叫彤雲，幾個婢女魚貫進來了，她也不去管他，自顧自去拉西邊的竹簾，自己坐到餘暉裡梳理頭髮去了。

肖鐸知道她是生氣了，八成認定他又在捉弄她，心裡不定怎麼恨他呢！他無可奈何，有時真真假假，自己也混淆起來。這麼下去好像要出事，他扶額嘆息，正苦惱該怎麼料理，院門上曹春盎腳下生風碎步進來，到廊廡底下垂手回稟：「乾爹，宮裡傳消息出來，萬歲爺起駕了，正往咱們這來呢！這回沒坐轎子，自個帶著幾個侍衛騎馬來的，估摸著兩盞茶工夫就到了。」

這頭說話她那頭也聽見了，著急換衣裳綰髮，忙得雞飛狗跳。

接下來怎麼樣，事情也不那麼容易控制。他收回視線邁出門去，抖了抖曳撒道：「叫齊人，上大門上準備迎駕去吧！」

第二十五章　約重來

皇帝是文人出身，大多時候講究詩意排場。上回急吼吼對付音樓是情之所至，這回再見，勢必要在美人跟前把面子拉回來。為王的時候可以放浪形骸，登上帝位之後少不得自矜身分，那份從容體現在信馬由韁上，不急不慢地，從街口的牌樓下緩緩遊進了府學衕衕。

肖鐸在門前翹首以待，遠遠見通衢大道上來了一隊人馬，打頭的皇帝倒是尋常裝束，頭戴紫金冠，身穿鴉青團領袍，背後隨扈的人卻著飛魚服、配繡春刀，這樣掩耳盜鈴的出行少見，大約以為換了龍袍就算微服了吧！

他回首一顧，音樓打扮妥當了就站在他身後，臉是俏麗的臉，只是眼睫低垂，連看都不願意看他一眼。他心頭微沉，現在暫且顧不上旁的，有什麼不快都往後挪一挪，等接完了駕再議不遲。

他低聲提點：「聖駕到了，娘娘不需上前，跟在臣身後就是了。」

她無甚反應，耷拉著眼皮恍若未聞。他心裡隱約不快，女孩家鬧起脾氣來憋屈死人，有什麼話也不直說，鈍刀割肉，比東廠的酷刑還叫人煎熬。

他以前沒遇上過這種情況，榮安皇后那裡向來是高高捧著，只要一味的順著她的心思，你來我往的些些小意就叫她受用不盡了，哪裡像她這樣難伺候！替她描眉畫目，靠得近點就攞臉子。他忽然覺得灰心，憤懣裡夾了點委屈。早知道是這麼回事，當時就不該無所顧忌。原來女人和女人也不相同，有的愛勾纏，有的卻輕易碰不得。

馬蹄聲越來越近了，他斂神領眾人下臺階，在闕閱底下三跪九叩，朗聲高呼：「恭迎聖駕。」

她和他微微錯開一些，泥首頓在青石地上，香妃色如意雲頭的袖襴鋪陳在他膝旁，纏綿的紋路灑在他眼底，他皺了皺眉，略側過了頭。

已經是將入夜了，暮色沉沉裡掌起了燈。皇帝下馬來，一眼看見人群裡跪著的女子，肩背纖纖，頭上戴狄髻，也是鈿兒掩鬢，打扮得富貴堂堂。他快步上前去，一面讓眾人免禮，一面伸手去攙她，和聲笑道：「仔細磕著了，起來。」

音樓謝了恩，皇帝的手指搭在她的腕子上，隔著袖口都能感覺那股力道。這樣尊貴的身分，長得也不賴，只是目光如炬叫人生受不住。她不能避讓，只有一再微笑，「皇上駕臨，叫奴婢誠惶誠恐。廠臣早早就置辦下了宴席恭候聖駕，皇上裡面請吧！」

皇帝心裡很稱意，她細語款款，不像大行皇帝喪禮時候一張苦瓜臉了。甬道兩旁按序有內廷的太監站班，隔幾步挑一盞西瓜燈，燭火搖曳裡看她的眉眼，盛裝出迎果然是不一樣的，不再澀澀的，像打磨好的玉，看上去也更圓潤細緻了。

「這陣子難為妳，那麼多的事湊在一塊，叫妳不得安生了。」皇帝道，在正座上坐下來，兩手撫膝看她，「朕瞧妳氣色還好，在這裡住的慣？」

音樓欠身應個是，「承蒙廠臣照應，一切都好。奴婢進提督府這些天，吃穿用度都是廠臣親自過問，他一頭忙著差事，一頭還要照應我，我真不知怎麼感激他才好。」

她綿裡藏針的這一通，面上是在替他邀功，心裡大概不無嘲弄他的意思。肖鐸聽了按捺下來，躬身道：「娘娘紆尊在臣府上，寒舍蓬蓽生輝。能為主分憂伺候娘娘，是臣職責所在，娘娘這話言重了，臣愧不敢當。」

音樓還在為傍晚的事生氣，知道他這樣媚寵，無非為了拿她討好皇帝。她有些惱恨起來，索性送他一程，因轉身含笑對皇帝道：「皇上若是憐我，就替我好好賞肖廠臣吧！廠臣這樣不辭辛勞，我心裡委實過意不去，皇上就這麼白白瞧著我難受？」

這神來的一筆華美轉折叫皇帝心頭漾起來，看來肖鐸果然說服她了，原先像頭倔驢似的，這會兒居然懂得君須憐我了。他是那種功過完全可以相抵的當權者，白天吏部報上來的什麼「立皇帝」惹他勃然大怒，現在看看肖鐸的忠君之事，火氣頓時消了一大半。不過批紅繳了便繳了，賞賜還是不能少的，一樁歸一樁嘛！

皇帝打量那張尚且稚嫩的臉，她羞答答低著頭，大約沒有這麼和男人說過話，連耳朵根都紅起來。這小模樣當真惹人憐愛，他心癢難搔，養在別人盆裡的水仙不去觸碰它，看著它一天天豐豔，慢慢開出花，倒比隨手可以攀摘的妙趣得多。

皇帝心情大好，頷首道：「廠臣辛苦，朕都瞧在眼裡。候著吧，回頭宮裡自然會下旨意。」肖鐸磕頭謝恩，他三言兩語打發了，只管就燈看美人，看了半天想搭話，又發現稱呼是個難題，叫太妃似乎不合時宜，想了想還是直呼名字方便。等進了宮先復太妃位，看準了時候請太后的示下，再另外冊封也無不可。

叫皇帝單坐著不是法子，肖鐸呵腰道：「主子這時辰出宮想是沒有用過晚膳，臣這裡備了宴席，請主子和娘娘共進。」

皇帝道不必，「出宮前用了幾塊小食，不好克化，到現在還囤在心口。朕晚間有晚課，不能在這久留，沒的叫太后知道了怪罪。朕就是來看看音樓，說幾句話罷了。」

音樓聽見他叫她名字不由抬起眼來，皇帝和顏悅色，在上首端坐著也沒什麼架子，看上去像尋常富家的公子。要論相貌，慕容氏的美名是歷代皇族中拔尖的，鮮卑人五官立體，到他這裡也是一樣。尤其那眼眸，深得幽潭也似，要是把面貌和性格拆分開，高高立在廟堂之上，倒可以用來糊弄人。

有時候人很奇怪，彷彿喜不喜歡就在一瞬。本來音樓也不是死心眼，要是他能循序漸進，她自己權衡利弊還是心甘情願充入他後宮的。可沒想到中間出了那種岔子，沒有什麼感情基礎不說，還夜闖進她宮裡打算霸王硬上弓，她慌了神難免心生厭惡，現在看見他還是隱隱不大自在。可是沒辦法，皇帝總是皇帝，她對肖鐸還能賭氣耍性子，對那位卻不敢有半點不恭。

皇帝也知道，女人家面嫩，他那點不堪的腔調落了她的眼，後面要挽回大概得花些力氣。他咳嗽一聲，打算換個牌面示好，便道：「今兒廠臣進宮請纓，過陣子要南下和外邦協商絲綢買賣，朕聽說妳思鄉情切，想隨廠臣一道去，有這事嗎？」

肖鐸早就把皇帝首肯的消息告訴她了，她暗自高興，臉上也要做出可憐的神情來，怯著聲氣道：「有這回事，奴婢離家兩個月了，家父身子不大好，我在外也惦記得緊。本來進了京就不該再尋思回去的事了，可是奴婢眼下不在宮中，既然借居在廠臣府上，廠臣要南下，奴婢知道了難免動心思。」說著跪下叩頭，「求皇上成全，讓奴婢回去問老父一個安，回來後必定兢兢業業回報皇上。」

她這一跪，皇帝自然要去相扶，肖鐸見狀一個眼風把侍立的人都打發下去了，自己也卻行退出了上房。不敢走遠，站在簷下聽動靜，卻不知怎麼總是心緒不寧，一陣風拂過來，毛孔像全張開了似的，生生打了個寒顫。

廳房裡人轉眼都散盡了，皇帝攜她起身，音樓忐忑不已，略往後縮了縮，他察覺了，也是輕輕一笑，「妳一片孝心，朕准妳回去探望。不過去去即回，能做到？」他好言道，「朕對妳一直掛念著，所以要快些回來，好早早入宮來。」

音樓其實不瞭解，她以為時間長了他就放下了，沒承想他居然一時一刻也沒有忘。說情不知所起，委實有點美化的嫌疑，她知道自己是個呆呆的人，在一道進宮的秀女裡也不算拔尖，怎麼就讓他一眼看上，實在說不過去。

「奴婢答應皇上，去去即刻就回。可是浙江到京畿有程子路，皇上不叫我和廠臣一起回來？」

皇帝拉她在帽椅裡坐下，兩個人之間隔著一張香案，案上的青花瓷盆裡供著一株蘭，透過寬闊的葉片，她的臉半遮半掩。他說：「絲綢生意談起來不費力氣，要緊的是按時完工。從蠶繭到織機，樣樣都要查驗把關，所以廠臣在江南逗留的時間恐怕有點長。妳要回來不費什麼事，他手下有的是錦衣衛，派幾個人護送也就是了。妳先前說朕若憐妳，這話說得沒錯，朕是憐妳，這段時候妳大約過得也不高興，往家鄉去一趟，至少散散心，對妳也有好處。」

他這樣溫煦，叫音樓大感意外，遲疑道：「皇上的心真好，奴婢以為您不會答應的。」他愈發笑得得意了，「那妳說，我和先帝相較怎麼樣？」

這樣的問題實在很難回答，音樓道：「我是婦道人家，朝堂上的事也不懂，就拿皇上早前和我說過的那句話來論，皇上說活人生殉有違人道，光是這句就叫奴婢折服。至於大行皇帝，我聽聞推行的是仁政，應該也是個好皇帝吧！只不過奴婢未曾有幸見過聖駕，所以並不知道先帝是怎樣的人。」

皇帝點頭道：「也是，妳進宮沒有蒙過聖恩，真要談緣分，還是咱們更有淵源。朕問妳，妳是不是遺失過一方帕子？素面黃綢底子，角上繡了梅花的？」

那是剛進宮時，她們一批人經過四五輪篩選留下了五十人，那天皇后領著幾位嬪妃來瞧人，她隨眾從聽差房裡列隊出來，不小心掛在蝴蝶釦上的手絹掉了，又不好去撿，眼看著被風吹遠，後來就不見了。本以為找不回來的，沒想到中晌一個小太監給她送了回來。橫豎就是這麼回事，但不知他怎麼問起這個來。

「我是有這麼一方帕子，丟了又失而復得了。」她古怪地看他，「皇上怎麼知道的？莫非……」

「書生拾鈿，美人撿扇，本來都是佳話嘛！」皇帝夷然道，「朕當時協理選秀事宜，正巧從花園那頭過來，眼看著妳掉了的。還就是那麼巧，那方帕子兜兜轉轉被風帶到了朕面前，朕撿了，叫惜薪司的黃門送去給妳的。妳看見上面提的字沒有？朕寫了『幼梧』二字，那是朕的小字，妳竟不知道？」

音樓覺得腦子被木槌子敲了一下，尷尬道：「帕子送回來奴婢就叫人洗了，沒有看到皇上的墨寶。」

皇帝聽了分明一愣，這麼香豔風雅的事足可以引為美談，結果她居然沒看到，直接就叫人洗了？皇帝有點著急，「妳不細看看是不是妳的帕子就收下了？」

她眨著眼睛道：「我看著像我的，那枝梅花是我的繡工我認得，也就沒管那許多，交給底下婢女了。」

是了，婢女不識字，就算識字也未必想到和他有關。皇帝感到一陣頭疼，捂著前額嗞嗞吸氣。音樓嚇了一跳，忙離座去看他，「皇上這是怎麼了？被我氣著了？這可怎麼好！我去傳廠臣進來吧！往後再有這種事，我一定打開好好看明白，成不成？」

還有往後？這種事就要巧遇，刻意安排什麼意思！大鄴民風算是開放的，一些閒雜書流入閨閣不稀奇，她就沒有看過那些戲文？比方《牡丹亭》、《白蛇傳》什麼的，對愛情沒有一點少女情懷和嚮往？

皇帝拉住她說不必，「妳曉得朕和妳有過這麼一段就夠了，所以也別怕朕，朕不會害妳的。」

有過這麼一段，說得挺像那麼回事，其實不過撿了回帕子，弄得緣定三生似的。音樓不敢置喙，唯唯諾諾答應了，皇帝這回很上道，她原以為八成借著機會又有一齣戲的，沒承想他不過捏著她的手來回撫了好幾下，邊撫邊道：「惠王家上月生了一窩叭兒狗，今兒送了幾隻進宮給娘娘們玩，朕瞧了，寬臉大眼睛，長得很漂亮。要不要留一隻給妳，等妳回宮了送到妳殿裡去？」

音樓一聽來勁，也由得他摸小手，追著問：「一直讓我養著？別不是養大了又叫別人抱去。」

「哪能呢！」皇帝心滿意足，把那柔荑握在手心裡翻來覆去，「給妳就是妳的，妳不答應，誰敢搶狗，朕治他的罪！」

所以有皇帝撐腰是個不錯的行當，音樓笑道：「謝皇上了，我愛養狗，您好歹給我留一隻。我聽說叭兒狗胎裡有缺陷，容易歪嘴，您叫人給我挑個嘴不歪的，擱在那兒先餵著，等我回來了給我做伴。」

皇帝說成，「挑個毛色好的給妳，叫起來響亮的，妳瞧了準喜歡。」

兩人說狗倒找著話頭了，絮絮叨叨討論半晌。最後還是皇帝看時候不早，起身說要回宮，她才跟在後面送出來，一直送到正門外。和先前不情不願的態度截然相反，帕子甩了一程又一程，嬌聲道：「皇上好走，奴婢恭送皇上。」

皇帝上了馬，拉著韁繩原地轉圈，笑道：「進去吧，有的是時候說話。」

她含笑那麼一點頭，居然風情萬種。肖鐸看在眼裡，不由大覺反感起來。

第二十六章　意徘徊

「娘娘和皇上相談甚歡？」跪送過後他起身，伸手去攙她，卻被她躲開了。手尷尬地僵在那裡，倒比挨了一記耳光還叫人難受。

她瞥他一眼，表情淡漠，「和皇上相談甚歡不好嗎？不是正如了廠臣的願？」

她這話扔過來，有一瞬間竟叫肖鐸啞口無言。的確是有什麼地方出了岔子，他一心一意把她往那條道上引，這會兒怎麼又積糊起來了？可他自有一股傲氣，向來都是他一手遮天，如今一個小小的太妃也敢這樣拿話噎他了！

他哼笑一聲，冷冷道：「娘娘忘了臣的囑咐？娘娘和皇上在堂內兩盞茶功夫，單只是說話這樣簡單？」

真是可恨可笑！

音樓蹙眉道：「廠臣管得未免太寬了！我與皇上如何，不勞廠臣操心。」

他兩個鬥嘴，把邊上眾人嚇得呆若木雞。曹春盎拿肘頂頂府裡管事的張溯，使眼色叫他上去勸諫。到底在大門口劍拔弩張不好看相，且不論步音樓是什麼位分，像督主這樣權勢，和個女人大呼小叫掃了自己顏面。誰知張溯也怵，頭搖得撥浪鼓一樣，大胖臉一晃，滿臉肥肉直顫。

曹春盎狠狠瞪他一眼，自己吸兩口氣，正打算張嘴叫乾爹，卻聽他乾爹一聲低叱：「你們都走開！」

眾人一激靈，紛紛縮脖溜進了大門裡，誰也沒敢回頭，頃刻之間人都散盡了，門上一片氤氳燭光裡，只剩烏眼雞似地互瞪的兩個人。

「你待如何？」音樓別過臉，尖尖的下巴高高抬起，「費了那些心思，不就是要我邀寵好替你開道！我先前在皇上跟前替你美言了，皇上也答應賞你，雖不至於立時給你個高官厚祿，但是往後我盡我所能也就是了，你有什麼不滿意？」

他臉色陰沉，自問平常控制情緒的能力不差，今天被她撩得火冒三丈，她還真有四兩撥千斤的本事！

「我是為這個？」他咬牙道，「娘娘哪裡不滿只管說出來，這麼零星割肉，有意思？」

她聞言一哂：「這話我就不明白了，是我哪裡做得不好，廠臣何不明說？這世上人並不是個個都如廠臣一樣心思縝密的，廠臣這麼雷厲風行的人物，竟不明白我就是個傻子？」

她呲達他的時候，居然還可以一臉無賴樣。肖鐸只覺心口火氣翻湧，一陣陣沖得他腿顫身搖。

月色如霜，彼此對站著，也不說話，就這麼虎視眈眈。其實也不知道到底在氣憤什麼，照音樓的的想法，她還在為他下半晌的所作所為惱火。一個太監，完全不自省，對她如此這般言行曖昧，不是引誘是什麼？她可是清清白白的好女孩，他這麼肆無忌憚，當她是麵團捏出來的？反正她是打定主意了，他下回再敢靠得這麼近，就別怪她不客氣。他不是要調戲她，誰怕誰？她不過是個半吊子大家閨秀，這輩子也就這樣了。他替她上妝的時候真悔斷腸子，要是她咬牙囁上去一口，倒看他能怎麼樣！

這須臾工夫，誰知道她動了這些心思。肖鐸昂首立著深深緩了兩口氣，他這麼失態，叫人看了不像話，對她來說也是個笑談。不是想著將來倚仗她嗎，要調理她，讓她接榮安皇后的班，那他現在的態度就大大逾越了。捧著、敬著，全然忘了，那麼混雜不清下去，怕到最後他打錯了算盤，反被她拿捏住了。

「娘娘息怒。」他勉強作了一揖，「臣適才無狀，得罪之處望娘娘海涵。天色晚了，請娘娘進府，站在外頭說話也不方便。」

衚衕裡偶爾有人來往，大庭廣眾確實有礙觀瞻，她只得提裙邁進了門檻。偷眼看他，他很懂得自我掌控，很快就調整過來，且眉目平和沒有一絲波瀾，簡直讓她懷疑剛才氣得直喘氣的人根本不是他。

他既然下了氣，她也不能把架子端得太高，畢竟他暫時是她的衣食父母，回頭還要跟著他回浙江，鬧得太僵了，萬一人家路上下黑手整治她，那她無依無靠可怎麼辦？

她咳嗽一聲，換了副笑臉，「廠臣言重了，我說話也有不當的地方，廠臣大人大量，別和我計較才好。」

「臣不敢。臣畢竟是擔心娘娘，下半晌的話不知娘娘記下沒有？」他委婉一笑，「皇上和娘娘在廳房內……」

就是說女人身子什麼的，她焉能記不住？今天得以全身而退，還是皇帝手下留情了，要是像那天半夜裡一樣，憑她的榆木腦袋，除了被生吞活剝，想不出別的好出路來。

她拿腳尖挫挫地，囁嚅道：「我覺得皇上也不如我想像中的那麼壞，我們剛才就聊聊天，皇上言行舉止還是挺尊重的。」

他「嗯」了聲，「單說話？沒有別的？」

「摸了我的手。」她紅著臉說，「可我覺得沒什麼，比起上回的事，摸手根本就是小事一樁。」

他溫吞地勾了下嘴角，「娘娘這份心胸，實在叫臣欽佩。」

不管他是誇讚還是諷刺，音樓都安然生受了，「我總歸是要進宮的，進了宮這種事免不了，現在強脖子，以後就不伺候了？廠臣也曾勸過我，今非昔比，畢竟那是皇帝。您說您是草芥子，我何嘗不是齏粉一樣的人呢！」

他的眉頭擰起來，要說和她的肢體接觸他不亞於皇帝，為什麼她不以為然？是沒有芥蒂？抑或是因為在她眼裡他就不是男人？他嘆了口氣，「娘娘能看得開，對自己有益處。臣儘快把手上的事交代妥當，好早些啟程南下。免得耽擱久了，上頭突然生變，近在咫尺沒有推搪的藉口。」

他這會兒倒不著急把她送進宮了，這麼說來他這人也不是那麼唯利是圖。她扯了扯嘴角，「只是皇上有口諭，不叫我停留那麼長時候，恐怕屆時還要勞煩廠臣指派人先送我回京。」

他抬眼看她，略一頓才道：「不礙的，南下自有隨行的人，什麼時候旨意到了，娘娘要回宮也不難。」

談話似乎進了死衚衕，再也進行不下去了。兩個人相對而立，起先像鬥雞，這會兒各自蔫蔫的，精氣神都散了。隔了好一會兒才聽他長長呃了聲，「近來因著是梨花洗妝的當口，天橋那頭有夜市，燈籠挑了幾里地，一路都是光亮的。若是娘娘有興致，臣伴娘娘夜遊如何？」說完審視她的臉，她還想端著，臉孔下半截強自忍耐，上半截卻瞘瞘笑起來。他心情轉瞬大好，朝遠處觀望的彤雲招了招手，「替娘娘換身輕便的衣裳，手腳麻利些，我在這裡等著。」

音樓不等彤雲來攙，提起裙裾便跑，邊跑邊招呼，「快快快，正好去瞧瞧有沒有瓦罐，我要養油葫蘆。」

她一陣風似地進了垂花門，肖鐸看她走遠了才轉回身來。剛才迎駕，自己也還是一身官服。曹春盎這個乾兒子不是白當的，早就先他一步進了上房，伺候他換了件玉色西番花暗紋地絹衫，四方巾後垂皂條軟巾，鏡中一照戾氣全消，儼然是個風度翩翩的生員。

「乾爹腳程略慢些，兒子這就傳令廠衛遠遠跟著。」曹春盎打了個熱手巾來給他擦臉，嘿嘿一笑道，「皇上對娘娘掛念得很，兒子料著日後晉位，少說也得位列四妃。」

肖鐸沒言聲，只說：「跟就不必了，你去傳我的令，好好查一查吏部尚書姜守治。不單他上任以來的政績為人，以前的事也一樁不許放過。查他的家底行藏，只要有一點錯處，就給我咬住往狠了挖。」他輕飄飄一個眼風掃過去，「別怕他疼，好生著實的查。番役那把話傳到，他們自然曉得應該怎麼辦。」

東廠辦事有他一套單成的說頭，比方笞杖，下手輕重全在秉筆太監的字裡行間。「打著問」是最輕的，通常打過一遍還能讓人開得了口說話；再重一些的叫「好生打著問」，一頓下去皮開肉綻，離死還差一截子；至於打死不論，那就是「好生著實打著問」，褲子趴下沒有回頭路，幾杖一掄直接就去望鄉臺了。曹春盎東廠司禮監兩頭跑的人，他乾爹一說「好生著實查」就明白了。得罪他是可以隨便蒙混的？向來只有他找人碴，沒想到有人膽敢背後捅刀子。欺負到頭上來了是自尋死路，就算不見影的事也能讓它有鼻子有眼，誰讓那個姓姜的偏不信邪！

曹春盎應了是，「乾爹放心，兒子這就去傳話。可您現在和娘娘出去，不叫人跟著怕不安全。天橋底下魚龍混雜，沒的叫那些臭人衝撞了，那可怎麼好？」

他整了整衣領說無妨，隔窗往外一看，她已經來了，穿一件白底綃花衫子，底下配了條青綠馬面裙。頭上的金絲髮冠比男人戴的略高一些，頰上的妝都卸了，白生生的清水臉子，真正是濃妝淡抹總相宜。

他撩袍出去，她打眼一看就笑了，「廠臣這樣打扮真好看，乾乾淨淨的，像個讀書人。」她誇起人來不知道拐彎，他聽得倒受用，又有些不好意思，掩飾著清了清嗓門道：「太監有專門的學堂，好些人的學問不比讀書人差。」

她仰臉說：「我知道，不成器的也不能替皇上批紅了，對不對？」她高興起來不忌諱那麼多，自覺和他很熟絡了，便過去挽他的胳膊往門上拉，「走罷，再晚夜市散了，那可就玩不成了。」

他任她拉扯著走，到門上接了盞風燈提著，袍角翩翩、裙角飛揚，兩個人一閃身便下臺階走遠了。

曹春盎和彤雲對插著袖子目送，大夥都覺得很怪異。

「乾爹的脾氣什麼時候變得那麼好了……」

彤雲覷著他敲缸沿：「我瞧督主脾氣一直都挺好的。」

曹春盎乜斜她，「妳瞧見的只是表面，司禮監和東廠那麼厲害的衙門，提起他的名號哪個不是俯首貼耳？」他拿拂塵的手柄撓了撓鬢角，「剛才發那麼大的火，一眨眼沒事人一樣，真是奇怪！以往他老人家總嫌別人臭，要是他瞧不上眼的，不小心沾了他的衣角，他都能脫下袍子砸在你臉上！」

彤雲啊地驚嘆：「督主高不可攀，真乃天人也！」

所以呢？這回他是看不太清了，反正下的本錢有點大，但願事事皆在他老人家掌控中，別到最後白叫端太妃占了便宜才好。

第二十七章　遊似夢

挑燈夜遊，從小道上走，羊腸一樣的衚衕曲裡拐彎，窄起來僅容兩人穿行。擠著擠著到了盡頭，一腳邁出來，眼前霍然開朗。

唐朝文人愛在梨花盛開的時節踏青，歡聚花蔭下，邀三五好友飲酒作詩，這種風雅的活動有個名字，叫洗妝。後人推崇，於是一直延續到現在。坊間的夜市也應景，攤子一般要擺到四更天，大夥也不顧忌時間，漫無目的在外面遊走。年輕男女這當下最有熱情，心裡存著一份朦朧而美好的憧憬，摩肩接踵間說不定一個轉身就遇上了有緣人，眉間心上，從此惦念一生。

小衚衕外垂楊和梨花共存，青白相間裡綿延向遠處伸展。路上也有趕集的人，挑著花燈慢慢前行，遇見熟人點頭微笑，並不多話，錯身就過去了。

音樓深深吸口氣，空氣裡帶著梨花凜冽的芬芳，叫她想起兒時睡在書房的窗臺下，窗外花樹開得正豔，幽香陣陣，隨風入夢來。不甚快活的童年，卻仍舊叫她留戀。有時候只是懷念一個場景，比方那時恰好響起一首曲子，因為正是襯著明媚春光，多少年後再聽到，當時的點點滴滴，大到山水亭臺，小到一片落葉，會像畫卷一樣鋪陳在眼前。

「廠臣以前趕過夜市嗎？」她轉過頭看他，燈籠圈口的光亮不穩，燈火跳動，他的臉也在明暗間閃爍。

肖鐸說沒有，「臣晚上鮮少出門，自從執掌東廠以來只出去過一回，也是辦案子。從北京到懷來，連夜一個來回，還遇到埋伏，傷了我的左臂。」

她顯然不能理解，在她看來他是能穩穩拿住大局的人，怎麼會有人傷得了他呢！她嘆了口氣，「他們為什麼要刺殺你？」

「因為我是壞人，仇家也多，人人想要我的命。」他慢悠悠道，這樣生殺大事仍舊無關痛癢的模樣，「在我手上倒臺的官員太多了，還有一些富戶百姓，也曾遭到東廠和錦衣衛的屠戮，都恨透了我，最好的法子就是殺了我。」

「那東廠的廠衛呢？他們辦事不力，沒有保護好你？」她往他左臂看了眼，襴袍的袖口闊大，只看見那尖纖纖的一點指尖微露，還有他腕上手釧垂掛下來的碧璽墜角和佛頭塔。音樓暗自嘀咕，真是個矛盾的人，明明說自己不善性，但時時盤弄佛珠，想來是信佛的吧！就因為殺戮太多，所以求神佛的救贖？她輕聲問他，「廠臣的胳膊眼下怎麼樣？舊傷都好了嗎？」

他淡淡應個是，「傷得不算太重，養息一陣子也就好了。」

「那些舞刀弄槍的人真可怕，廠臣以後出去要留神，知道仇家多，身邊多帶些人才安全。」想起來又吶吶道，「今兒只有咱們倆，萬一再有人竄出來，那怎麼辦？」

他請她寬懷，「那次是回程途中一時大意中了埋伏，真要論身手，臣未必鬥不過別人。」他四下環顧，「再說這紫禁城裡，哪一處沒有我東廠的暗哨？老虎頭上拔毛，量他們沒有那膽量。娘娘只管盡興，有臣在，旁的不用過問。」

她笑了笑，垂眼道：「我哪裡是擔心自己，我又沒有仇家，誰會想殺我呢！」不是擔心自己安危，是在擔心他？他用力握了握拳，沒有去看她的眼睛，只怕那盈盈秋水撞進心坎裡來，回頭就不好收場了。

他這裡百轉千迴，音樓卻沒有想那許多。摘下頭上冠子，把簪叼在嘴裡，自己停在一株花樹下抬手折枝椏。短短的一茬子，頂上連著三兩朵梨花，很有耐心地一枝枝嵌在網子上，左右盤弄，再小心翼翼戴回去，在他面前搔首弄姿起來，「廠臣快看，好不好看？」

梨花插滿頭，年輕的女孩子，怎麼打扮都是美的。他含笑點頭，「甚好。」

她手裡還有一枝捨不得扔，猶豫了一下，轉身別在了他胸前的素帶上，「以前我娘在世時喜歡戴花，初發的茉莉最香，用絲線把每個花苞紮好掛在胸前，那種味道比薰香塔子好聞多了。」

他低頭看花，花蕊上頂著深褐色的絨冠，那麼嬌嫩，叫他不敢大口喘氣，怕胸口震動了，那些細小的絨冠會紛紛掉落下來。

一路無言，再向前就是市集。遠遠看見人頭攢動，大道兩旁花燈高懸，底下擺著各式各樣的買賣攤，有撈金魚的、賣花賣草的，還有賣糖葫蘆、吹糖人的。音樓是南方人，好些小玩意都見過，唯獨沒見過吹糖人。大行皇帝在位時買賣人走南闖北要繳人頭費，過一道城門就是幾個大子，所以北方手藝匠人一般不上南方來。

吹糖人是個好玩的行當，她一見就走不動了，和一幫孩子賴著看小販做耗子。那買賣擔子的擺設和餛飩攤差不多，頂上吊了盞「氣死風」，底下扁擔兩頭各有分工，一頭是個大架子，兩排木棍上鑽滿了孔，用來插做成的小玩意；那頭是個箱子，下層放個炭爐，爐上架一口小鍋，鍋裡放把大勺，用來舀糖稀。

城裡的小孩有意思，有錢的指了名頭叫現做，沒錢的不肯走，情願流著哈喇子眼巴巴看著。孩子和孩子之間也竊竊私語，「這個好玩嘿，伸胳膊抻腿的，還撅個屁股。」另一個搖頭，「可惜了啊，來的都是窮人，等半天沒看見一個猴兒拉稀。」

音樓轉過頭看肖鐸，「什麼是猴兒拉稀？」

他是高高在上的督主，胸口叫她插著花就算了，還要解釋猴兒拉稀，未免有點折面子。再說這東西解釋不清，乾脆做給她看，便對攤主道：「給咱們來一個。」

那攤主高呼一聲「得嘞」，底下孩子雀躍起來，轟地一聲炸開了鍋。音樓倚在他身旁看，見那小販舀了一勺糖稀在手裡搓，搓完放進抹了滑石粉的木頭模子裡，扽出一段來就嘴一吹，再稍等一會兒把模子打開，裡頭就是個空心的孫猴。

「也沒什麼，不就和範子貨一樣，照著模子的形狀長嘛！」她有點不屑，這幫孩子眼皮子淺，這個也值得大呼小叫。

「您別急呀，後頭還有花樣。」那小販咧著嘴笑，「要不孩子們怎麼愛看呢，他們可都是人精，專挑有意思的玩。您瞧好……」

他拿葦桿蘸了糖稀來沾猴，最後在天靈蓋上鑿個孔往裡灌糖漿，慢慢灌了大半個身子，那烏油油的顏色在燈下晶亮。他伸手遞過來，另一手托了個小碗子，對音樓笑道：「您在它屁股上咬個洞，屁股破了糖漿就流出來了，可不跟拉稀似的！」

想想真夠俗的，可俗也俗得有意思。音樓聽了齜牙去咬，肖鐸在邊上指點，「碗和勺都是江米做的，一整套全能吃。」還想提醒她小心嘬口子，誰知她用力過了頭，屁股咬下來半截，糖稀瞬間傾盆而下，流得滿身盡是。

她傻了眼，攤主和孩子們也傻了眼，心說這是哪來的鄉下人，連吃都不會，白長了這麼大個子！再看看衣著光鮮，也不像窮家子，趕緊抽出手巾遞過去，一面打圓場給臉，「喲喲喲，頭回吃這個免不了的，我們這些天橋小玩意入不了貴人們的眼，您瞧這鬧得！」

音樓的白衫子上淋淋漓漓全是糖稀，她哭喪著臉對肖鐸，「怎麼辦？這回可玩到頭了。」

肖鐸只管拿手巾替她擦，來來回回好幾下，才發現擦的地方高低起伏，似乎不大對頭。他抬眼看她，她漲紅了臉，緊咬著嘴唇只不言聲。他突然一慌，忙把手巾扔給攤主，摸了塊散碎銀子撂下，找頭也不要了，拉著她就往人少的地方走。

人堆裡穿梭，他仰著頭看天上月，「剛才是臣一時失手……」她悶葫蘆一樣不說話，他停下來，顯得有點侷促，「臣是瞧您衣裳髒了，絕沒有非分之想。」

還要有什麼非分之想？她怨懟地看他一眼，隔著衣裳就不算？現在天暖和，穿得也單薄，有個刮蹭都在手底下。

她鼓著腮幫子的樣子像條河豚，他窘著窘著發現招式不對，又不是初出茅廬的毛頭小子，碰著了又怎麼樣？他無奈地笑，悄聲在她耳邊道：「娘娘對臣這樣防備，臣的一片苦心豈不白費了？您不是氣量狹小的人，臣原就在內廷伺候，有些什麼，笑一笑就過去的事，耿耿於懷可不好。」

他在她耳邊呢喃，溫熱的呼吸直鑽進她耳蝸裡。她縮了縮脖子，「我氣量本來就不大，是您高看我了。您好好說話，再湊這麼近我要發火啦！」

兔子急了還咬人呢，他敢接著來就試試！

他果然抽身了，抱著胸審視她，「惹火燒身的事臣從來不幹，您這麼說，大約是不打算跟我去江浙了？」

他拿這個來危威脅她？他是吃準了她，打算一輩子捏在手裡耍著玩嗎？

「廠……廠臣，此話怎講呢！」她結結巴巴說，「我跟您南下是皇上特許的，這是上諭，您公然抗旨好像不大好吧！」

「臣臨行那天萬一娘娘有旁的事耽擱了，留在京裡對皇上來說求之不得，定不會為此怪罪臣，反而要賞臣呢！」皂條軟巾被風吹到胸前，他兩指挑起來往身後一揚，復哂笑道，「不瞞娘娘，娘娘忌諱的事，恰恰是臣最愛幹的事，真急煞人了，這可怎麼好呢！」見她張口結舌，他愈發舒心了，不過萬事適可而止，真把她惹惱了，直腸子一根到底也難擺布。他正了正臉色左右探看，「當務之急還是找個攤買件衫子給您換上，您瞧瞧，孩子吃飯也不及您這樣，要是遇上熟人，這副邋遢樣子可要惹笑話的。」

音樓拗不過，只得跟他沿路找估衣鋪子。夜市上真熱鬧，吃的玩的不算還有雜耍。頭上頂盤子、頂缸，拿人當靶子扔飛鏢，還有耍叉吞刀，把她看得眼花繚亂。

最令人驚訝的是胸口碎大石，一個胖子精著上身，那層肥膘叫她想起了蒜泥白肉。就那麼個身條滾釘板，肚子上壓塊大青石，旁邊人一錘下去什麼事也沒有，站起來還亂溜達。看客們拍巴掌稱道，她也湊趣，拔嗓門兒叫了一聲好。

她就是孩子脾氣，腳下拌蒜不肯邁步，肖鐸只能拉著她走。走了一段迎面遇上個人，步子忽然頓住了。

音樓轉過頭看，乍看之下大感驚訝——那是個年輕女孩，十四五歲年紀，眉眼生得極好。黑鴉鴉的頭髮隨意綰了個髻，鬢邊戴了個金蛙慈菇葉的小簪頭，一對玉兔搗藥耳墜子在燈下晃悠，兔子的兩個寶石眼珠子嵌在白玉腦袋上，顯得出奇的紅。打扮其實不甚華美，可是那臉盤和通身的氣度，一看就不是普通人家的女兒。這些還是其次，重要的是姑娘見了肖鐸的神情，活像見著了鬼。音樓心下奇怪，再回眼看他，他輕輕蹙著眉，似乎有些不知怎麼開口。

這是遇著舊相識了？到底什麼情形暫時弄不清，只見那姑娘慢慢挪步錯身過去，也不再流連市集了，帶著貼身的兩個人越走越快，一路往街口的馬車方向去了。

第二十八章　宜相照

音樓目送著喃喃：「看那兩個長隨走路的樣子，怎麼像內官？」

宮裡的太監低人一等，不似尋常人昂首挺胸，當然像這位督主一樣目空一切的更是鳳毛麟角。正因為卑微，到哪都挺不直身腰，低著頭撫著膝，腳下步子挫得快，一晃眼就過去了。

可既然是內官，怎麼見了面也不請安？肖鐸不是司禮監的掌印？她扭頭看他，他屈起食指打了個呼哨，也不知從哪裡冒出來五、六個人，穿著百姓的布衣，卻是滿臉肅殺之氣，上前拱手呵腰，叫了聲督主。

他說：「都瞧見了？跟著那車，務必平安送到。」

番子們領了命，來去也只是一瞬，頃刻就不見了蹤影。音樓「咦」了聲，「手腳這樣快，會飛簷走壁似的！」又湊過去問他，「剛才那女孩是誰家娘子，生得這麼漂亮！」

「娘娘從沒見過她？」肖鐸抻了抻衣袖，照舊不急不慢沿著街市走。找到一家門臉，不做衣裳只賣大氅雲肩，也不挑揀了，拎了件鳥含花披風給她披上，蓋住胸前那片糖漬就完事了。出門到一個古玩攤前停下來，撿起一串佳楠珠子左右打量，神情淡淡的，剛才的錯愕也是風過無痕，和那擺攤的小販議起價來。

音樓覺得奇怪，聽他的話頭倒像她應該見過她似的。她應選是直接進的宮，要是有一面之緣，也應該是在宮中。但是宮裡的人等閒出不來，難道她也和她一樣的境遇？她再想追問，礙於跟前有外人，只得忍住了。想想他剛才的模樣，似乎頗有觸動，反正他們頭回碰面沒看見他有那副表情，怪她長得不驚豔？還是他和那個女孩之間有淵源，不方便告訴別人？

音樓斜著眼睛看他，那姑娘瞧著年紀還小，肖督主和人家有牽扯，似乎有點不厚道吧！

肖鐸並不理會她，低頭只顧打量手裡的珠串。佳楠木珠用來禮佛是最好的，上等材料在手裡摩挲的時間長了，表面會起一層蠟，托在掌心看，溫潤內斂，比珠玉做的串子更加名貴。坊間也不是沒有好東西，就是要靜下心來慢慢尋摸，運道好，說不定就能撿漏。

音樓感覺落寞得很，越是不告訴她，越是克制不住要打聽。她跟在肖鐸身後念秧兒，「您說這麼晚了，一個女孩怎麼就跑出來了呢！身邊帶的人也不像有身手的，難怪您要打發人護送她。廠臣，她家住哪裡？是哪個王府的千金？和您早前就相識的？」

她絮絮叨叨的，他古怪地看她，「您問這麼多，到底是對人家好奇呢？還是對臣好奇？」

音樓訕訕住了嘴，究竟是對誰好奇，她也說不出個所有然來，可看他這諱莫如深的樣子，那姑娘一定不尋常。

他把那串佳楠珠拍在她手上，低聲道：「娘娘得空多念念佛，煞煞性子吧！剛才那位的名號您也聽說過，她是當今聖上的胞妹，歲祿萬石，儀同親王。」他偏過頭長吁了口氣，「按理這個時辰宮門都下了鑰，不該一個人偷偷出宮的。看來錦衣衛的差事辦得欠缺，得好好開發才是。」

「哦，難為我猜了半天，原來是合德帝姬啊！」音樓聽他報了名號，懸著的心莫名放了下來，轉而笑道，「年輕女孩子總困在宮裡也難耐，偶爾出宮一趟逛逛，你把宮門上的人都懲辦了，勢必要捅到皇上和太后跟前。您瞧她剛才見了您就躲，回頭知道您把事宣揚出去，是不是會記恨您？」

他一臉漠然，「臣按章程辦事，錯了嗎？徇這種情，萬一別人上疏彈劾，豈不是弄得自己一身騷？」

「錦衣衛上頭還有指揮使，問罪也是一層一層的來。」她狡黠地眨眨眼，「再說公主出宮自然不願意叫別人知道，只要她不認帳，誰彈劾你都是誣告，廠臣大可以叫東廠法辦他們。」

東廠的名聲果然臭不可聞，反咬一口的事在她眼裡也都順理成章，不過她似乎並不反感那個吃人不吐骨頭的地方，為什麼？是因為有他？他居然感到歡喜，臉上也露出一種複雜的柔情來，「既這麼，那就暫且擱置，等我入宮問明了再說不遲。只是娘娘倒也奇，眼下人人明哲保身，您還有空操心別人。」

她笑了笑，低頭撫摩那串佳楠珠，一圈圈纏在手腕上，「我知道這個年紀的人有多嚮往外面的世界，廠臣不是女孩，閨中歲月有時也難耐得很，出去走走是好事。」

他確實不懂女孩子的想法，她們的世界色彩斑斕，就算他願意，也未必能走得進去。

他抬眼看夜色，地上燈火連天，把夜幕都照亮了。穹隆不是黑色的，隱約泛出一層青紫，像夏天的黎明，彷彿一眨眼就會朝霞滿天。

「累了嗎？」他問她，「散了這半天，再不回去明日腳疼。要是喜歡，下次有機會再出來。離了京還要自在得多，一路上也有您瞧的了。」

「那咱們是走陸路還是走水路？」她興匆匆跟著他往回走，「沿途風光一定很好吧！」

風光雖好，車馬顛簸，時候長了哪裡還有什麼興致！男人耐得住摔打，女人身驕肉貴，只怕揉搓不起。他說：「走水路，省些力氣，想上岸隨時可以停船，也不妨礙的。儘早出發，約摸六月頭上能到金陵。秦淮兩岸可是好地方，詩上不是寫了嗎，『燕迷花底巷，鴉散柳蔭橋。城下秦淮水，平平自落潮』。娘娘生在浙江，可曾夜遊過秦淮？」

音樓被他說得神往，笑道：「我哪有那福氣！我父親辭官後曾四處訪友，音閣倒是跟著，把江南幾乎跑了個遍。我那時候念書，有一段記得很清楚，說那裡『妝樓臨水蓋，粉影照嬋娟』，要是能去看看也不賴。」

肖鐸憐憫地看她，這人活得甚可憐，在夾縫裡長大，花朝節才有機會出趟門，結果回來一看，屋裡的蘭花還被人搬走了。他怕惹出她的心事來，也沒敢多言，換了副輕鬆的口氣道：「這回娘娘南下，想去哪裡只管同臣說，泊船上岸四處逛逛，花費不了多少時候。」

她輕輕地嘆氣，「噯，我想這也是唯一的機會了，還是要謝謝廠臣，我運道好遇見了您和皇上，撈了一條命，要不這會兒坐在墳頭上看風景呢！」

他笑起來，「娘娘倒是會調侃自己。」

「要不能怎麼樣？」她裹了裹披風道，「如果樣樣計較，我早把自己折磨死了。」

他們走的還是來時路，天橋離提督府有一程子，走通衢大道敞亮是敞亮，可是繞路，要多行一盞茶功夫。原路返回是最近的通道，一條斜街兒轉過去，腳程省下一半。

去時興致高昂，一路上話多，心思也分散，轉眼就到了。回來的時候沉澱下來，步子有些重，不怎麼愛說話，沉默著走了一段，進了衚衕，兩邊是灰瓦灰牆的四合院，一座連著一座，院門緊閉，燈光照過去，門上紅漆斑駁。白天和夜間有兩種截然不同的風致和心情，音樓往道旁看，之前下了四十多天的雨，好些門對子都掉了顏色，被水浸泡了過一輪，變得淡而蒼白。

「都成了這樣，怎麼不撕了？」她轉頭問他。

他說：「對子不能隨意揭，就算殘破了也要到年三十，換上了新的才能取下來。」

又是無言，衚衕裡轉角重重，漸漸行至最窄處，不由有些緊張，預感會發生些什麼，心裡七上八下。寂靜的夾道裡只有他們的腳步聲，步調一致，像同一個人。本來應該錯開些的，一前一後走更容易通過，可兩個人都沒有要停下的意思。越走越擠，牆腳還有堆放的雜物，幾乎是肩抵著肩。好幾次觸到她的手，每碰撞一次就叫他心頭重重一跳。他突然渴望起來，究竟怎樣平息他不知道，只知道浪高千尺，不可遏制。他想牽她的手，這個念頭始終貫穿他的思想，可是現在又不夠了……到底想如何？他打算對這個皇帝欽定的女人如何？同樣身不由己的人，莫非生出惺惺相惜的情義來了？

她終於絆到一隻箆籮，人大大地踉蹌了下。他也不知怎麼想的，丟了燈籠兩手來扶她，是亂了方寸還是借題發揮，全然不重要了。她保持住了平衡，然而那只燈籠毀了，熱烈的一簇火光熊熊燃燒起來，就像曇花，轉瞬又枯萎凋謝，周圍陷進黑暗裡。他閉了閉眼，手卻沒有從她肩頭挪開，反而捏得愈發緊了。

音樓聽見自己的心跳得砰砰作響，剛才險些磕著，真把她嚇個半死。她開始哀嘆那只燈籠，離家還有一段路，沒了燈照道可怎麼走？他的手指越收越緊，有股咬牙切齒的狠勁，幾乎要捏碎她的肩胛骨。她噝地吸了口冷氣，「廠臣……」

「累了，歇會。」他輕聲耳語，然後手從她肩頭滑下來，輕輕捏住她的腕子，「娘娘還走得動嗎？」

音樓有點難堪，這樣面對面站著，不知道他是不是又要發作了，隔三差五來上一齣，簡直讓人摸不著門道。剛要說話，他一手抬起來撫她的後脖頸，往自己胸前一壓，聲音裡有笑的味道，「娘娘一定也累了，臣勉為其難，借娘娘靠一會兒。」

想謝絕都沒有餘地，他把她帶進懷裡，她試圖掙脫又使不出勁。他的手像鐵鉗，把她固定住，音樓覺得自己成了被針釘在柱子上的蝴蝶，軀幹在他掌握中，翅膀再折騰也是枉然。

「娘娘討厭臣？」他把一邊臉頰貼在她頭頂上，語氣裡不無哀怨，「臣有時覺得自己不討人喜歡，別人跟前倒還罷了，娘娘跟前落不著好，想起來就萬分惆悵！」

他能有這自知之明，說明還有救。步某人沒有戳人脊梁骨的習慣，她總是帶著誠懇而謙虛的態度，很善於安慰別人，「廠臣自謙了，您就這麼囂張地活著也挺好。不能討人喜歡就讓人害怕，只要占一樣，誰敢說您的人生不是成功的人生？」

他沉默了下，很認真地思索，然後語調愈發曖昧了，撼著她輕聲嗡噥：「那麼娘娘對臣是什麼樣的感覺？要是臣猜得沒錯，一定是喜歡多過害怕吧！」

第二十九章　與誰同

「廠臣說話真逗趣……我對您喜惡平平，非要找出一樣來，那絕對是敬畏！」她打著哈哈垂死掙扎，他顯然對她的話不甚滿意，她折騰半天都是無用功，最後只能放棄。靠著就靠著吧，黑燈瞎火的時候幹什麼都合時宜，兩眼一抹黑，朦朧裡看見也只作看不見。橫豎他是個太監，慢慢習慣起來，就和彤雲沒什麼兩樣。

不過那力道倒是男人的力道，單用一隻手，也叫她生出四肢全上尚不能奈他何的感慨來。她一面開解自己，一面又心跳如雷，想著少了一塊到底也還是男人的外貌，這麼高的個頭，這麼倜儻的作派……他的衣帶上還繫著她掛上去的梨花，幽幽的一點香氣混合著瑞腦，飄飄搖搖鑽進她鼻孔裡，攪亂人的神魂。

「其實我不累。」她紅著臉說，「東廠番子無處不在，廠臣雖是一片好心，可落了別人的眼，不知道會曲解得怎麼樣，傳出去只怕不好。天色不早了，還是回去吧！」

她這麼在乎名聲，因為還要進宮，擔心皇上怪罪吧！他對情緒尚且能做到收放自如，加之猛然之間醍醐灌頂，便發覺沒有什麼可留戀的了。他撒開了手一笑，「天底下並不是誰都可以監視的，東廠有東廠的規矩，臣是提督，誰敢往外洩露一星半點，臣管叫他那雙眼睛保不住。再說娘娘想得有點多了，走累了，要借臣的肩頭靠一靠，這事原本就光明磊落，有什麼可憂心的？倒是娘娘這樣忌憚，反而叫臣誠惶誠恐了。」

音樓有種秀才遇到兵的無力感，明明是他硬把她揪住的，怎麼現在顛倒過來了？她張嘴想辯駁，無奈口才不及他，只得忍氣吞聲，「是啊，是我走累了偏要靠在廠臣身上，廠臣這回又是忠君之事，皇上還得賞您。」

他換了副謙卑的語氣，「話雖如此，叫人說起來終歸不好，還是不要傳到皇上跟前為妙。臣知道娘娘不拿臣當男人，可如今太監找對食的事也頗多，蜚短流長，臣倒沒什麼，娘娘是女子，損了清譽，臣於心也不安。」

這下子音樓真的語塞了，話全被他說完了，他占人便宜還一副高潔的姿態，這世道真的變得讓她摸不著框框了。

她垂頭喪氣，「就依廠臣的意思，這事不叫皇上知道。其實當真是芝麻綠豆一樣的小事，有什麼可說的呢，您道是不是？」

他滿意地點頭，「不單這個，往後臣和娘娘私下裡的接觸對外都要守口如瓶，這都是為娘娘好。」

私下裡還能有什麼接觸？弄得有私情似的！音樓欲哭無淚，「您這樣欺負我，真的好嗎？」

他歪著頭看她，「臣不會欺負娘娘，臣只會一心一意保護娘娘。」

這話是半真半假，至少在音樓聽來是這樣。因為她還有一點利用價值，所以他願意兜搭她。等哪天後宮出了真正意義上的寵妃，他找到更穩固的靠山，也許就像對待榮安皇后一樣，隨手把她丟棄了。

她知道靠不住，也不願意當真，可是心裡隱隱感到踏實。他說天暗，藉口看不清路怕她摔著，伸手來牽她，她也沒有迴避。其實他說得對，她還是有些喜歡他的。這人除了性格刁鑽說話刻薄，剩下的好像都是優點。

他緊緊攥著她，這回不是抬著托著，是結結實實握在掌心裡。先頭皇帝不是摸她手了嗎？摸了又怎麼樣，現在總可以蓋住了吧！他的拇指在她手背上輕撫，心裡也急切起來，想快些把衙門裡的事料理妥當，帶她下江南，給她撐腰，即使回到那個家，也讓她不再擔心受人壓迫。

批紅的差事說撂就撂下了，不過御前有耳報神，伺候筆墨的人看在眼裡，轉頭他這也就知道了。番子探回來的消息盤根錯節，挑了幾樣過目，大抵是朝中官員的家底私事。他把文書倒扣下來問閆蓀琅，「姜守治的根底查得怎麼樣了？」

閆蓀琅道：「撒出去的人回了話，姓姜的不是書香門第出身，他祖上是富戶，家裡田地房產數不勝數，在閩浙一代很有些名氣。為富則不仁，這上頭有把子力氣可使。就算是個菩薩一樣的大善人，咱們用點小手段，坐實幾樣罪名全然不在話下。」

他瞇眼「唔」了聲，「如此甚好，一個朝廷官員，家中田產數額驚人，誰能說得清這些產業的出處？越有錢，越是善財不捨。去查查他每年的收租，是三七還是二八，姓姜的說的不算，佃戶說了算。上年閩浙又旱又澇，朝廷免了半年賦稅，到底這項仁政攤到人頭上沒有？」他陰惻惻一笑，「我料著是沒有，你找幾個官員據本參奏，到了乾清宮，這樁案子還得落到東廠手上，到時候是揉圓還是搓扁，就看我的意思了。」

大鄴從神宗皇帝起就痛恨貪官汙吏，凡有為官舞弊者，皆以剝皮揎草處置。閆蓀琅想起去年仲夏的一件事，幾個小吏在自己家院子裡露天喝酒，酒過三巡腦子管不住舌頭，夾槍帶棍把這位督主一通數落。其他三個嚇得一身冷汗叫別說了，另一個正在興頭上，自以為家裡的私話不會叫人聽見，唾沫橫飛表示自己不怕，「他還能剝了我的皮不成？」結果呢，門外湧進來一幫番役把人捆走了，下了東廠大獄，督主親自監刑，讓人把皮完整剝下來，放在石灰裡漬乾，填進稻草後縫合，送回去給他家人。如今姜守治是要往貪贓上靠，一旦證據圓乎了，少不得是個灌人皮口袋的命。

東廠歷代的提督太監都不是善茬，但凡有半點憐憫的心，也不能坐在這個位子上。別看督主面上溫文爾雅，背後有個諢名叫「屠夫」，要不是厲害到極致，也鎮不住那十二檔頭和上萬番子。

閆蓀琅呵腰道是，「一切聽督主示下。督主上回向萬歲請命下蘇杭，打算什麼時候啟程？」

他把伏虎硯的蓋子蓋上，起身到盆架子上盥手，嘴裡曼聲應著：「有你打點，我也沒有後顧之憂。還有些瑣碎事，安排妥當了就走。」底下人送巾櫛上來，他接過去細細地擦手，一面問，「榮安皇后和那些太妃們都消停了？」

罔荪琅向上看了眼，「大行皇帝後宮的妃嬪，除了殉葬和守陵的，餘下有三十七位。如今新帝登基，位分高的留在宮裡頤養天年，那些排不上名號的都送到別苑去了。榮安皇后近來鳳體違和，前兒打發人傳話要見督主，被我給擋回去了。眼下督主瞧得不得閒，是不是過宮裡探望一回？」

話是說到了，理不理會是他的自由。依照以往的慣例，那些過了氣的主沒有再搭理的必要，說不見也就是了。他天性這樣，應付是沒辦法，對誰都沒有十分的真情，說他涼薄，也不算冤枉了他。

原以為他撂句話叫太醫過去瞧瞧就仁至義盡了，沒想到他略頓了下，「要見我？說什麼事了嗎？」

罔荪琅道沒有，「單只請督主移駕一敘。」

「想是無事不登三寶殿吧！」他仰脖頸長出一口氣，也沒說旁的，背著手緩步踱出了東緝事廠大門。

榮安皇后移宮奉養，早就已經不在坤寧宮了。他兜兜轉轉過御花園，進了喈鳳宮，過琉璃影壁就看見她在大荷葉魚缸前站著餵魚。畢竟今時不同往日，再沒有赫赫揚揚的富貴裝扮了，狄髻上戴素銀首飾，臉上薄薄撲層粉，一眼看去人淡如菊。

她大約沒想到他今天會來，表情怔了怔，不過很快就平復下來，隔著天棚傳他進來，自己轉身進了殿門裡。

跟前的人照舊迴避，榮安皇后在地屏寶座上端坐著。窗口半開，早晨的陽光穿過縫隙，斜斜打在青磚上。他的粉底靴踩過那道光線，停在離她兩丈遠的地方。一樣的俊秀面貌，一樣的風神朗朗，然而表情漠然，再不是一見她就眉眼含笑的模樣了。

短短一個月而已，物是人非。趙皇后目光顫了顫，指著底下杌子請他坐。

他仍然站著，打拱作了一揖，「這陣子事忙，沒得空來見娘娘，還請娘娘恕臣不周之罪。」

她有些悲苦地笑了笑，自己現在什麼身分，哪裡還能計較那些！從榮王暴斃那天到現在，她沒有再見過他一回，也許是他刻意迴避吧！她忽然覺得羞恥，那麼多回的身體碰觸沒有讓他產生一絲感情，她作為女人究竟有多失敗！他今天願意來，已經是天大的面子了，她還能多說什麼？

她吸了口氣，低頭看膝欄上的朵雲麒麟紋，「廠臣近來好嗎？金鑾殿上換了人，廠臣仕途想必一帆風順吧！」

她是在嘲諷他被收了批紅的權？肖鐸哂笑道：「有得也有失，拉了個平手罷了。娘娘差人來傳臣，就是為了和臣敘舊？」

他這個脾氣，永遠和人親近不起來，似乎懶得同她周旋，大概只差一句「有事請講」了。榮安皇后心頭荒寒，稍頓了頓才道：「敘舊只是一宗，還有樁事想托廠臣幫忙。」

他扯了下嘴角道：「娘娘也知道此一時彼一時，臣如今手上實權有限，不知能不能幫上娘娘的忙。或者娘娘說來聽聽，若是臣能斡旋的，一定盡力而為。」

榮安皇后道：「也不是多難的事……我目下這樣子，大勢已去了，也不稀圖什麼，只求娘家有個好依仗，將來我的日子不至於太過艱難。」她看了他一眼，「廠臣知道的，都察院右都御史趙尚是我叔父，他府上有位小公子今年剛弱冠，在承宣布政使司任參議。我是想，自己這頭算完了，能不能叫族親那一頭和慕容氏結個姻親？合德長公主的年紀也到了，倘或我趙家能有一人尚公主，再沒落也不至於差到哪裡去。」

這一手牌打得倒不錯，合德帝姬是兩任皇帝的胞妹，誰能尚她，日後必定平步青雲。只是那個趙還止是什麼樣的人？他以前接觸過，門面長得不錯，可惜骨子裡那份卑微，簡直比太監還不如。他掖手笑道：「倒是一樁好姻緣，可公主下嫁誰，不是臣能決定的。娘娘把這事交給臣，臣人微言輕，恐怕難擔重任。」

她牽唇一笑，「誰不知道帝姬最聽你的話！你要是沒法子，那世上就沒有能辦事的人了。找個時機叫他們碰面，倘或生米能煮成熟飯，還愁不成就嗎？」她下了寶座朝他走過來，站在他面前哀聲道，「我只求你這一件事，你瞧著咱們往日的情分，好歹要幫襯我。」復探手去牽他袖子，「無論如何，這深宮之中我能托賴的人只有你了，你忍心瞧著趙家家業凋零嗎？」

凋不凋零與他又有何干呢？不過借由這事更看清她的險惡而已。他不動聲色撤回了手，「雖說合德帝姬與臣相熟，可主是主，奴是奴，做奴才的怎麼去干涉主子的婚事呢！」他略帶苦澀地蹙起眉，「娘娘這是給臣出難題了。」

榮安皇后見他遲疑，早就沒了念想，咬牙轉身到天鵝絨帳幔後，取了個大匣子擱在他面前，打開鎖頭推過去道：「這是我這幾年攢下的體己，少雖少，幾萬兩還是值的。廠臣若是不嫌棄就拿去使，我托你的事，千萬要周全。」

肖鐸往那匣子裡看了眼，各色頭面首飾數不勝數，單是鴿子蛋大的南珠就有十來顆。只是他雖愛財，該得的不手軟，不該得的卻分文不會取。

「娘娘既然談起情分，那麼拿錢說事就見外了。」他隨手把盒蓋蓋了起來，「這些東西娘娘自己收著，臣還是那句話，只要能辦到的，必定盡我所能。不過成功與否不在臣，得看趙氏的福氣。」

她知道他的習慣，但凡他應准的，絕不會是這樣模稜兩可的語氣。榮安皇后看著他揚長而去，氣憤之餘用力捶打了下匣子，把裡頭珠翠捶得哐當亂響。別當她鎖在深宮之中什麼都不知道，他如今有了新想頭，府裡留著那個神神叨叨的小才人，不就是打算學三國裡的王允！當時她就覺得死而復生的事蹊蹺，果然裡頭有貓膩。

也罷，他肖鐸以往銅牆鐵壁水火不進，如今白落個短處在她眼裡，逼急了人，就別怪她拿捏他的七寸！

第三十章　此中人

端午將至，今年不同於往年，倒春寒後的天氣一路晴朗，到四月收梢，迎面吹過來的風是溫的。曳撒的圈領做得緊，裡面高高交疊著素紗中單，日頭底下走一回，熱得恍恍惚惚。

從嗜鳳宮出來，往南是一溜夾道。他鬆了鬆衣帶看遠處，紅牆、黃琉璃瓦殿頂，襯著蔚藍的天幕，有種雄渾而別致的況味。過天街進保善門，掌印秉筆值房就在慈慶宮東南角關雎左門外。他撩袍過跨院，誰知一抬頭恰好看見了昨天偷溜出宮的人。

她梳了個祥雲髻，身上穿淺綠色挑絲雙窠雲雁宮裝，大概在已經門上佇立多時，臉頰烘得有些發紅。出身高貴的帝姬，從落地就有無數的管教媽媽教授言行舉止，笑不可露齒，目不可斜視，所以不論何時，她站在那裡就是一片傲然的風景，叫人等閒不敢忽視。

他忙整整衣冠上前行禮，「臣請長公主金安。」

合德帝姬抬了抬手，「廠臣不必多禮，我打發人到司禮監和緝事廠找你，都說你不在。後來聽說上嗜鳳宮去了，料著你要回值房裡來，就在這裡等你。」

帝姬是個輕而柔的聲口，文質彬彬進退有度，那是天家的教養和尊崇。但是年輕的姑娘，要她一直老氣橫秋地活著，確實夠難為的。所以她昨兒背著人出宮，半道上偶遇叫他吃了一驚，後來再想想便也可以理解了。那麼今天來找他，還是為昨兒夜裡的事吧！他料了個七八分，她在他面前有些扭捏，他知道她的意思，左不過想打招呼不好開口罷了。

他靜靜地看她，突然間發現她大了，長得這樣高了。還記得他任秉筆的時候，曾經被指派到她宮裡督察宮務。她的乳娘因為一點私情和堂官勾結，公主那時知道要處置，惘惘立在階上，哭得滿臉都是淚。她從小養在太后宮裡，但和祖母不親，只倚仗乳娘長大。現在乳娘要發落，也許流放，也許杖斃，她不能求情，只能吞聲哽咽。帝王家的公主，金尊玉貴的體面人，暗裡有無數的條框束縛，有時甚至不如平民女子。他看在眼裡，居然動了惻隱之心。彼時她還小，七八歲的孩子，身量夠不著宮門門扉上的金鋪首。他站在一旁觀察她半天，她只是哭，乳母被帶走的時候跌跌撞撞追出去好遠，卻不敢再喊她一聲。

按理是不輕不重的罪，他背後使了把勁，那乳娘受了笞杖後逐出宮，仍舊發回原籍，並沒有取她性命。他把乳娘的情形告訴她，帝姬對他感恩戴德。他在她宮裡伺候了將近一年時間，除了日常的瑣碎事物，也負責監督她的課業。他和她的關係說起來有點複雜，明面上是主僕，私下裡他是她的良師益友。帝姬年紀小，面嫩心軟，對他敬重和敬畏兼存，還有那麼點刻意討好的意思。她特許他在沒人的時候喊她的名字，她的閨名叫婉婉，自從有了封號後，這個乳名幾乎不再使用了，她帶了些輕輕的哀怨，皺著眉頭對他抱怨：「我將來死了，恐怕也不會有人知道我究竟叫什麼了。」

只是後來司禮監的掌印老祖宗年邁，他使了極大的力氣才把那把交椅接過來，裡面的艱難也不足為外人道。任了掌印離開毓德宮，轉頭提督東緝事廠，人貴事忙，漸漸就與她疏遠了。

事？」

「長公主找臣，定是有事吩咐吧！」他緩聲問，「臣要是猜得沒錯，是為昨兒夜裡的事？」

合德帝姬面上一紅，訕訕道：「廠臣何等聰明的人，哪裡用得著我多言！正是昨夜的事，我想來想去，還是要來託付廠臣。大行皇帝從顯了病症到晏駕，這裡頭攏共半年時間，宮裡愁雲慘，也看不見誰臉上有個笑模樣。上月龍御歸天，我又連著在奉先殿祭奠祈福七日，弄得人都懨懨的。前兒聽人說起宮外梨花節當口有夜市，就想出去找點樂子……」她頓了下又擺手，「你別怪罪我宮裡人，沒誰攛掇著我，是我不聽勸，執意要離宮的。今兒來找你，就是求你別往上回稟，要是追究起來，只怕又是一場軒然大波。好歹替我捂著，我不能為了一時貪玩害了身邊的人。橫豎我答應你，往後必定恪守教條，再不敢越雷池一步。這回的事廠臣就網開一面，叫它過去就是了。」

肖鐸明白她的意思，皇權雖更替，太后依舊是她父親惠宗皇帝的元后，並不是她的生母，要是有點小紕漏，就算兄長能帶過，傳到太后跟前，她少不得要擔待一頓掛落。他頷首道：「長公主不必多言，臣昨兒早早就歇下了，外面的事一概不知，何來捂著一說呢！」

合德帝姬臉上閃過訝異的神情，很快回過神來，又馨馨然笑了笑，「廠臣說得是，是我失言了。」語畢眼波悠悠遞送，躊躇了下，還是沒能忍住，「那個姑娘……是誰？」

他聽她這麼說，抬起頭來瞧了她一眼，「長公主問的是哪一個？」

既然從來沒有在外面相遇，那麼他和別人同行的問題她也沒理由問。她頓時住了口，一時不知道怎麼把話圓過來。他瞭解她的秉性，她太實誠，年紀又尚小，他的那些迂迴的手段也不忍心用在她身上，因道：「臣這兩天就要啟程南下了，恐怕要在江浙蘇杭一帶停留陣子，您在宮中多保重，等臣回來，帶些江南的小玩意供您取樂。」

她臉上倒淡淡的，「哦，江南好是好，但並非久留之地，廠臣還是儘早回來，沒的走久了朝中格局大變，再要挽回又得花一番工夫了。」

肖鐸聽得出她話裡有話，瞇著眼道：「您是爽快人，今兒怎麼積糊起來？」

帝姬有些難為情，「廠臣別取笑我，我是吃不準消息有沒有用。前兒太后宮裡設宴，皇上也去了，在東配殿裡和人說話，提起什麼西廠，恰好叫我聽見。這事廠臣知道嗎？」

肖鐸聽了一怔，東廠監督天下官員，紫禁城內卻不能明目張膽安插太多人手，眼線一個未及，有些消息就錯過了。好在帝姬是顧全他的，這會兒知道為時也不晚。他拱手長揖，「多謝長公主提點，臣記下了，自有應對。」想起榮安皇后先前的囑託，再看看眼前人，低聲道，「臣這一去三五日等閒回不來，長公主萬事多小心。這浩浩紫禁城，人心隔肚皮，不是萬不得已千萬不可貿然赴別人的約。臣臨行會在毓德宮安排靠得住的人手，您有拿捏不住的地方只管交代他辦。越是盛情難卻，越是要稱病推脫，長公主記著臣的話了？」

合德帝姬是明白人，他這麼說，心裡大抵也有了分寸，點頭道：「廠臣放心，我都記在心裡。」

他這才仰唇一笑，「臣還有別的事要交代底下人，就不在這裡多逗留了。天熱起來了，您在外頭走久了也不好，請早些回宮，臣辦妥了差事再進毓德宮給您請安。」

帝姬臉上露出留戀的神色來，吶吶道：「我在宮裡盼著廠臣的，好歹早去早回。」

他未多言，比了個恭送的手勢，她轉過身，讓宮婢攙扶著緩緩去了。

他進值房，坐在高座上盤弄蜜蠟佛珠，心思百轉千迴，全在西廠二字上。司禮監秉筆有三員，除了閆蓀琅還有魏成和蔡春陽，見他心事重重都撂了手上事過來支應他，沏一杯茶往上敬獻，小心翼翼道：「督主遇著什麼煩心事了？卑職們雖愚鈍，也願意為督主排憂解難。」

他半晌才長出一口氣，「皇上要設立西廠了，事出突然，打了咱家一個措手不及。」

那兩人面面相覷，「東廠和大鄴同壽同輝，這會兒橫生枝節，究竟是什麼意思？」

他哂笑道：「新帝登基，急於替自己立威，不想倚重東廠，倒也情有可原。」

這件事牽扯到眾人的利益，創立一個新衙門，多少人手上的權要跟著削減，大家一棵樹上吊著，一損俱損，自然都不願意眼睜睜看著。蔡春陽道：「怎麼料理？督主拿個主意，屬下們聽上峰調遣。」

怎麼料理……他站起身踱步，「皇上有新想法，好事啊，皇權集中嘛，哪朝哪代沒有幾次？東廠成立百餘年了，要立時取締是不能夠的，再說皇上定準的事，我縱然手眼通天也難力挽狂瀾，接下來如何，只有走一步看一步了。要是我料得沒錯，聖上急於讓西廠立功，少不得把要緊差事都指派給他們辦，別的我不管，姜守治的案子不能鬆手。西廠提督不論指派哪個，憑修為都不足以和東廠抗衡。咱們不必死盯著，只需緊要關頭使些小手段就足夠他喝一壺的了。到時也讓皇上知道，兜個大圈子，最後靠得住的仍舊只有東廠。」

魏成一點就透，笑道：「東廠旁的不多，就是番子多。那群牛黃狗寶，正事能辦，砸窯倒灶也是一把好手。」

肖鐸放下心來，「我不在京裡的這段時間你們多費心，我這頭避了嫌，好多事更容易施排。手別軟，但也不能沒頭蒼蠅似的亂撞，正愁找不著你們錯處，送上門讓人捏後脖梗就沒意思了。我的行程耽擱不得，以免授人以柄。餘下的事你們料理，倘或實在吃不準的，再來請我示下。」

他籠統交代一番，自己進養心殿辭了行便出宮去了。

世事多紛擾，他坐在轎中捏眉心，下手有些狠，隱約覺得生疼。大概是捏破了皮吧！瞥見轎圍子上掛的繡春刀，東廠的兵器配備是錦衣衛制式，不過錦衣衛是單鞘單刀，東廠是單鞘雙刀。他隨手抽出一把柄上刻「廠」字的來，刀身煅造得鏡面似的，就著視窗的光一照，果然端端正正一個紅色的菱形，像拔痧拔出來的。他哀哀嘆口氣，拿手指推了兩下，被音樓看見，少不得借機嘲笑他。

回到提督府沒進自己的屋子，負手過跨院，想去知會她一聲把東西收拾好，明兒上船安置完了，後天就要動身。剛到廊子底下就聽見裡間窸窸私語，是音樓的聲氣兒，「李美人，圓房的時候瞧見閆少監的身子了嗎？還能不能剩點？宮裡淨身沒準也有漏網之魚，我總覺得肖廠臣沒割乾淨，看見姑娘兩眼放光，哪裡有個太監樣！」

肖鐸站著，眼皮重重跳了一下。

第三十一章　憐幽草

裡間的李美人囁嚅了下，「太監也是人，看見漂亮的也會心動，這麼就說人家沒去乾淨，回頭押到黃化門再割一回，可要老命了。」

「都沒了還那麼愛勾搭，敢情是骨子裡壞。」音樓往前湊了湊，「那閆少監呢？怎麼樣？」

李美人愈發侷促了，支吾了半天才道：「瞧是瞧見了，沒法說。」她拿團扇遮住臉，隔著薄薄的綃紗還能看見她酡紅的雙頰，略頓了頓唉聲嘆氣，「嫁給太監的人，這輩子苦是吃不盡了，還能指著有體面？妳不知道他怎麼作踐人……罷了，妳是沒出閣的女孩，告訴妳也不好，沒的汙了妳的耳朵。」

音樓和彤雲對看了一眼，「他對妳不好？」

太監這類人，陰陽怪氣的心理，誰也拿捏不准。前一刻還是好好的，轉瞬就拉下臉來折騰你。李美人滿面哀淒，皺著眉頭道：「我就是個玩意，什麼叫好呢？吃喝不愁，日子上頭沒什麼不足，就是夜裡難耐。可人家救了我的命，要不我這會兒就在地宮裡躺著呢！撿著一條命還有什麼可說的？所以妳聽我勸，千萬不能叫太監沾身。往後回了宮，就算再空虛寂寞也要離那些人遠遠的，記好？」

李美人這話一說完，音樓立馬想起肖鐸來。自己也納悶怎麼牽扯上了他，大概被他三番四次的挑釁，那點小小的怨念都刻在骨頭上了。不過她實在對太監找對食的內幕感到好奇，和李美人關係又不賴，便不懈地追問她，「妳不說怎麼回事，我回頭心猿意馬收不住怎麼辦？」

李美人垂著嘴角打趣她，「太監也能叫妳心猿意馬，那妳該讓太醫開方子敗火了。」言罷嘆氣，「我也不避諱妳，妳想知道的我都告訴妳，不就是淨身……」她說得豪邁，臉上恨不得紅出血來，可是想起受的那些罪，轉眼又覺灰心，「太監去勢割的是子孫袋，裡頭東西掏出來，前面倒不去管他。妳想想，那處血脈都不通暢了，單剩一片皮肉，頂什麼用？我聽說有的人去不乾淨是兩丸裡只去了一丸，那些有權有勢的想回春盡幹些造孽的事，據說吃小孩腦子頂用。」

音樓「啊」了聲，對彤雲道：「上船後活動不開，咱們留神瞧肖掌印，看他會不會偷著吃什麼奇怪的東西。」

彤雲木著臉看她，「主子您和他走得近，順道打探就得了，奴婢可不敢，奴婢還想多活兩年。水路上走不是好玩的，把我豎在江心裡，我不會水，還能活得成嗎？」

李美人笑道：「這也就是鄉野傳聞，真吃小孩腦子的誰也沒見過。別說是真是假，就算是真的也不能嚷，叫外人聽見了要出事的。」

她點頭不迭，「我知道，這不是妳在嗎，外頭我也不會說去，到底督主的臉面要緊，這麼大尊佛押到黃化門，那太丟人了！」

屋外的人感覺渾身氣血逆行，氣得他平穩不住呼吸。她到底對他有多好奇？背後這麼喧排他，還一口一個為他著想！果然女人是不能寵的，太抬舉就爬到你頭頂上來了。

再側耳細聽，她的注意力集中到李美人怎麼度過漫漫長夜上去了。女人湊在一起的話題居然這麼外露，平時端莊賢淑的樣子看來都是裝的。

李美人很覺難堪，滿肚子苦水沒處倒，她問了索性一股腦告訴她，「除了那處不濟事，別的也沒什麼兩樣，全套功夫一樣不落。只不過他心裡憋悶沒處發洩，一個伺候不周就打我。」她捋起袖子讓她看，胳膊上瘀青點點，有的是新傷，有的時候長了，邊緣漸漸發黃，橫豎是滿目瘡痍。她掖了掖眼淚道，「咱們這些人哪裡還算是個人！他打完了後悔，給我賠禮，跪在我跟前搧自己耳刮子，妳叫我怎麼樣呢！雖然做對食有今生無來世，可渾身上下叫他摸遍了，和真夫妻又有什麼差別？我知道他心裡苦，挨了兩下並不和他計較，過去就過去了，可他第二天變本加厲，不叫他碰就疑心我外頭有人，叫他碰，我實在沒這命給他消耗。」

各人有各人的苦處，既找了太監就別指望過好日子了。音樓聽了也淌眼抹淚，「這麼下去怎麼了得，三天五天還忍得，十年八年怎麼料理？妳好好同他說說，夫妻之間妳敬我我也敬妳，要是鬧得不痛快了，往後還過不過？」

李美人搖搖頭道：「這道理誰不懂呢，就是他心眼子小，說我的命是他給的，作踐我是人家的本分。」

「那他何必要救妳？救出來還不叫妳好過，這人心肝叫狗吃了？」音樓惱恨不已，「這會兒是瞧準了妳有冤無處訴，恁麼倡狂也沒人治得住他。」

李美人對現狀感到疲憊，「家裡私情，清官還難斷家務事呢，找公親都認不準門。」「宮裡那麼多對食，宮女死了，那些太監置辦了牌位供在廟裡，清明冬至都去弔唁，哭得什麼似的。都是人，他怎麼就和別人不一樣？」音樓恨恨道，「回頭我和廠臣說說，求他替妳主持公道，也給閆蓀琅醒個神。」

這是拿他當救星使，這些雜事也來麻煩他，誰有那閒空替旁人操心！肖鐸面上做得不快，心裡卻隱約歡喜。一片雀躍像鷂子，高高地飛上了雲端。

李美人識趣，擺手道：「不敢勞動肖掌印，妳別管我，我如今活一天都是賺的，照理陽壽早在兩個月前就到頭了。妳只要好好的，往上爬，我將來興許還能借妳的光。他脾氣雖不好，總不至於把我弄死，妳只管放心就是了。」

後頭都是些零零碎碎的私房話，他沒了再聽壁腳的興致，料她回頭要來找他的，自己悠閒地邁著方步去了。進上房換了件寶藍底菖蒲紋杭綢直裰，路上要籌備的東西自有府裡管事料理，他坐在荼靡架前看書，顏真卿的真跡，花了好大勁才淘換來的，市面上買不著。他逐頁品評，一撇一捺鐵畫銀鉤，真是稀罕到骨頭縫裡的好東西！只可惜東西有些年代了，外鄉人保管得不熨貼，有幾張紙叫蟲咬了，品相沒那麼好。他舉起來對著光看，看著看著發現垂花門前有人，手裡拎了什麼東西，晃晃悠悠從甬道上騰挪過來。他轉過身假作沒看見，單拿餘光瞥過去，她笑吟吟站在矮榻邊上，把手往前一伸，說了聲：「喏。」

他這才看清，是五彩絲帶編的網兜，裡面灌了一隻鵝蛋一隻雞蛋。

他有點搓火，送蛋給他，拐著彎罵人？他抬頭看她，「娘娘這是什麼意思？」

音樓道：「今兒是立夏，吃了蛋就不疰夏了。」說著掏出一個給他看，「鵝蛋放在粽子鍋裡煮的，殼都被蘆葉染黃了。雞蛋皮薄，時候一長就裂開，還是鵝蛋好。我叫人送點調料來，廠臣蘸著吃，好不好？」

這人花花腸子不少，求人辦事就開始大獻殷勤。他起身接過蛋簍子道謝：「擱著吧，臣不愛吃白煮蛋。」

她歪著頭問：「為什麼呢？是不是嫌太大了？那我換幾個鵪鶉蛋來？」

他不願意和她討論蛋的大小問題，剛才在外面聽到的那些話他還耿耿於懷著，因放下蛋簍問：「聽說李美人來咱們府了？」

他說「咱們府」，想來沒有拿她當外人。音樓很高興，笑道：「我要跟您回浙江了，您又不叫我出去，我只好差人請她來話別。」

他嗯了聲，「單只話別？」

「倒不止，李美人過得艱難，說閆少監對她不好，總是打她。」她眼巴巴看著他，「廠臣，男人打女人，換做您您瞧得上嗎？沒本事的男人才拿女人撒氣，您說是不是？」

他頷首道是，「不過太監不算男人，拿男女那套來下定規，似乎不大妥當。」

她窒了下，「別人不拿太監當男人，太監自己也這麼想？」

他請她坐，兩個人面對面大眼瞪小眼，「那娘娘把臣當男人了？臣是覺得對女人要疼愛著，善加保護，但別人的想法未必是這樣。一樣米養百樣人，就是這個道理。」

當不當他是男人，她也說不上來。論理上他是殘缺的，可他做出點曖昧不明的事來，她又面紅心跳六神無主。這個話題不能繼續，否則又要被他繞進去。她也不敢看他的眼睛，他的眼睛會勾人，看了要著魔的，她只好耷拉著眼皮道：「我想閆蓀琅是您手底下秉筆，您能不能勸勸他，讓他對李美人好一點？」

他哧地一笑，「人家兩口子的事，外人摻和進去合適嗎？我是管不得別人的，自己這裡處置好就不錯了。」

她顯得很失望，悻悻道：「又不費事，順便的一句話，難為嗎？」

「臣和底下人除了公務沒別的交集，閒事管到閨房裡去，叫人說起來成什麼話？」他正了正身子，婢女端了個盅放在他榻旁的矮几上，他原不想用，忽然想起什麼來，探手去揭那青花瓷蓋，才揭開一點又扣上了，慢回嬌眼打量她，「娘娘回頭收拾收拾，後日一早就要起錨的。還有旁的事嗎？沒事就請回吧，臣要吃藥了。」

音樓腦子裡激靈一聲，沒見過拿盅吃藥，吃的是什麼藥？別不是李美人說的小兒腦吧！她只覺五臟廟翻騰，低頭看看手裡那個鵝蛋，喃喃道：「再大也不能變成兩個，敲開了嚐嚐吃口又老，真可惜。」

他眉眼彎彎含笑問她：「娘娘嘀嘀咕咕說什麼呢？什麼一個兩個？」

她不能明說，遲疑了下把鵝蛋放回網兜裡，挨在邊上看那個盅，「廠臣身上不好？這是什麼藥？燙不燙？我替您吹吹好嗎？」

他好整以暇望著她，「臣是淨過身的人，有些暗疾不方便和別人說。近來不知怎麼，心頭亂得厲害，唯恐帶累到別處，所以時不時的要壓制一下。臣的藥不是尋常的藥，輕易不能讓人看見。娘娘請回吧，這藥溫著吃最有效，冷了燙了都腥氣，您在這裡臣沒法用。」

她越聽越驚恐，難怪他在榮安皇后跟前那麼吃香，現在又用這麼造孽的藥，她果然是高看了他，忘了他是多喪心病狂的人。

「既……既然如此，」她沒有勇氣指責他，結結巴巴應著，站起來道，「那我這就回去準備。」

他不說話了，一雙眼睛直望進她心裡去，「娘娘臉色不好，是在擔心臣的病勢？娘娘對臣一片情，臣也知道……」他靠過去，幾乎和她貼身站著，「有什麼好奇的不必同別人探討，直接來問臣，豈不更準確直接？太監淨身，刀尖上留情就夠人受用的了，只要調理得好，將來悄悄娶妻納妾，和正常人沒什麼兩樣。皇上前陣子說起要賞臣幾個宮女，臣也怕辜負了聖恩。」

音樓鄙夷地乜他，「哪個皇帝願意讓太監留著孽根淫亂宮闈？史上一個嫪毐還不夠？廠臣想什麼呢？宮女擺在那裡望梅止渴就成了，還想伸手？抓著了仔細剝皮抽筋！」

做了太監都不消停，想入非非他也不嫌累得慌！以為他和閆蓀琅不是同類人，誰知竟一樣！她有點生氣，刺了他一通又覺得不大對勁，他怎麼知道她剛才和別人聊了什麼？難道一不留神疏忽了，讓他刺探到了軍情？

她頓時頭皮發麻，扭身就走，誰知被他牽住了衣角。他勾手一扯，皮笑肉不笑道：「娘娘且留步，臣問娘娘，臣怎麼見了姑娘就兩眼放光了？神天菩薩看得見臣的心，娘娘疑心臣是假太監，就請娘娘跟臣進屋查驗，省得後頭妳我同船而渡，瓜田李下有避不完的嫌。」

第三十二章　弄晴晝

他力氣很大，拽著她往上房拖。音樓嚇得三魂七魄都移了位，使勁銼著身子哀告，「這個怎麼驗？不好辦呀！我看算了吧，還是給您留點面子，要不您該不好意思了。」

「臣好意思。」他一本正經道，「臣沒有對食，衣裳底下也從來不叫人看見，既然娘娘好奇，臣在娘娘跟前無須隱瞞。」他眼波瀲灩，低低笑道，「至於怎麼驗，光看是看不準的，另有試探的法子。臣教娘娘，保管一教就會。」

音樓也就是嘴上厲害，動真格她不是對手。他說光看沒用，大概還得上手摸，這可難為壞她了，怎麼說也是個黃花大閨女，不管他是不是真太監，叫她驗身實在強人所難。怪她多嘴，道人長短居然讓他聽見。這下子好了，人家打上門來了，想哭都找不著墳頭！

她決定努力掙脫，邊掙邊道：「玩笑話廠臣何必當真呢！您別拉拉扯扯，叫人看見了不好。不就是說您兩眼放光嗎，何至於惱成這樣！放光的不是您，是我，成不成？欸，您大人大量息怒吧！」

他不為所動，「娘娘隨口一說，臣卻字字在心上。娘娘隨臣南下，幾千里水路朝夕相處，要是個假太監，娘娘的名節可就保不住了。臣身為司禮監掌印，本來就統管皇城中所有內侍，倘或監守自盜，就如娘娘所說，少不得落個剝皮抽筋的罪責。這種性命攸關的大事半點不能含糊，與其戰戰兢兢相互試探，倒不如敞開了大家瞧瞧。」

他一頭說，一頭像老虎叼黃羊似的把她拽進了屋子。反手把門關上，他大剌剌站在她面前寬衣解帶。音樓目瞪口呆，美人脫袍的確叫她神往，可是這種情況下並不顯得多有情致。他解開了直綴上的衣帶，她慌忙替他繫了回去，嘴裡絮絮道：「廠臣您不能破罐子破摔，我知道您心裡苦，再苦也要周全好自己。我往後再也不敢質疑您有沒有留下一點了，假太監怎麼能生得這麼好看呢，您說是不是？您快把衣服穿上，萬一叫誰撞見，以為我怎麼您了，我渾身長嘴也說不清了。」

他側目瞧她，「不管臣在別人面前如何，娘娘這裡落了短，娘娘不替臣遮掩？當真不看？」他說著又解褲帶，「還是看看吧，看過了大夥都放心。上了船臣要服侍娘娘的，娘娘對臣心有芥蒂，往後處起來也不鬆泛。」

她開始和他搶奪褲腰帶，紅著臉說：「我相信您，衝您今兒願意讓我查驗，就說明您是個不折不扣的太監！」

這個話聽著有點彆扭，他拉著臉道：「瞧瞧也沒什麼，臣都不臊，您臊什麼？真不看？過了這個村可就沒這個店了。」

音樓忙點頭，「不看不看，看了要長針眼的。」

「娘娘是怕太醜，嚇著自己？」他苦笑了下，十分哀怨落寞，「臣就知道，太監果然不受人待見，上趕著脫褲子驗身都沒人願意瞧一眼。」

音樓愕然，不看反而傷他自尊了？可一看之下缺了一塊，他自己不也感到寒磣嗎！她甚無奈，猶豫道：「您要是實在堅持，那我就……勉為其難吧！」

她居然鬆開了手，這下子輪到肖鐸發怔了，她一副慷慨就義的模樣，他拎著褲腰帶遲疑起來。這人的腦子和別人不一樣？好歹是個姑娘家，你來我往幾回就順水推舟，她還真給他面子！他以往沒遇見過這麼尷尬的事，原只想戲弄她一番，誰知把自己給坑了。她要是個伶俐人，斷不會走這步棋，是他太高估她了，其實她就是個傻大姐！

可是傻大姐也有靈光一閃的時候，音樓突然想起來他是個不做虧本買賣的人，萬一看了他那處，他要求看回去，那她怎麼應對？她到底打了退堂鼓，捂住眼睛說算了，「非禮勿視的道理我還懂，廠臣就別抓著這個不放了，盡心當好差才是正經。您不是說皇上要賞您幾個宮女，您盼著自己有能耐也是人之常情，可是我勸您一句，別吃那種傷天害理的藥，要不就算能盡人事，心裡也會不踏實的。」

什麼有能耐，什麼盡人事，她覺得自己就是在胡說八道。他看她的眼神越來越奇特，似乎不打算追究了，雙手抱胸低頭道：「那幾個宮女上月就賞了，臣拿身體抱恙推辭了。如花似玉的大姑娘，陪著我這個廢人，豈不是暴殄天物！臣自以為潔身自好，和娘娘相處這些日子，只有瞧見娘娘才兩眼放光，對別人從來沒有肖想，娘娘竟不明白臣的心？」

他又來這套，從行動到語言，曖昧無處不在。音樓也努力讓自己習慣，可是每回仍舊忐忑不安。他的心思比海還深，憑她的功力不足以和他周旋，只要時時提醒自己不可當真，那就是獨善其身的良方了。

他背靠著菱花門，天光透過鏤空的萬字紋照進來，把他照得周身鍍金，像廟宇裡的菩薩。她仔細看他一眼，他眉心的那點紅對比著雪白的面皮，顯出一種妖異的美來。以前有壽昌公主的梅花妝，如今有肖督主顧盼流轉間的一抹胭紅，叫人覺得神韻天成。

「這是哪來的？」她努力想分散他的注意力，咧嘴道，「發痧了嗎？拔得二郎神一樣，真好笑！」

他就知道她沒好話，想起來又覺隱隱作痛，轉身攬鏡自照，邊照邊道：「下手過了頭，好像擦破了皮。」

音樓頭疼起來拿牛角刮痧，很少拔眉心，怕留下印子難看。不過偶爾一回，弄出細長的一道，也沒有把皮蹭破。他雖養尊處優，好歹是個男人的相貌，也不至於嫩得這樣吧！這就叫吹彈可破嗎？難怪彤雲說她比他更像男人。

太監愛臭美，手把鏡舉在面前翻來覆去地照，音樓問他，「這會兒痧退了沒？」

他扶額嘆氣，「頭還疼著，回來聽見娘娘那些話，疼得愈發厲害了。」

她大感愧疚，「是我的不是，我叫人來給你刮痧，單刮頸後幾道就行了。」

他皺了皺眉頭，「我不愛叫那些臭人近身。」略一頓，滿懷希冀地望著她，「娘娘不覺得報恩的時候到了嗎？」

她遲遲地「哦」了聲，「廠臣的意思是要我動手？不是我不願意，我以前沒替人刮過，怕把您弄疼了。」

他撂下鏡子一笑，「那就試試吧！臣經得住摔打，娘娘只管放心大膽，練好了臣以後就有指望了。」

不把她歸在臭人一類，原來是想培養一個專門替他刮痧的人。音樓沒辦法，再看他臉色發青，也料他現在很不受用。就像他說的，報恩的時候到了，他總是尊稱她娘娘，其實她算哪門子的娘娘，沒有他，她這會兒不知道在哪飄呢！

她攙他在羅漢榻上坐下，往杯子裡斂了茶水，找出一枚大錢站在一邊等他解衣領。他脫了外面的直裰只著中衣，薄而細的素紗把人襯得沒了鋒棱，歪在榻頭的大引枕上，憊懶雍容，病起來也很銷魂。交領解開了，露出結實的肩背，音樓偷著瞄了眼，有點難為情。沒想到衣裳下的身體和她想像的不一樣，她以為那麼漂亮的面孔後面應當是纖纖素骨，至少看上去帶些柔弱的，誰知他沒有。明明是練家子的身形，但又不似那種肌肉虯結的，他很適中，有力度卻不粗獷。這麼一來倒發現了另一種相得益彰的美，彷彿這具身體比臉更有男子氣概。

音樓垂涎歸垂涎，頓在這裡不是辦法。他的冠下有碎髮低垂，她一手撩起來，一手去蘸杯裡的茶湯，拇指扣著錢眼，用力地劃將下來，長長的一溜，皮下起了星星點點的紅。

「疼嗎？」她問，「疼就叫一聲，我輕點。」

「不疼。」他咬了咬牙笑道，「輕了出不來，再用力一些。」

音樓也知道拿捏分寸，他讓重就重，沒的刮破了油皮。她還是那手勢，在這道紅痕上反覆刮了幾遍，看瘀血像雲頭似的一簇簇聚集成堆，低聲道，「你這兩天外頭跑得辛苦，看看這麼重的痧，難怪要頭疼。我以前聽說，從來沒有刮過的人，一輩子也那麼過，反倒是破了例的，隔陣子不刮就渾身難受，像有癮頭似的。」

他伏在隱囊上應她，「以前家裡窮，請不起郎中，一有病痛我娘就這麼給我們兄弟治。我倒難得，我身底子好，扛得住。肖丞多災多難，他刮得最多，每回背上橫七豎八全是杠，吃了鞭子的模樣，夜裡仰天睡就抽冷氣。」

她很少聽他說起他兄弟，泰陵回來的路上也是一筆帶過，便問他，「肖丞是你弟弟？」

他沉默了下方道：「是我哥哥。」

「不在了？」她探手蘸水，覷他臉色，「是得了病？」

他說不是，「這人吃人的世道，病死倒算好的了。他受人欺負挨了打，面上看不出傷，回去躺在床上，半夜裡就死了。我只剩那麼一個親人，也丟下我撒手去了，妳不知道我多恨那個打死他的人！後來宮裡當值，堅持不住了就想起他，不管受多大委屈都能挺腰子扛著。好在皇天不負有心人，讓我坐上掌印的位子，仇人落到我手上的那一天起，東廠十八樣酷刑輪番讓他嚐了個遍。我恨他多久，就要讓他受多久的罪。死得痛快便宜了他，每天割他一塊肉，插上香供奉肖丞，最後沒處下刀了他才咽氣。屍首扔在外頭餵野狗，我就那麼看著，直到最後一塊骨頭進了狗肚子，才覺得這些年的怒氣得到了疏解……」

音樓聽著，手上的動作早停下了，捂著嘴說：「我八成也發痧了，噁心得不成話！」

他知道她在影射他的殘忍，他不在乎別人的看法，不殺人就是被殺，這是亙古不變的道理。閨閣女子不能理解，因為她們只看到春華秋實，花繃上永遠繡著花開錦繡，懂得什麼是真正的悲苦？

他接過她手裡的銅錢打岔戲謔，「那正好，臣來服侍您。」

她往後退了一步，擺手不迭：「不必了，我有彤雲，讓她伺候就行。廠臣這裡也差不多了，那我這就回去收拾東西，有話咱們上船再聊。」

她落荒而逃，他站在榻前目送她。

她上了中路，走出去好遠還能感覺到他視線相隨，回頭看一眼，他白衣飄飄恍如謫仙。剛才那些話像中途打了個盹，怎麼都和他這個人聯繫不起來了。

第三十三章　楚天闊

音樓果然是小才人出身，眼皮子淺，以為南下的船無非就是烏蓬，一葉扁舟在山水間遊蕩，多麼的孤寂且富有詩意！其實不是，督主到底是督主，不管實權怎樣變更，瘦死的駱駝比馬大，排場還是少不了的。

登船那天天氣奇好，一行人出朝陽門乘的是哨船，到天津衛才換寶船。碧波藍天下遠遠看見碼頭上停著個龐然大物，船頭昂船尾高，上下足有四層。船艏正面是巨大的虎頭浮雕，兩舷有鳳凰彩繪，艉板還有展翅欲飛的大鵬鳥。人站在陸地上，仰頭也只看到船幫，要是登了船，不知是怎樣一幅景象。

曹春盎見音樓觀望，趨身過來笑道：「老祖宗沒走過水路吧？福建沿海管這種船叫福船，能遠航、能作戰，當年鄭和下西洋就是用它。這船是尖底，吃水深，九桅十二帆，開起來平穩，也經得住風浪。聽說長有四十丈，寬也在十六丈，光一隻錨就上千斤重呢！」

音樓點頭道：「是大得很，我沒坐過船，這回倒是托廠臣的福了。」

彤雲在邊上問：「小曹公公，您也隨行嗎？」

曹春盎說：「督主下江南，我這個做乾兒子的不貼身侍奉，於情於理都說不過去不是？」他對音樓作揖，「督主臨行前就知會奴婢了，老祖宗在船上一切用度只管吩咐奴婢。這趟南下扈從一多半是東廠番子，老祖宗千萬別隨意走動，那些人都是大大咧咧的莽夫，一個閃失得罪了老祖宗，督主要問奴婢罪的。」

東廠和司禮監不同，只有提督是太監，底下的檔頭和番役是從錦衣衛裡精挑細選出來的，都是結結實實的真男人。運河裡航行，過滄州到鎮江，少說也得跑上個把月，督主這麼囑咐，大抵是怕端太妃接觸了男人，再弄出什麼岔子來。他嘖嘖感慨，他乾爹不知在上頭花了多少心思，苦就苦在人是皇上先看中的，要不然供在府裡做個管家奶奶，乾爹這一輩子也就有了作伴的人了。

再厲害的人物，也指望著老婆孩子熱炕頭。但凡外面遇著點波折，再或者心裡裝了點心事，不告訴枕邊人告訴誰呢？人不能憋久，久了要憋壞的。像他乾爹這樣的人才風度，要是上下齊全，多少女人排著隊讓他挑揀他都不稀罕！

音樓往前看，肖鐸穿著官袍站在渡口，臨水的地方風比別處大，狂嘯著捲過去，吹起了曳撒的袍角，高高揚起來。

船上放木梯下來，閆蓀琅並幾個送行的拱手長揖，「督主一路順風。」

肖鐸「嗯」了聲，撩袍上臺階，走了幾步回頭瞥了眼，「能拿得定主意的事不用問我，切記膽大心細，莫逞匹夫之勇。」

閆蓀琅道：「從北京到南京，飛鴿傳書一日應當能到。屬下們不敢自作主張，必定事事請督主示下。」

他的話半真半假半帶試探，即便是再倚重的人，也絕不敢十成十按謎面上的意思辦，必定再三斟酌才敢回話。肖鐸聽了還算稱意，又昂首想了想，「你府裡的事，我也有耳聞。勸你一句，終歸是宮裡出來的人，留些體尊臉面，不單是為她，也為你自己好。」

閆蓀琅吃了一驚，抬頭看他，很快又垂下眼來。沒想到他會關注他府裡的事，李美人和端太妃走得近，料想是這裡走漏了風聲。他有些慚愧，躬身應了個是，「屬下失策，叫督主笑話，實在是沒臉見督主。」

他仰唇一笑，「牙齒和舌頭還有磕碰呢，夫妻間這種事免不了的，日後自省就是了。」恰好音樓過來，他便不再多言，扶著扶手上船去了。

京杭運河是黃金水道，漕運往來都靠它。寶船起了錨，把帆都鼓起來，這就離港南下了。音樓原想到船頭看看的，可是上了甲板環顧，四周圍全是錦衣華服腰配雙刀的人，只得作罷。跟曹春盎進了後面船艙，裡頭帷幔重重，細木的傢俱擺設也很雅致，和陸上的臥房沒什麼兩樣。

她問曹春盎，「督主的艙在哪裡？」

曹春盎啫地一指，「和您的艙一牆之隔，您在這敲敲木板，他那頭聽得見的。」言罷又撫膝道，「水路長得很，中途有幾回停船靠岸，到時候老祖宗就能活動筋骨了。開頭幾天難耐，老祖宗有個頭疼腦熱的也不打緊，船上有太醫，隨傳隨到的。您瞧這陣子天熱，快晌午了，一會兒我讓人送食盒給您，您將就用點，沒事您就歇覺，也是作養身子的好時候。嘿嘿，我瞧著，老祖宗到咱們府裡這麼長時候，氣色好了不是一星半點，還是提督府的水土養人！您只管好好歇著，到時候請太傅一敘，他老人家見您過得滋潤，心裡定然寬慰。」

這話說得很是，她這個位分的人，沒有受過寵幸，吃穿都有限度。以前照鏡子，覺得自己像個蔫茄子，自從進了肖鐸府上，油水足了，人也活泛起來了，曹春盎這個功邀得很有道理。

彤雲千恩萬謝把曹太監送出去，轉回來伺候她坐下，挨在邊上替她打扇子，「水上風大，咱們晚上睡覺窗戶開條縫，後半夜只怕還得蓋被子呢！」

音樓頭有點發暈，船在水上走，再穩也覺得騰雲駕霧。她長出一口氣，仰在藤榻上喃喃：「這麼多人，弄得打仗似的。我還想上船頭看看，這下子也不能夠了。」抬起手，拿手背蓋住了眉眼，「剛才看見肖掌印和閆太監說話，我就在想，上回求他給李美人說情，他一口就回絕了，這人真是鐵石心腸。」

彤雲卻不以為然，「他哪裡是那種婆婆媽媽的人，還管人家兩口子床上打架？李美人雖然可憐，今天這條路也是她自己選的，要不是閆蓀琅救她，她能有命活到今天嗎？有得必有失，活著本來就艱難，再熬一熬，興許就熬出來了。」

也的確是，大夥都在苟且偷生，往後誰管誰的死活呢！

音樓翻個身闔上眼，不知怎麼心口堵得難受，胃裡一陣陣翻騰起來。左右不是，坐起來往外看，兩岸景色快速倒退，愈發感到不自在了。

彤雲看她臉色不對，急道：「主子怎麼了？哪不舒坦？暈船？」

「好像有點。」她坐在榻上直喘氣，半天頓住不動，感覺嗓子裡直往外推，忙讓彤雲找盆來，捧在懷裡張嘴就吐。

彤雲傻了眼，「好好的，又沒風浪，怎麼就吐了？」上去給她拍背順氣，一面往外張望，「您忍忍，我去找人請大夫。」

正巧曹春盎進來，喲地一聲轉身又出去了。沒多會兒踢踢踏踏來了好幾個人，音樓吐完了歪在榻上，天旋地轉眼冒金星。勉強看清了人，難受得說不出話來。

肖鐸指派大夫給她把脈，靜待片刻問：「娘子身上如何？」

那大夫道：「回督主話，把不著尺脈，應當不是有孕。娘子只是心虧脾虛，氣血不足，或針灸或按壓穴位，都能起到緩解的功效。不過針灸不能立竿見影，要七日一次，連續十次才能根治。娘子眼下這情形，還是壓穴更快捷些。」

音樓哼哼唧唧沒力氣瞪人，就是覺得大夫太不靠譜。她這副模樣肯定是暈船，他先瞧的居然是喜脈，真有他的！

肖鐸倒很鎮定，問他該按什麼穴位，那大夫報出個「鳩尾穴」，說著就擄袖子打算上手，被他出言制止了。鳩尾在肋下三分臍上七寸處，那地方對於姑娘來說太隱祕，雖然病不避醫是正理，可叫陌生人動手，他也怕她臉上掛不住。

「你去熬養胃的藥來，這裡交給咱家。」他把人都支了出去，坐在榻沿上看她，巴掌大的小臉慘白一片，全沒了生龍活虎的勁頭。他低聲道，「臣給娘娘治暈船，可好？」

音樓又不習武，不知道鳩尾在哪裡，料著大概是在掌心那一圈吧！因點了點頭，愧疚道：「我這不成器的樣，給廠臣添麻煩了。」

他溫煦一笑，「別這麼說，前兒娘娘還給臣刮痧呢，算兩清。」猶豫了下去解她胸前鈕子，調開視線道，「臣唐突了，不叫外人治就是這個道理。穴道的位置……不太好料理，娘娘別介懷。」

音樓看著他揭開交領，臉上頓時一紅。天熱穿得少，裡面妃色的肚兜透過薄薄一層白綢貼里若隱若現，她簡直沒臉見人。彼此都沉默著，他探手摸她肋骨，難免有些跑偏，微微的觸碰讓她倒吸口氣，頰上那片嫣紅便無限闊大，一直蔓延進領口裡。

美人胸，溫柔鄉，肖鐸花了大力氣才把持住不叫手亂竄。找到那個點反覆按壓，她起先皺著眉頭說疼，慢慢平靜下來，臉上神情不那麼痛苦了，他輕聲問她，「娘娘眼下感覺如何？」

她說：「有勞廠臣，好得差不多了，已經不想吐了。」

他收回手仍舊替她把衣襟掖好，彤雲端藥來餵她，他立在一邊看她喝完，這才道：「閆少監那頭我已經撂了話，他是個懂分寸的人，想來這樣的事不會再發生了，娘娘大可以放心。」

這算出乎人預料的好消息，音樓剛才還和彤雲抱怨，豈知他早就悄沒聲地辦妥了。她病怏怏在榻上拱手，「難為廠臣，其實我知道要求有點過了，別人的事那麼著急，真是個窮操心的命。您給我臉，我感激您。您看我現在這樣，沒力道說話，只有等好了再鄭重地謝您了。」

他寒暄了兩句，沒有久留便去了，也是顧忌日裡人多，關心過了頭叫人起疑。

音樓一向身強體壯，這回暈船儼然像得了場大病，一整天粒米未進，從榻上挪到床上，攏著薄被只顧昏睡。

最後一絲餘暉消失在天際，窗外漸漸暗下來，不知道日行了多少里，船靠在一處彎道口扔了錨。這船上少說也有兩三百人，吃飯是件大事。伙夫搬爐灶在甲板上生火造飯，鍋鏟乒乓，伴著水浪拍打船舷，她在半夢半醒間想起了鄉里的生活。石板長街，早上有鄰居淘米潑水的動靜。

外面喧鬧，離了很遠，船艙裡還是靜的。突然聽見臥鋪靠牆的方向傳來篤篤的聲響，緩緩地，一長一短。她支起身子細聽，曹春盎說過這裡敲牆他那裡就聽得見，她重新躺下來，說不清，心頭若有所失。探手去觸那上了桐油的木板，篤篤聲又起，綿綿的震動，正敲在她指尖上。

第三十四章　高唐路

行行重行行，三天功夫還沒離開直隸地界。運河河道至青縣段漸漸開闊，水流急起來，寶船吃水深，連帶著前後六艘護衛的哨船，逆水行舟，還不如趕車走騾的腳程快。

又到天色將暗的時候，兩面莊稼地掩映在沉沉暮色裡，放眼望不到邊。肖鐸站在船頭問：「還有多久到滄縣？」

探哨呵腰回話：「再有三十里水路才到滄縣，照這行程，要是一夜不歇，明早大約趕得上早集。」

他點了點頭，「那今晚照舊開船，明早找個碼頭泊上半天再啟程。」

底下人應個是，按著佩刀下去傳令了。東廠十二檔頭，隨行的有四位，刺探之外更要緊的是行保護之責。大檔頭佘七郎是個行事穩重，頗有遠見的人，待他身邊無人方上前來，喚聲督主道：「咱們離京，早有消息傳到金陵去了，屬下料著南苑王府必定有動靜。督主這趟少不得要和宇文良時打交道，督主當得提防，此人面上君子謙謙，背後行事卻未必光明磊落。上次的銅爐案，矛頭直指南苑王府，最後消息居然斷在半道上，可見那南苑王也是個厲害角色。」

肖鐸臉上無甚表情，只往前面開闊的水域眺望。天上一輪明月高懸，船頭水面自是銀光點點。他背著手一嘆，「好月不共天下有，總有些不安分的人試圖扭轉乾坤。宇文良時這人，可以是敵，也可以是友。不過要鬥起法來，大約也是個好對手。」

佘七郎見他這樣說便不再多言了，他一個人一顆心，抵得過廟堂之上十個文儒。眼下皇帝新登基，躊躇滿志整頓天下，他略往後退一步，對他的根基並沒有大的妨礙。但是君王心畢竟深不可測，誰也不知道將來這實權能不能收回來。聰明人善於左右逢源，哪邊都不得罪，處處都占著先機，可不就如他所說，亦敵亦友。要緊時候倒戈一擊，他就是弓弩上的機簧，勝敗也全在他。

「船上警蹕自有屬下們周全，督主旅途勞頓還是早些安置。明早到了滄縣，上岸填充些補給，接下來往東南過大浪澱百里鹽鹼地，恐怕是沒有人煙的，再要停靠需到德州了。」

肖鐸聽了頷首，回身看，音樓的艙門裡透出光亮來，他心裡記掛，便問曹春盎，「娘娘的暈症都好了嗎？」

曹春盎道：「大夫留了話，叫每天壓娘娘的第二厲兌穴，連著壓上二十天，往後暈船的症狀就能根治了。兒子每回送吃食給娘娘，總看見彤雲捧著娘娘的腳在那按壓，主僕倆有說有笑的，我料著娘娘的症候緩解得差不多了。乾爹要不放心，何不過去看看？」

他想也是，以往在府裡日日都要照面的，到了船上怎麼反而避諱起來。東廠番子再厲害，都是他手底下人，又有什麼可懼的？他自嘲地笑笑，大概真的有哪裡不對勁了，原先一味只知道戲弄她，她就像個玩意，是他機關算盡後最有趣的消遣。他也承認當初福王知會他時，他想過用對付榮安皇后的手段來對付她。女人，有幾個是油鹽不進的？深宮歲月寂寞，不得君王恩的人，別處找慰藉也在情理之中。連榮安皇后都能沉溺，一個涉世未深的女孩，還能翻出他的手掌心？

可是他千算萬算，忘了把風險計算進去。挑撻得久了，自己一不小心栽下去，摔了個臉面盡失。留是留不住的，不過不再指望互惠互利，把她捧上高枝，好好在宮裡坐享富貴也就足了。

他緩步踱到她的艙前，猶豫了下，還是在門框上敲了敲。

她在燈下描花樣，不學無術了這麼久，玩得有些厭了，那些女紅再不拾擄起來，萬一手生了就撂下了。聽見敲門聲抬起頭來，支使彤雲去看看。彤雲打帳出來行了個禮，「督主來了？娘娘在裡頭忙呢！奴婢找小曹公公討炭條去，督主裡面請吧！」說著欠身出去了。

音樓手裡的畫筆頓在一簇花蕊處，突然心跳大作。他這幾天來得稀鬆，但是夜夜臨睡敲她牆板，這樣含蓄溫情的小動作，竟蓋過以前的千言萬語。她緊張起來，筆尖顫抖，滿手都是汗。暗啐自己沒見識，越來越受他影響，往後只怕要步榮安皇后的後塵了。她心裡都明白的，可是明白又怎麼樣，她自控能力很差，自己還沒察覺，就已經讓人玩弄於鼓掌之間了。

定了定心神擱下筆，站起來的時候他正撩了水墨帳幔進來，月白的團領衫，頭上戴累絲金冠，如玉的臉龐，印刻的是淡淡的笑意。

「娘娘在忙什麼？」

她回身看了桌上一眼，「描幾個花樣，回頭繡汗巾用。」又笑道，「廠臣現在這麼拘禮，真叫我不適應。牆頭敲慣了，進門也知道敲門了！」

他不來尋她的釁，她倒得瑟起來了！肖鐸道：「臣敲艙扳，也盼著娘娘有回應，可是連著兩三晚都是石沉大海，臣還以為娘娘壓根沒聽見呢！」

她不回話，心頭微漾，只抿嘴一笑。比個手勢請他坐，自己提壺來替他沏茶，往窗外看了眼，「都這個時辰了，還不停船？」

他呷口茶湯道：「今晚連夜行船，明早到了滄州地界再歇上半天。您瞧瞧有什麼要添置的，可以上岸籌備。」

她說：「這裡樣樣都有，我也沒什麼要置辦的。」稍稍一頓抬眼看他，「廠臣，我做雙鞋給您吧！以前我爹的油靴和軟鞋都是我做的，他總誇我手藝好，懶了這許久，生疏了倒可惜了。明兒還是上岸買些尺頭，廠臣是要靴還是要履？」

肖鐸手裡托盞，按捺住歡喜低頭看指上筒戒，怕不小心那份感情從眼睛裡洩露，叫她捉住了引出尷尬來。便道：「內侍的穿戴有巾帽局打理，每年冬至從節慎庫提數十萬銀子用在這上頭，樣樣都是現成的，娘娘何必費那手腳。」

「那不一樣，我親手做的，是我的心意！」她說著，又轉過去挑揀花樣子，自顧自道，「還是做靴子好，做得結實些，穿得也久一些。這趟回浙江是最後一次在外頭晃悠了，等返京就得進宮去，往後哪裡能那麼隨性！給您做個鞋，叫人知道了背後還得編排呢！說太妃和掌印怎麼怎麼了……」她憨傻笑道，「我是沒什麼，帶累了您的清譽，那罪過可大了。」

前陣子他總和她提起進宮的事，她聽得不耐煩了就發火，到後來他自發避諱了，今天她倒敢於直視了。他不解地打量她，「娘娘願意進宮？因為上回皇上許了您一隻叭兒狗？」

「也不是的。」她低頭把紙一張張收拾起來，夷然道，「不單是為一隻叭兒狗，我覺得皇上脾氣不錯，深交了或者還是個良善人。再說你們大夥都認為我該進宮，那我就聽你們的吧！難道廠臣想留我在肖府？」她認真地看他，可是他不答話，眉頭漸漸皺起來，她心裡倒鬆泛了，咬著槽牙說，「進宮就進宮，不過廠臣要助我擺脫太妃的銜，我要當妃子、生皇子、將來做太后！」

她有點苦中作樂的意思，自己調侃一番掩嘴吃吃地笑了。

他嘆了口氣，「臣能為娘娘做的有限，不過娘娘的這些願望，臣竭盡全力，也會替娘娘達成的。」

她期待的似乎並不是這樣的回答，只覺失落慢慢湧上心頭，再也笑不出來了。手裡擺弄著那個艾葉填充的布老虎，艾葉防蚊，這種小掛件從端午過後就開始用，一直留到夏季的收梢。她轉過身，踮起腳尖去夠立柱上的銀鉤，因為向上伸展，身腰益發顯得纖細了。肖鐸默默看著，然後調開視線，突然發現一切倒轉過來，傷嗟惆悵的反倒成了他，這個夜也因此變得異常惱悶起來。

初夏時節蠓蟲多，運河上也有，遇見光亮，成堆的湧進來，撞擊著燈罩劈啪作響。那些蠓蟲壽命短，大概撞得太凶了，一下子斃了命，很快燭臺下就聚集了一片，攏起來足能裝滿曲柄勺。音樓垂著嘴角抱怨，「這些蟲傻嗎，也學飛蛾撲火，看看這下場，出師未捷身先死了。」

這話聽著總有隱喻似的，他握緊佛珠低垂的墜角，兩塊碧璽相互摩擦，發出碳棒起焰兒般的細湊之聲。沉默移時才回過神來，聲氣也恢復了平常模樣，笑道：「艙是木作的，吸了一天的熱氣，晚上一股腦都釋放出來了，娘娘在裡頭不熱嗎？前面甲板上他們吃飯，臣領您到後邊涼快涼快，去不去？」

登船好幾天，一直沒機會出去走走，他這麼提議，音樓聽了自然高興。推窗往天上看，一輪皓月當空，空氣微涼，果然比艙裡舒服得多，便雀躍道：「帶上酒，咱們賞月划拳，那才熱鬧。」

她的年紀到底還小，十六歲的姑娘，心裡載得了多少愁緒？他應了聲，出門吩咐曹春盎拿酒來，自己帶著她往船尾去了。

第三十五章　醉明月

這樣大的船，信步遊走都是開闊地。船上戒備森嚴，尾樓甲板上也有戴刀的錦衣衛。他揮手命他們退下，提溜著酒壺，拖過兩個木頭杌子來，請她坐，把酒遞給了她。

運河中心水流湍急，寶船挨邊走，能減少些阻力。他站在船舷旁，堤岸高埠上的柳條從他肩頭滑過，抬手摘了片葉子，朝她揚手道：「臣奏一曲，給娘娘助興。」

音樓撫掌道好，他吹的是〈平沙落雁〉，古琴曲，用柳葉吹出來又是另一種味道。曲調略快些，綿延不斷，九曲迴腸，在這寂靜的夜裡，從這鐵血鑄就的戰船中飄出來，是剛與柔的融合，說不出的哀傷幽怨。

一曲畢，音樓不知怎麼稱讚他，站起來頗豪邁地舉樽，「好！一點浩然氣，千里快哉風！乾杯！」

她沒有等他共飲，自己先乾為敬了。他對酒一向不大熱衷，就算喝也只是小口，她卻不一樣，悶起來就是半杯。他勸她少喝，「喝多了傷身，要鬧頭疼的。」

她卻不聽他的，回手笑道：「我是借酒澆愁呢！一想到回京後就得進宮，我腦仁都要炸開了。」

他聽了歪脖問她：「娘娘不是有雄心壯志要做太后的嗎？怎麼這會兒又打退堂鼓了？」

她搖頭道：「玩笑而已，我又沒有媚主之姿，宮中佳麗三千，哪裡輪得到我！廠臣上回不是說要替我找師父的嗎？如今尋摸得怎麼樣了？」她絮叨著，也不用杌子了，往甲板上一坐，兩臂撐著身子，仰天看頭頂上的月，「是該好好學學了，再不學就來不及了。不瞞您說，其實我很笨，也就是看著挺機靈罷了。」

肖鐸花了好大的力氣才沒有嘲笑她，真的壓根不算瞞，她本來就不怎麼聰明，說機靈也談不上。但是這麼個平平常常的人，莫名叫他體會了什麼是牽掛。他也知道自己的脾氣，但凡心思重的人，要喜歡上一個女人，除非她賽過自己，能叫他心悅誠服。否則乾脆找個傻呆呆的，需要人保護，好讓他英雄有用武之地，也是一種別樣的滿足。

他在一旁掖著袖子回話：「娘娘切勿妄自菲薄，臣瞧娘娘就挺聰明。娘娘對現在的生活不是沒有怨言，只是礙於家人不能掙脫，是不是？」

她低頭想了想，「是啊，我可以不在乎任何人，唯獨父親不能不管。我雖然是庶出，畢竟是他的骨肉，他總是疼我的。」

「所以娘娘要學本事，也全是為了家裡人？」他撩袍坐了下來，「上回說替娘娘找師父，現在想想還是不必了。有些人媚骨天成，不用雕琢也如珠如玉。娘娘這樣的……畫虎不成反類犬，失了自然天質倒不好了。」

她橫過來一眼，「真傷我心吶您！不過也是，要是進宮的是音閣，說不定早就寵冠六宮了。」

她遞過杯子來，他同她碰了一下，慢慢長出一口氣道：「果真如此，頭一個殉葬的就是她。宮中路不好走，沒有人扶持，太過拔尖了只有被毀掉，尤其這樣的年代，誰也做不了自己的主。」

「廠臣也有身不由己的時候？」她打了個酒嗝，好像喝多了，看天上的星都在旋轉。她閉了閉眼，有點堅持不住了，慢慢倒在甲板上。

他說：「誰沒有身不由己的時候？別說臣，就連紫禁城裡的一國之君也一樣。」

她轉過頭來看他，「廠臣不怨皇上嗎？你助他登基，結果他要學明太祖了。」

「娘娘一點都不笨，居然全看出來了。」他笑道，「明太祖殺功臣是把好手，臣應當慶幸現在還活著。」

音樓有些嘲諷地吊起嘴角，「因為你是一把關刀，立在奉天殿上是個警示，提醒滿朝文武不可有異動，總有一雙眼睛替皇帝盯著他們。他們安分了，皇帝的江山才能坐得安穩，我說得對不對？」

他略頓了下點頭，「娘娘不光機靈，還天資聰穎。」

她咧著嘴擺了擺手，「也許再等幾年，經歷了些事，人變得世故了才能勉強和聰明沾邊吧！」

真要聰明，就該一心一意等皇帝接她進宮，然後和這個權宦保持距離，努力不讓他左右。但是她恐怕不能做到，所以這輩子都聰明不起來了。

她仰在那裡，半天沒有再說話。清風、明月、身邊還有他，音樓覺得人生就停在這刻也很知足了。

可惜他是個太監，她一直遺憾，遺憾了很久很久。這個想法原本就古怪，是太監和她又有什麼相干呢！可她就是悵惘，那種感覺比頭一回看見連城公子要強烈得多。她想她或許是很喜歡他的，喜歡得久了就會變成愛。她蹙著眉頭別過臉，忽然鼻子發酸，她覺得自己大概是瘋了，不愛皇帝愛太監。歷來宮廷中傳出后妃和太監的糾葛，大多是醜聞，與骯髒下賤沾邊。不管是不是發乎情，橫豎就是不堪的，必須背著所有人。她總說自己不聰明，然而再笨的人也能明白這種怨恨失落從何而來。

她看天上的月，看著看著愈發朦朧了，像透過水的縠，一切都在顫抖。她拉拉他的衣袖，「廠臣，我心裡很難過。」

他沉默了下，問她為什麼難過。她不能說，說出來怕他會輕視她。就算不輕視，她也會成為他的負擔，讓他為難。

她勉強笑了笑，「你還記得我的小字吧？我叫濯纓，你以後不要叫我娘娘，我喜歡聽你叫我的名字……像家人一樣。」

肖鐸只覺心理防線土崩瓦解，然而不敢確定，怕她只是依賴他，自己想得太多，有意往他希望的方向靠攏。就隔著一層窗戶紙，誰也不要去戳破，因為對現狀無能為力，結果也許遺憾，但是對彼此都好。

他抿了抿唇，「我也喜歡這個名字。」

她在月下的眼睛晶亮，「那麼你呢？你讀過書，一定有小字。我連閨名都告訴你了，所以你也應該告訴我。」

這刻所有的警敏都放下了，也顧不得髒不髒，學著她的樣子躺下來，但不能靠得太近，彼此相隔了三尺遠，他一手扣著壺把，眼裡有溫暖的光，「妳讀過司空圖的《擢英集述》嗎？榮雖著於方將，恨皆纏於既往……」他說，「我叫方將。」

音樓腦子停頓了下，半晌才嗟嘆，「濯纓、擢英……咱們的名字真有些淵源！」

她不會知道他以前並沒有小字，就因為她叫濯纓，所以他才往那個集子裡找。這麼做有點幼稚，他笑著想，就算不能指望將來，細微處牽扯上，也可以一廂情願地把這個人拉進生命裡。

他平靜下來，轉過臉審視她，她很貪杯，隔一會兒就去喝一口，然後笑吟吟地躺回去，徐徐向空中伸出胳膊，袖子落到肩胛處，兩彎雪臂在夜色下潔白如玉。

「月色真好，今晚是十五嗎？」她虛攏起兩手，彷彿把月亮捧在掌心裡。

「是十六。」他聽見她咕噥一聲，支起身來看她，「娘娘醉了？」

她說沒醉，「今天是個好日子！」好從何來，說不出個所以然，兩個人在一起就是好的吧！她有點迷糊了，脫口問他，「你以後會找對食嗎？和她同進同出，讓她伺候你的起居飲食？」

不會，他知道不會，但是卻告訴她，「如果我能活到三十，也許會。現在年輕想得沒有那麼長遠，等上了年紀就需要一個老來伴了。」

她把手收回來，端端正正放在身側，「你會好好的，長長久久地活下去。娶一房夫人也應該，越活越寂寞，總歸需要找個人說說話的。」言罷又傷感，「你倒好，有人做伴，我呢？我留在宮裡，這輩子就這麼冷冷清清度過了。你會常來看我嗎？時不時走動走動，給我帶點宮外的小玩意也好。」想了想又嘆息，「好像不能來往過甚，會被人說閒話的。」

她想問他和榮安皇后的事，話到了嘴邊，最後還是忍住了。她對他的一切都好奇，然而有些東西可以觸碰，有些東西連提都不能提。他們還沒有到無話不說的程度，她也害怕犯了他的忌諱，鬧得不歡而散。所以就這樣吧，不要太揪細，也不要惹他討厭。他願意和她坐在一起，或者像現在一樣一頭躺著看天，已經讓她心滿意足了。

掩藏好，不要叫他發現，但是自己可以悄悄地高興。就像有了寄託，喜歡他，即便不能告訴別人，也會感到幸福。音樓閉上眼睛，眼角有些濕潤，轉瞬又揮發了，沒了蹤影。

她靜靜躺著，嘴角勾出淺淺的弧度，她在笑，只要她快樂就好了。他往上看，天幕是鴉青色的，嵌著星星點點的亮，遙遠的，捉摸不定。

心平氣和正視，以前那麼輕佻，像鬧劇。她一定覺得他不是個正經人，加上太監的身分，再位高權重也不能改變什麼。不改變的好，埋在心裡，相安無事。可是似乎又不甘心，他在不平什麼？既然選擇了這條路，邁出一步就再無轉圜了。沒有當初的壯士斷腕，就沒有今天的種種。人這一生得得失失，究竟什麼才是最重要的？以前是權勢富貴，現在呢？

他側過身來望她，有一陣沒說話了，這樣露天躺著不行，他輕聲喚她，「娘娘，回艙裡去吧！」

她不應他，呼吸勻停，是酒喝過了頭，醉意襲來了吧！他試著叫醒她，「濯纓……」這纏綿的名字直叫人愛不釋手。連喚幾聲都不見她有動靜，他便放棄了，心想再躺會兒應該不要緊的，畢竟這樣的時刻一去就不會再有了，實在難能可貴。

她的手就在不遠處，他垂眼一望，只要探過去就能握住。他知道不應該，但是越克制越渴望，一念起，十頭牛都拉不回來。他屏住呼吸，一寸寸移動，堪堪距離兩分的時候頓住了，有些遲疑，還是沒能敵過那份貪念。觸到她的指尖，柔軟的，小而玲瓏。他心裡高興起來，慢慢抓在掌心裡，又怕她察覺，偷偷觀察她的表情，她還是那樣，這才放下心來。

就這樣，握住了手，一起躺著。竊竊的小心思，像小時候看著大人把甘蔗填進地窖，知道來年還能再挖出來，滿含喜悅後顧無憂。人若是知道滿足，就沒有得隴望蜀這個詞了。

他凝視她，安然的一張側臉，因為月色太好，看得見嫣紅的臉頰和豐豔的嘴唇。這唇是乾淨的，沒有人碰過……他挪過去一些，撐起身仔細看，她有上揚的唇角，這種人天生好運氣，一生都能衣食無憂。

如果碰一下，不知是什麼滋味？

他的腦子一瞬空白，這個念頭太強烈，簡直勢不可擋。船尾侍立的錦衣衛被他支走後自然會在前面把守，這半艘寶船空出來，就是個巨大的無人區，沒有他的命令誰也不敢來——所以就一下，他安慰自己，反正沒有人知道。

他壓低身子，心跳得砰砰的。他殺過人鞭過屍，唯獨沒幹過竊玉偷香的事。原來這份緊張比面對皇帝詰問更勝百倍，既忐忑又甜蜜，一頭栽進去就再也出不來了。

他橫了心，低頭去碰觸，頓時魂飛魄散。有清冽的酒香，她一定醉了，醉得厲害，他稍稍拉開一些再看，她還是不動如初，那麼可以繼續吧？已經顧不得了，他心裡有一捧火，熊熊燃燒起來，把他投進熔爐裡。他吻她，一下又一下。似乎還不夠，用舌尖描繪，柔膩的唇瓣，當真可以解憂。

這樣的夜，旖旎的、沼澤一樣，幾乎讓他滅頂。他探出胳膊讓她枕在頸下，靠過去，輕顫著把她圈進懷裡，讓她的耳朵貼在他胸膛。如果她醒著，會聽見他不安的心跳吧！他的脆弱暴露在她面前，她會怎麼看他呢？還好她沒有醒，放縱也只有這一回，明天就好了，依然可以按照原來的步調生活下去，她不會知道。

他的琵琶袖遮在她臉的上方，她在那片陰影裡睜開眼。

他以為瞞天過海，其實瞞騙的只有他自己罷了。

第三十六章　寄幽懷

該不該順杆子爬，音樓也經過深思熟慮，最後還是放棄了。他們之間阻礙太大，中間橫梗著皇帝，他再能翻雲覆雨，也跳不出皇帝的手掌心。天威難測，一御極便迫不及待削他的權，那就是最好的證明。他自己也知道利害，否則不會多次試探後才來和她親近。他應該以為她睡著了，選擇這樣的時機，根本沒有指望得到她的回應，否則以他霸道的性格，早就直接同她攤牌了，還用得著偷偷摸摸的？

真是叫人難過的處境，音樓是個善體人意的好姑娘，思前想後愈發地心疼他。其實他很自卑吧！一個太監，殘缺了還渴望男女之情，如果當場戳穿他，他會不會無地自容？現在這樣她至少知道自己不是單相思，如果嚇退了他，他那麼愛臉面的人，難保不撂出幾句揶揄的話來。他慣用的伎倆，真假難斷。他會為自己辯解，即便不是出自真心，她這半天的煎熬也必然白受了！

所以寧願含糊著，已經是意料之外的收穫了。原本她不過是想延捱一會兒，故意裝睡不理他，萬萬沒料到等來了這種結果。她能感覺出來，他戰戰兢兢，那份忐忑和她無異，否則以他的審慎，不會連她醒著都察覺不出來。

輾轉反側一夜，第二天起得早，晨曦微露就已經坐在窗邊發呆了。彤雲端著蜜瓜露進來的時候，她正托腮看岸邊的景致，髻上簪一枝金絲樓閣步搖，襯著身上蜜合色透紗閃銀菊紋便袍，這形容身姿，竟然像一夜之間變了個人似的。

彤雲一面招呼，一面仔細打量她，「主子今兒奇怪得很，要回家見爹娘了，樂得睡不著覺？」

她不理她，捏著團扇起身過來，勺子在盅裡慢慢攪，心思卻不在這處。今早番子要上岸置辦東西，說不定他也要去。甲板上每有人走動她就豎起耳朵聽，她能分辨出他的腳步聲，也不知是從何時起的，或許早就上了心，自己沒敢往那上頭想而已。

書案上散落著畫紙，彤雲攏起來一張張翻看，有步步高升和萬字紋，似乎是男人的樣式。她古怪地回頭，「主子打算給誰做鞋？我來猜猜，別不是給連城公子吧！您可是要進宮的人，不能再在外頭拈花惹草了。」

拈花惹草她倒也想，君子還好色呢！可是如今不成就了，有了人，心早就裝滿了，再也填不進閒雜人等了。音樓掖著嘴湊趣：「不相干的人，我做給誰也輪不到他。不過你這提議不賴，回頭去酤酊樓花錢買臉，叫他把腳伸出來我瞧瞧，才能知道他穿多大的鞋。」

「那這紋樣是描給誰的？給皇上？不是照樣不知道龍足的尺寸嘛！」彤雲把東西歸置起來，探頭往外看，「過會兒我去討個爐子來，樣子剪好了該熬糨糊了。這氣候，撂到外面棚頂上，一天就乾了。」

正說著，船身磕了下，想是找著了碼頭，拋錨靠岸了。她起身出艙門，看見他從船頭過來，穿天青緙絲曳撒，通袖搯金絲行蟒，那份雍容弘雅的氣派，外人不去刻意分辨，大約以為他是北京城裡的皇親貴冑吧！他這樣赫赫揚揚，於她看來卻只有心酸。花團錦簇下是怎樣的人生，他自己知道罷了。

她心頭驟跳，很快退進艙裡。他後腳也跟了進來，背著手站在幔下，臉上神情淡然，「再往前是鹽鹼地，大約過三四天才能到下個集鎮。娘娘不是說要買尺頭，臣今兒得空，陪著娘娘一道去。」

音樓感到難為情，倉促背過身去。他的目光像芒刺，扎得她萬般不自在。她只有儘量克制，穩著聲道：「我怕熱，中了暑氣又要添麻煩，還是不去了。廠臣去嗎？要是去，替我帶回來也一樣。」

他堂堂的東廠督主，逛市集，替女人買布料，要是旁人說起來必定可笑。然而是她，就有種家常的親切，像柴米油鹽的瑣碎日子，沒有那麼多謹慎忌諱。

「妳不去？」他似乎有點失望，「我叫小春子備好了，怕熱可以打傘，曬不著的。」

她臉上推起一波血潮來，頭也有些發暈了，搪塞著：「天熱疲懶，實在不想走動，你們去吧，不用管我。」

他倒不強求，大方道：「既這麼，那我也不去了。正好昨兒喝了點酒，這會兒還不太清明。」回身吩咐曹春盎，「你帶著雲姑娘上岸去，她要買什麼盡著挑。人不夠再帶兩個，只管搬回來就是了。」

曹春盎應個是，很快朝彤雲比劃幾下，把人領了出去。屋裡空出來，又只剩他們兩個，昨晚出了這樣的小意外，所有的鎮定自若都是假像。他也覺得不好意思面對她，心裡畢竟有愧，單獨相處的時候不安變得碩大無朋，他立在那裡有點手足無措。

音樓聽不到他說話以為他已經走了，轉過身來發現他還在，略吃了一驚。怕他起疑儘量要裝得坦然，撩起袖子到案上拿炭條，又去扯了張宣紙過來，笑道：「我說要做鞋給你，可是沒有鞋樣子，只好現上轎現扎耳朵眼兒……噯，你坐，叫我畫下尺寸來，手剪也一樣。」

一向指派人的人，這回受她擺布，顯得有點呆愣。坐在圈椅裡抬起腳問：「要脫靴嗎？」

「你的靴子合不合腳？」她低頭看，廠衛的官靴是方頭的，上面繡著流雲紋。他是乾淨人，應該是上船才換了新的，連鞋底都一塵不染。她哀哀一嘆，「內家樣式的確是時興的，不過鞋頭太闊了，看上去呆蠢。」

他趕緊附和，「就是鞋頭闊大，沒那麼跟腳。」

她婉媚一笑，「那些販夫走卒東奔西跑，一雙腳大得蒲扇一樣，越闊越覺得鬆快呢！」說著蹲下來把紙鋪在地上，伸手去替他脫靴，「還是照著腳樣子做的好，大小都在手上。鞋小了腳委屈，鞋大了也一樣委屈。」

他心頭暖起來，可不好叫她伺候，往後縮了縮道：「妳別動，我自己來。」

音樓也不堅持，蹲在一旁靜待。別的男人怎麼樣她不知道，肖鐸的考究精細簡直要賽過女人，靴襪都是簇新的，清清爽爽沒有異味。她也曾留意過他的指甲，甲縫乾淨整潔，真挑不出一絲毛病來。邋遢的男人多了，像他這麼個人，有什麼理由不眷戀著他？

所以還能靠得這麼近就是好的，不要什麼世俗考究，她給他描鞋樣，他安然接受。晨光裡拉長的身影斜鋪在船板上，音樓偷偷地想，真有些尋常夫妻的味道。

肖鐸垂眼看，初夏時節穿得單薄，女人的衣領也矮下去了，她垂著頭，露出一截粉頸，纖細脆弱，叫人心疼。他說，「我不缺官靴，妳做雙飛雲履給我好嗎？家常穿著舒坦些。」

她抬起眼來望他，「怎麼不要靴呢？我做得比巾帽局的好看。」

他嘀咕了下，「做靴子費手，沒的弄傷了，大夏天不好沾水不方便。我上回聽妳說做油靴給步太傅，外頭什麼沒的賣，要妳親手做？那麼厚的麂皮，針線穿過去是好玩的？」

他這一提音樓倒想起來，做油靴確實艱難，她還記得最後一針鈉完，手指關節因為勒線都浮腫了，連拳都握不攏。她那時候期盼的是什麼？不過是父親的一個笑臉，一句稱讚。因為音閣比她聰明，繡一方帕子都能讓人抬舉半天，她做得再多再好，卻沒有人願意瞧一眼。

往事令人傷懷，她笑了笑，岔開話題，「外面做的不及自己做的仔細，沒穿幾回就進水了。你要軟履簡單，兩天就能做成一雙。橫豎在船上無事，皂靴我也一塊做，外頭走動好歹是個門面。」說完又惘惘的，「我進京應選，音閣也許了人家，我爹的鞋，現在不知道是誰在打點。」

「令尊怎麼說也曾在朝中為官，家道很艱難嗎？穿衣穿鞋還要妳去料理？想來知道妳愛聽好話，哄著妳做活吧！」他心裡不大痛快，她小時候過得不好便罷了，長大還要替那個千金萬金的嫡女進宮送死，做爹的兩個裡面挑一個，最後捨棄了她，她倒不記仇，還心心念念牽掛著，簡直就是個傻子！這麼個缺心眼，沒人護著，往後怎麼活？他擰眉問，「妳替音閣進宮，她以什麼身分許人家？應選的秀女都得是正房太太所出，她要是還頂著自己的名頭，那豈不是要穿幫？」

音樓把畫好大小的鞋樣收起來，坐在書案前剪牛皮紙，邊剪邊道：「我和她換了個個兒，原先我父親就有意和南苑王府結親，嫡女過門，料著一個側妃的銜跑不掉，可後來她搖身變成了庶女，聽說只能做個姨娘。宇文鮮卑是錫伯族的旁支，他們管王妃叫福晉，管側妃叫側福晉。音閣這樣的只能做庶福晉，才比婢女好一點，因為我父親沒有功名在身，閨女也就不值錢了。」

他聽了哂笑，「令尊雖然辭了官，朝中風向把得倒挺準。和南苑王府結親，真是個好買賣！不過他算錯了，沒想到妳有這際遇。要是早知道他的女兒能叫皇上看中，必定後悔送進南苑王府做婢妾的不是妳。」

他捅人心窩子不是頭一回，話鋒雖犀利，說的也都是實情。她怨懟地瞥他一眼，「別這麼說我爹，全家就他疼愛我。」

他似笑非笑看著她，「是嗎？」

她語塞，坐在那裡嘟起了嘴。有時她也問自己，到底那個家裡有沒有人把她當回事？人總需要寄託，所以寧願相信父親捨不得她。她逢人就說進京那天父親送出去五里地，其實並沒有，是她自己騙自己。父親和她的輦車一道出巷子，狗尾巴那麼長的一段路，不是相送，不過是順道。過了門樓就各走各的了，父親甚至沒有交代她一句話。

可是揪著做什麼呢？那些傷囤在心裡會變成壞疽的，倒不如忘了的好。

肖鐸愈發覺得這丫頭可憐，他前幾天命人去查過步馭魯的根底，步太傅當初辭官的真正原因可不是身子不濟。玩弄權術不得法，最後搬起石頭砸了自己的腳，辭官能留個好名聲，不辭官性命難保，這才離京回鄉做起了閒雲野鶴。她一直尊敬她父親，那些話他就不說了，說了傷她的心，回頭反過頭來怨他，何必呢！

各懷心事的當口司禮監隨堂裘安隔簾通傳，說寶船停在渡口，滄州的都轉運使得了消息，帶著底下從四品以上官員來給督主請安。在岸上酒肆訂好了席面，千萬請督主賞光。

肖鐸看樣子很厭煩，皺著眉頭對她抱怨，「這些狗官，正經事不辦，一個個腦滿腸肥光知道吃喝，還要老子費心敷衍他們。做什麼找了來？我又不大愛喝酒，憑什麼要賣他們這個臉？」

他嘀嘀咕咕的樣子居然有些孩子氣，音樓笑道：「都轉運使是從三品，官職雖不高，卻是個肥缺。再說人家巴巴兒來請你，你當真不去？」

他磨蹭了會兒，無奈把那烏紗描金曲腳帽戴好，轉到鏡前仔細查驗帽正，這才捋了捋袖口褶皺道：「我也沒那精神，敷衍兩句就回來。聽說滄州的驢肉火燒好吃，妳等著，我打發人先送幾個給妳嚐嚐。」

音樓送他到門口，突然生出促狹的小心思來，眼波從他眉眼間滑過，曼聲調侃道：「督主今兒是怎麼了？以前可不是這樣的，冷不丁待我這麼和煦，真叫我渾身起栗吶！」

肖鐸分明怔了下，像被戳中了要害，臉上騰地紅起來。也不搭她話，匆匆轉過身，大步流星朝跳板那頭去了。

——《浮圖緣》未完待續——

高寶書版集團
gobooks.com.tw

YE 018
浮圖緣（上）
作　　者　尤四姐
責任編輯　吳培禎
封面設計　茵萊登曼特
內頁排版　賴姵均
企　　劃　何嘉雯

發 行 人　朱凱蕾
出　　版　英屬維京群島商高寶國際有限公司台灣分公司
Global Group Holdings, Ltd.
地　　址　台北市內湖區洲子街88號3樓
網　　址　gobooks.com.tw
電　　話　(02) 27992788
電　　郵　readers@gobooks.com.tw（讀者服務部）
傳　　真　出版部(02) 27990909　行銷部 (02) 27993088
郵政劃撥　19394552
戶　　名　英屬維京群島商高寶國際有限公司台灣分公司
發　　行　英屬維京群島商高寶國際有限公司台灣分公司
初　　版　2022年11月

本著作物《浮圖塔》，作者：尤四姐，由北京晉江原創網絡科技有限公司授權出版。

國家圖書館出版品預行編目(CIP)資料

浮圖緣/尤四姐著. -- 初版. -- 臺北市：英屬維京群島商高寶國際有限公司臺灣分公司, 2022.11
冊；　公分. --

ISBN 978-986-506-575-1(上卷：平裝). --
ISBN 978-986-506-576-8(中卷：平裝). --
ISBN 978-986-506-577-5(下卷：平裝). --
ISBN 978-986-506-578-2(全套：平裝)

857.7　　111017529